KB232164

아일랜드 맹세

윤석순

뿌리출판사

아일랜드 맹세

윤석순

뿌리출판사

신묘년을 맞으며

첨단의 전자책 시대가 왔지만, 그래도 이렇게 단편소설집을 묶게 됐습니다. 그것은 등단을 하면서 소설책을 내겠다고, 스스로에게 약속을 했기 때문이지요. 자신과의 약속을 지킨다는 건, 자신과의 싸움에서도 이긴다는 희망입니다. 세상에서 가장 어려운 게 자신과의 싸움이란 걸 너무도 잘 아니까요.

사실 저는 늦깎이로 태어난 작가입니다. 소설 보다 수필집을 먼저 냈거든요. 한이 맺혔다고는 털어놓지 않겠습니다. 쓰지 않고는 풀어낼 길이 없었으니까요. 이 땅에서 딸로 태어난 서러움이 어찌 저 한 사람밖에 없겠습니까만, 소외받고 자란 아픔이 글로 승화되길 빌던 마음은 혼자 삭인 한이지요. 그때, 고독한 저의 영혼을 온몸으로 막아낸 바다가 있습니다. 소설이지요. 소설에 빚진 그 시간만큼은 정말 행복했습니다만, 후기를 쓰려니 눈물이 납니다. 그러나 서러운 기억 때문만은 아니지요.

저는 소설을 쓰면서도 눈물을 흘릴 때가 있답니다. 화자나 혹은, 주인공이 돼서 감정 몰입이 되거든요. '세월의 뒤편'을 쓸 때, 그랬지요. 재혼한 여성의 사연이어서요. '뜨거운 습관'이나, 중편 '아일랜드 맹세' 그리고,

'단죄의 시간은 끝나지 않았다' 그 작품에서도요.

제가 발표한 소설은 실화가 조금씩 섞인 창작물입니다. 그렇다고 입보다 귀가 더 낫기 때문이라는 뜻은 아닙니다.

등단한 뒤에 깨달았습니다. 소설은 입이 아니고, 귀라는 것을요. 듣는 귀의 저편에는 구구절절 이야기를 풀어낼 입이 존재한다는 연관 내지는 믿음 때문일까요.

소설을 쓰면서 몇 번인가, 노래하는 가수가 부럽다는 생각을 해봤습니다. 가수가 노래로 풀어내듯이 작가 역시 이야기를 풀어 낼 의무가 있다는 생각에 스스로를 다짐해봅니다. 그 어떤 조건에서도 이야기 숲을 사랑하며, 멈춤 없는 세월자락에 묻혀서 힘닿는 데 까지 써보겠다는 마음으로요.

신묘년을 맞으며,

윤 석 순

차례

(중편소설)

아일랜드 맹세

칼바람이 천지를 휘젓는 섣달 스무 아흐레. 하늘이 두 쪽 나도 내가 그 일을 꼭 실천해야할 디데이가 바로 그 오늘이다. 그것은 내 딸 유라의 아버지인 최강호의 음주습관을 고쳐주고자 한 거사로 오래전부터 계획해 두었던 일이다.

최강호는 하늘 아래 단 하나뿐인, 거친 주벽이 나를 질리게 하는 내 남편이기도 하다. 그의 음주습관을 확 뜯어 고치고 싶어 해리포터가 공상에 빠진 것처럼 나는 매일매일 안달하는 여자다. 그러나 그에 대한 성공 여부는 아직 미지수일 뿐이다.

*　　　　　*

뽀얀 우유 빛 아일랜드 식탁 위에선 방금 퍼낸 된장국 그릇에서 김이 모락모락 피어난다. 사각형 백자 접시에 검정콩 조림이 윤기를 내뿜으며 담겨있고, 빨간 배추김치 보시기와 계란말이 접시가 옆으로 나란히 놓여있다. 반지르르하게 볶은, 깔끔한 잔멸치 접시 위에는 통깨가 솔솔 뿌려져 있다.

강호가 느린 걸음으로 다가와 식탁에 앉는다. 그는 아직도 술 냄새를 푹푹 풍기고 있다. 간밤의 과음이 덜 깬 모양이다.

국그릇에 적신 숟갈을 입에 댄 강호가 쩝쩝 입맛을 다신다. 볼에 잔뜩 불만을 담은 그가 투덜거린다.

"해장국이나 좀 끓이지 않고……."

툭 던지듯 뱉어낸 그의 불만에 나도 입을 삐쭉거린다. 술 마신 게 무슨 자랑인가, 해장국타령은 아무나 하나? 나는, 참았던 잔소리를 널어놓는다.

"놀라워라 당신, 염치는 저당 잡혔어? 찰랑찰랑 술 마신 것도 모자라 외박까지 해 놓고, 무슨 배짱으로 된장국을 타박하서?"

그는 눈만 끔벅인 채 말이 없다. 나는 갑자기 미안해서 목소리를 낮췄다.

"입맛이 없으면 밥맛으로, 밥맛이 없으면 국맛으로 먹지, 꼭 그렇게 해장국 타령을 해야겠어?"

그는 입이 깔깔하고, 밥알이 겉돈다면서 숟가락을 탁 놓아버린다. 그것은 내 잔소리가 싫다는 뜻임도 나는 이미 훤히 알고 있다.

강호가 자리에서 벌떡 일어나더니 뒤도 안 돌아보고 총총걸음으로 현관문을 밀치고 나간다. 시위하듯 빈속으로 출근한 것이다.

그의 뒤꼭지를 보던 나는 화가 머리끝으로 뻗쳤다. 삐죽이 튀어나온 덧니로 입술을 꽉 깨물다가 다시 입술 근육을 실룩거렸다. 그에 대한 서운함이 식지 않은 나는 거실의 남쪽 창을 드르륵 밀며, 신경질적으로 열어 젖혔다. 그러자 기다렸던 듯 냉기 품은 찬바람이 거실 안으로 쏴아 밀려 들어왔다. 찬바람에 어깨를 움찔거리던 나는 안으로 몰려든 찬기를 막으려 얼른 창을 다시 끌어 닫고 있다.

딸아이 유라도 빨간 가방을 메고, 등교를 했다. 갑자기 집안에 정적이 몰려온다.

나는 빨래바구니를 베란다에 옮겨서 널고 있다. 지난밤 강호의 귀가를 기다리며 세탁해 놓았던 것이다. 그 때, 따르릉 전화벨이 울린다. 강호다.

"웬 전화? 피난살이 가듯 내 빼더니……."

과음한 다음 날이면 버릇처럼 아침밥 거르는 강호의 습관은 벌써 오래되었다. 흡사 몸에 밴 고질병과도 같이.

"저녁에 회식 있을 것 같아서 말해 주는 거야."

"미리 전화 줘서 감동이네! 오늘 저녁도 매화타령이다, 그거지?"

퇴근 무렵엔 그가 향우회 회원들끼리 모여 송년회를 한다는 거였다. 하지만, 나는 미리 짐작하고 있다. 술 마실 구실을 만든 김에 외박을 하리란 것도.

물론, 그들 향우회 멤버라 해봤자 새로울 것도 없는 사람들일 터였다. 자주 어울리는 고향마을 주당 친구들일 거라고, 나는 미리 짐작을 하던 참이다. 또, 술을 마신 그들의 취중 모습도 보나마나 훤히 꿰고도 남는다. 언제나처럼 창자 속에 술만 들어갔다 하면 그들은 주변 불특정 다수에게 피해를 안기기 일쑤였으니 말이다. 보나마나 틀림없이 그들의 음주습관은 옆사람과 시비를 걸어댈 것이었다. 아니면, 술판에서 무작위로 화제를 삼다서로 잘났다고 우기거나, 자녀들 자랑을 하느라 옥신각신 혀 꼬부라진 발음을 무수히 뱉어낼 터이다. 그런 그들의 모습을 숱하게 겪은 나로선 그 동안 시달리면서, 그들에 대한 선입견으로 굳어져 버렸다. 그리하여 결코 쉽게 고쳐지지 않을 그들의 음주벽에 대한 거부감으로 내 머리는 벌써 멀미를 느끼고 있다. 좀 더 정확하게는 머리를 설레설레 흔들고 있는 것이다.

*　　　　　*

뼈마디가 길쭉한 내 몸은 얇은 옷들로 포장을 하듯 겹겹이 껴입고 있다. 긴 털목도리로 목까지 휘휘 둘러 감으니 막일하는 일꾼처럼 완전무장이 되었다. 패딩코트를 겉에 걸치자 추위로 옴츠렸던 어깨가 조금 펴졌다.

나는 잠시 두 팔을 좌우전후로 빙빙 돌리며 찬 기운에 굳은 몸을 이리저리 움직여대고 있다. 다음으론 저어새처럼 야윈 내 종아리가 지하 주차장을 향해서 종종걸음으로 걸어간다.

지하주차장은 냉기로 그득 차 있다. 목덜미부터 싸늘한 기운이 쏴아 밀려왔다. 낡은 형광 불빛에 음산함마저 묻어있다.

나는 빨갛고 작은 내 차 앞에 멈춰 선다. 차창에는 일그러진 내 모습이 비춰진다. 습관처럼 이리저리 차를 살핀 나는 운전석에다 어기적어기적 엉덩이를 구겨 넣는다. 안전벨트를 직직 당겨서 뽑는데, 문득 내 시선이 바닥 쪽으로 가 꽂힌다. 며칠 전, 취중에 강호가 구토해 놓은 얼룩 즉, 흔적 때문이다. 진즉 세차를 했지만, 한 번 남겨진 흔적은 말끔히 지워지지가 않았다. 문득 어느 철학자의 말이 기억났다.

'자취는 사람이 살아가면서 남겨지는 역사적인 의미의 것이고, 흔적은 동물이나 기타 그 어떤 조건에 의해 더럽혀져 남은, 일테면 표적의 하나라고 정의를 내리면 무리가 없다'

작고 귀여운 빨간 내 차는 시동을 걸자마자 시끄럽도록 따르르 거린다. 엔진소리인지 팬벨트 소리인지 분간하기가 어렵다.

드디어 숨이 찬 듯 소음을 내뿜던 차가 이윽고 주차장을 빠져나가고 있다. 우리가 사는 아파트 단지를 벗어나 큰길로 접어든다. 추위 때문에 꽁무니로 증기를 내뿜는 앞 차를 잠시 따라간 내 차가 한 길 옆 주류상가로 꺾어 들어간다. 며칠 전 계약금을 건네 준, 주류 판매자가 당일 아침에 잔금을 갖고 와 달라는 부탁을 했기 때문이다.

연말 연시라 카 라디오에선 술꾼의 속을 풀어줄 해장국 끓이는 방법이 공중전파를 타고 있다. 요리사의 목소리는 맑고 칼칼하다 못해 강하게 통통 튄다.

"숙취로 쓰린 속을 푸는 데는 북어를 폴폴 찢어 넣고 끓인 콩나물국이 최고죠. 그만큼 해독효과가 있다는 의미기도 하고요."

며칠 전, 내차에 동승한 강호의 입 냄새는 정말 텁텁했다. 시큼한 술 냄새가 변형돼서 그런지 구역질이 느껴질 정도였다. 그 때의 장면을 떠올리자 나는 다시 그날처럼 속이 느글거렸다.

기분을 꽉꽉 내는 일이라면 세상에서 둘도 없는 남자가 바로 내 남편 강호다. 그는 구실만 생기면 술친구들을 집으로 불러 모아들였다. 그런 다음에는 무소불위로 술판을 벌이는 게 지극히 당연한 수순이었다.

바로 그 가운데 문제의 핵심이 숨어있었다. 단순하게 술판만 벌였으면 내가 악처를 자처하면서까지 달다 쓰다 불평불만 한 마디도 내뱉지 않았을 것이다. 비극적이게도 알코올 중독자 아버지로부터 갖은 상처를 다 받은 내가 비록 성장기의 아픔을 지닌 여자일지언정 말이다.

강호가 친구들과 모여 술을 마시면 꼭 도매금으로 욕을 듣곤 한다. 그것은 강호 자신이 키운 나쁜 음주습관 탓일 게다. 그런 걸 오래 겪은 나는 그 생활도 이젠 이골이 난 셈이다. 그들이 술을 빙자해 기분을 풀고자 했던지는 몰라도, 화장실 문짝에 대고 솥뚜껑만한 발로 뻥 차서 구멍이 나도록 깨부술 때도 그랬다. 술을 아낌없이 나눠 마시는 중에 서로 시비를 걸다 못해 뒤엉켜 붙어 싸우면서부터 바로 그 문제의 심각성을 키웠나보다. 다만, 그 누구도 미리 내다 볼 줄 몰랐을 뿐이다. 오늘 날, 참으로 이가 갈리게 싫은 점은 강호와 친구들은 술이 목줄을 타고 넘어갔다 하면 꼭 이웃들에게 피해를 주는 악취미를 가진 데 있다. 그것이 그들의 주벽이었고, 나를 골병들게 할 만큼 치유가 힘든 고민거리기도 한 것이다.

이웃들은 당연히 술판을 벌인 우리 집을 찾아와 항의를 하였다. 그 때마다 대게는 안주인인 내가 그들 앞에서 고개를 숙이는 게 당연한 순서처럼 돼 버렸다. 물론, 떫지만 주인의 신분으로서 혀도 굽혀가며 급 수습을 하지 않으면 피해를 본 이웃들한테 정말 실례되는 일이니까.

그러나, 그렇다고 해서 이웃 간이 매끄러운 관계로 진전되지 않는다는 데 내가 품게 된 고민이 있는 것이다. 결국 내가 나서서 그 심각한 문제들을 풀고자한 처지가 되고 보니 말이다.

이웃들은 당연히 내가 장본인이라도 되는 것처럼 나를 향해 색안경을 끼고 본 모양이었다. 게다가 살가운 이웃정은 고사하고 밉상 맞은 이웃으로 여기는지, 왕따까지 시키는 거였다. 단지 왕따 그 한가지라면 그들이 너그러워질 때까지 얼마든지 참을 수도 있는 일이었다. 우리 어린 딸 유라마저 이웃 아이들로부터 왕따 당하는 처지가 돼버린 마당에, 도저히 나는 굿이나 보고 떡이나 먹는 방관자가 될 순 없는 처지다. 왜냐면 유라를 사랑하고 보호하며, 지키고 가르쳐야 할 세상에 둘도 없는 젊은 엄마니까. 아무리 내가 돌부처의 가운데 토막 같다 할지라도 이치가 그렇지 않은가. 예수님 같이 맘을 넓게 먹고 남자들 취중의 추태를 눈감아 주고 싶지만 한두 번 겪는 일이 아닌 까닭에서다. 술꾼 강호와 그의 주당친구들이 벌이는 꼴불견 음주벽을 더 이상 방관한다면 나는 분명히 엄마로서 실격이요, 아내로서도 직무유기라는 생각을 하지 않을 수 없는 데까지 이르렀다.

*　　　　*

내가 어릴 적 아버지는 동네방네 엄청나게 소문난 술꾼이었다. 술꾼 앞에 엄청나다는 형용사를 덧붙인 건 상상을 초월할 만큼 무서운 일들이 많이 생겼다는 뜻인 것이다. 그것은 아버지가 술만 마시면 그 때마다 엄청난 사건을 일으키게 되었고, 괴롭도록 복잡했다는 점도 포함이 된다.

집안기둥인 아버지가 술꾼이 된 걸 암만 좋게 봐 넘기려 해도 정말 비극의 씨앗이요 커다란 아픔의 기억이 아닐 수 없다. 그러나 내 아버지가 그렇게 된 건 그 누구의 탓도 아니다. 내 부모는 물론, 우리 가족들이 타고 난 팔자일 뿐 아니, 단지 운명으로 여길 뿐.

말술을 메고는 못 가지만 마시고 가는 내 아버지 오병두씨. 아버지의 주사는 시시때때로 우리 집을 혼란의 먹구름 속으로 몰아넣었다. 가장이 술에 취해 벌이는 추태로 하여 우리 집안은 낮이건 밤이건 분위기가 어두웠다. 우울하기도 하였다.

그 누구보다 가장에 대한 엄마의 안타까움이 가장 컸다. 다음으로는 나와 동생이 아버지의 주벽 때문에 겪은 아픔과 서럽던 눈물은 두고두고 잊을 수 없는 기억이 됐다. 내 아버지가 술에 취해서 사리분간을 못한 날은 아버지에 대한 실망과 절망에 치였다. 아버지가 살아있었지만 우리는 한 번도 아버지의 든든한 정을 느끼지 못했다. 아니, 불행의 늪에 빠져서 아버지에 대한 낙심만 키웠다. 가끔은 그 낙심도 상대적이어야 한다는 아픈 조건이 나를 막막함 속으로 가두어버렸다.

내가 어렸던 그 때, 아버지가 알코올에 병들지만 않았다면 엄마가 가출 하는 뼛골 아픈 비극도 없었을 것이다. 엄마가 조금 더 참고, 혼자서 가출하지만 않았더라면, 미움 반 동정 반 불쌍한 내 아버지가 밤길에 실족사한 일은 없었을 테니까. 그렇듯 어둔 가정의 분위기며 지친 엄마를 이해하기엔 나와 동생 명호가 너무 어렸던 것이다.

정말이지 인생살이에서 부모가 반 팔자란 의미를 난 그때까지 몰랐다. 나의 부모들은 알게 모르게 서로 상처를 남기는 불행의 싹을 키운 사람들이다. 그다지 풍족하지는 못해도 평범한 우리 가정이 송두리째 해체되는 비극은 순전히 아버지가 그 원인제공자인 셈이니까. 아니, 그 몹쓸 기호식품인 술이 내 아버지를 망가지게 한 것도 어쩌면 아버지가 술을 만만하게 알고, 그 술한테 정복당한 것이 우리 집 불행의 단초가 주어진 계기였을까. 좀 더 살펴보면 비극의 꼬투리는 우리 가족들에게 시나브로 운명처럼 찾아온 거였다. 운명, 그것은 사람의 힘으로는 어찌할 수 없는…….

*　　　　　*

푹푹 찌는 한여름이었다. 태풍이 엄청난 위력으로 비를 몰고 왔다. 바람도 별났지만 큰 비가 쏟아지자 마을 앞을 순순히 흐르던 강둑이 귀신도 모르게 터져버렸다. 그 때, 강둑을 끼고 있던 우리 마을 앞 대천 골 들판 일대의 논들이 죄다 흙탕물에 떠내려 가는 불상사가 생겨났다. 대천 골 일대 논이란 논이 죄다 태풍에 떠내려갔다는 소릴 들은 부모님은 발을 동동 굴렀다. 그러다 안타까운 맘으로 거센 비바람에 치이며, 논을 살피러 단숨에 대천 골까지 돌풍처럼 내달려간 것이었다.

한 참 후, 물에 빠진 생쥐처럼 전신이 흠뻑 젖은 부모님이 집으로 돌아왔다. 그런데, 엄마는 홍수가 무섭다며 고갤 절레절레 흔들다 몸까지 벌벌 떨었다. 한참 동안 홀쩍거리며 눈물을 찍어내더니 나중엔 꺼이꺼이 통곡을 하였다. 우리 논이 있던 자리에 시뻘건 흙탕물이 거만하게 넘실대는 강으로 변해있는 걸 보자 팔딱팔딱 뛰고 또 날뛰어도 속이 풀리지 않고, 가슴 속에서 자꾸만 울분이 절로 솟는다고 울먹였다. 그러나 그렇듯 기막힌 장면을 함께 보고 온 아버지는 무슨 일인지 아무 말이 없었다. 한숨만 푹푹 내쉴 뿐.

아버지는 단지, 한 참 여물은 곡식도 그렇지만 사람의 능력으론 어찌해 볼 재간도 없이 흙탕물이 논을 삼켜버린 사실에 답답한 가슴만 손으로 퍽 퍽 쳐댔다. 우리 집 전 재산인 대천 골 그 논이 어디 예사로운 논인가. 아버지가 귀한 목숨을 담보로 석탄광산의 지하 갱에서 위험과 분초를 다투며 바꾼, 피 같은 돈으로 장만하게 된 재물인 까닭이다.

아버지는 왼쪽 집게손가락 두 마디가 모자랐다. 성장기에 소여물을 썰던 중 손가락을 작두에 잘렸기 때문이다. 몽땅하니 짧은 집게손가락은 아버지의 뼈가 잘린 과거요, 감추고 싶은 역사이기도 했다.

손가락이 짧은 탓에 아버지는 이웃의 친구가 군대 갈 때, 행인지 불행인지 광산으로 돈 벌이를 떠났다. 우렁이 속처럼 휘 돌아 들어간. 깜깜한 지하 갱 속에서 아버지는 마디가 짧은 그 손으로 곡괭이 자루를 잡았던 것이다. 그리하여 쓰라린 청춘의 한을 파내듯 시커먼 석탄을 파고 또 파냈다. 그러면서 군대 못간 슬픔 아니, 아픔을 십 분지 일이나마 달랬노라고, 아버지는 틈만 나면 긴 한숨으로 그 때의 절망들을 구구 절절 술회하였다.

아버지가 석탄을 캔 그 시간은 꼬박 3년이었다. 3년 동안 지하에서 풀풀 흩날리는 검정가루 마셔가며 열심히 석탄을 캔 덕분에 다달이 월급을 받았고, 그 돈이 하도 감동스러워 넋을 놓고 만지고, 또 만졌다는 거였다. 아버지는 손가락을 잘려서도 병원에 가지 못했다고 했다. 지출할 돈이 아까워서 그랬더란다. 그 때문에 손가락 마디가 짧아진 아버지는 그에 대한 한이 무척 많았던 모양이다.

그래도 뒤 늦게 순수한 그 노동의 대가로 아버지가 얻은 건 광이 넓은 대천 골 논을 소유하게 된 기쁨이었다.

아버지가 그 논 때문에 기쁨 하나를 더 얻게 된 거라면 그것은 엄마와의 결혼이라고 말했다는 것이다.

처음에 아버지와 맞선을 본 엄마는 아버지의 짧은 왼쪽 집게손가락 때문에 결혼승낙을 망설였다. 그러다가 총각시절에 번 돈으로 광 넓은 논을 소유했다는 말을 들은 다음에 결혼을 허락했다는 걸 나중에 외할머니께서 이야기 해주었다. 그런 사연을 품었기에 아버지의 논에 대한 애착은 정말 남다른 것이었다. 무척이나 끈끈할 만큼.

아버지는 온 정성을 다 바쳐 재량껏 농사를 지었다. 하늘 아래 그만한 재미는 둘도 누릴 수 없는 낙이라고, 이웃들에게 자랑도 하고 다녔다. 천지가 바짝 말라 타들어 간 지독한 가뭄에도 물이 질긴 강둑 옆구리의 논을 선택한 스스로의 안목에도 대단한 만족을 했던 모양이다.

그런데, 태풍이 몰고 온 큰비가 논을 삼켜버린 채, 그 자리에 흐름이 확 바뀌어버린 지조 없는 강물만이 담담한 얼굴로 도도하게 흘렀으니, 아버지의 속은 참을 수 없는 상실 그 자체였다. 생으로 살을 도려낸 아픔에 버금갈 정도 였을까.

처음에 아버지는 겉으로 별다른 반응을 보이지 않았다. 태풍의 홍수로 피해를 당한 엄청난 사안에 비해 아버지의 처신은 오히려 이상할 정도였다. 다만, 홍수피해를 당한 현장을 돌아볼수록 불탄 숯덩이처럼 속이 시커멓게 타들어 간다는 말만 되읊고는 했다. 걱정이 됐던 건 매일 밤 잠 못 들어 뒤챘다고, 자다가 벌떡벌떡 일어난다고, 그 몹쓸 태풍이 생사람 잡는다고, 엄마가 한숨을 푹푹 쉬며, 아버지가 안타깝다고 속내를 토해냈다. 그러나 그 때까지만 해도 우리 가정에 큰 풍파가 생길 거라곤 감히 누구도 상상이나 했던가. 천재지변 태풍이 낳은 피해로 인해서는.

그러던 중 아버지의 속 쓰라린 가슴에 불씨 하나가 던져진 것은 읍사무소에서 수해금품이 내려 온 날이었다. 대천 골 들판의 홍수피해라면 누가 뭐라 해도 강둑에 바짝 붙은 우리 집 논이 제일 많이 떠내려갔다. 그런데, 총무계장의 안이한 판단으로 하여 수해 사건이 엉뚱한 방향에서 꼬여가고 있을 줄이야.

총무계장은 태풍으로 큰 피해를 입은 우리 마을 사람들에게 나눠주려 위로금품을 트럭에 싣고 왔다. 옷이며 식품, 이불과 담요 등속의 종류들이었다. 그런데, 하필 일이 꼬이려고 그랬는지, 별명이 악바리인 왕씨 노인한테 위로금품을 우선으로 챙겨 준 거였다. 그것은 엄살쟁이 왕씨가 방방 엄살을 떨었던 때문이다. 갈치꼬리처럼 긴 논 꼬랑지가 큰물에 떠내려 간 걸 두고 자기네는 논이 왕창 떠내려 가버려 죽게 생겼다며, 입술 가득 게거품을 물었던 것이다. 그러니 현장에 익숙지 못한 총무계장이 확인절차에 앞서 왕노인의 말을 곧이곧대로 믿었던 때문이다. 논 꼬리가 흙탕에 떠내려간 거나 강바닥 속에 묻혀 없어진 거나 논을 잃은 건 똑같은 수해피해다 싶지만, 객관적으로 따지면 아주 달랐던 것이다. 그 때부터 총무계장의 모자란 일 처리로 하여 아버지는 수해를 입은 속상함의 수렁 속으로 더욱 깊이 빠져들게 되었다.

알게 모르게 아버지가 점점 더 달라지고 있었다. 시시때때로 홀짝 홀짝

술을 입에 대기 시작한 아버지는 수해피해로 인한 속상함을 알코올에 의존하였다. 우환의 싹이 움을 틔운 시초랄까.

날마다 술에 의지한 아버지의 몸은 알코올에 절여져 갔다. 알코올은 습관적으로 섭취하면 중독이 되고 만다. 논을 잃은 상처로 인해 아버지는 매일매일 속을 상해했고, 안주도 없는 깡 술을 시도 때도 없이 홀짝홀짝 마셔 댔다. 취하면 잠시나마 괴롬을 잊는다고, 아버지가 속내를 털어놓았다.

뭐니뭐니 해도 재물 잃은 아픔은 속부터 곪아터지는 법이었다. 상실의 아픔 때문에 식욕이 사라진 아버지는 시장기를 느껴도 술, 속이 상할 때도 그저 술술 넘어가는 술만 벌컥벌컥 들이켰다. 그래서 메고는 못 가도 말술을 마시고 갈 정도의 폭주가로 변한 아버지가 됐던 것이다.

엄마 역시 태풍으로 잃어버린 대천 골 논 때문에 속상한 걸 때때로 표출하였다. 그것은 취기에 비틀대는 아버지를 향해서 보낸 미움의 화살이었다. 논 잃은 슬픔을 술로 달래는 아버지 모습에 더 속이 뒤집혀 한 엄마는 국 쏟고 치마 버리는 격이라며, 쓴 입맛을 다셨다. 취한 아버지를 볼 때마다 엄마의 잔소리가 고무줄처럼 쫙쫙 늘어난 것도 다 그 때문이었다.

"명주아부지! 나 좀 보이소! 남덜은 태풍 홍수로 잃어 삔 논 뙈기 찾니라고 시뻘겋게 눈뜨고 강바닥 파내감서 물길 돌리고 난린데, 당신은 하늘에 해 배긴 날 술병만 쪽쪽 빨고 있을 참인교? 어찌된 사람이 천 날 맨 날 걸신 들린 사람맨치로 술병 나팔만 불어대는교? 홍시 냄샌지 술 냄샌지를 푹푹 풍기대믄 떠내려 가삔 논 뙈기가 다시 돌아 온다카던교?"

"······."

"나 참, 답답해서 미치겠대이, 술병만 쪽쪽 빨아대믄 태풍 홍수에 떠내려 간 논 뙈기를 찾을 수 있겠능교? 배 채울 밥이 생기는교? 아까븐 논 잃어삔 것 증말로 가슴 따갑고 아푸지만도, 당장 정신부터 차리소, 지발 쪼옴."

귓밥 언저리로 착착 감겨드는 엄마의 잔소리는 갈수록 탄력이 붙었다. 그렇다고 아버지의 결단성 부족한 술버릇이 좁쌀만큼이라도 달라질 기미가 읽혀진 건 아니었다.

"명주 아부지이! 당신은 지끔 술맛에 취해갖고 집구석이 우째 돌아가는지 모리겠능교? 집안 기둥 무너질 소리는 통 몬 듣고, 자나 깨나 술만 꾸역꾸역 퍼 마시믄 장땡인교? 말 좀 해보소."

"……."

"여보오, 귓구녕 칵 묵어뺐능교? 내사 마, 태풍홍수에 떠내려간 논 뙤기보다 우리 집 대들보인 당신이 어디로 둥둥 떠내려간 것 맨치로 속이 상합니대이……."

"……."

"입은 비뚤어져도 말은 바로 하라 했다고, 논은 벌씨러 홍수에 홀랑 떠내려 가 삔 거고… 그렇다고 정신 줄 놓고 술독에만 푹 빠져있으모, 고나마 고랑고랑한 당신 건강조차 남아 나겠나, 그거이 걱정이네 예……."

"……."

"내사 마, 하도 답답해서 염불이라도 할까 싶어 예. 우리 집 기둥이고, 애덜 아부지 당신은 고물고물 커가는 새끼덜 눈에도 안 밟히는교? 밥 묵고, 앙앙 끓는 여팬네 잔소리 실없다고, 실실 흘리듣지 말고, 정신 쫌 차리소, 지발 명주아부지이!"

간절한 엄마의 애원도 닫힌 아버지의 귀를 열어젖히기에는 역부족이었다. 그러던 중, 아버지가 혀 꼬부라진 소리로 자기를 합리화시킬 땐 듣는 귀마저 부질없었다.

"입만 살았네 여팬네가? 고만 박박 긁으래이. 나한테 언제 술 한 잔 받아 준 일 있더노? ♪한 많은~ 이 세상~ 야속한 님아♪~ 홀짝홀짝 신술도 안묵 으모 ♪무신 재미로 사노오……."

아버지는 취한 상태로 흥얼대었다. 그러나 그것도 잠시, 비틀거리며, 동 네를 누비기 시작했다. 마을 사람들은 변해버린 내 아버지를 두고 차돌이 썩으면 석돌보다 못하다고, 말하고 또 말하는 것이었다.

"오씨, 술 공장 사장하고 사돈 맺을라 카요? 술술 잘 넘어 간다꼬, 꾸역꾸 역 마시쌓더마는. 원래 야무진 사람이 허파에 바람이 들면 감당이 어려운 벱인기라. 그런데 오씨! 남팬이 술 걸레 돼 뺏다고 잔소리 퍼 널던 맹주(明 珠)엄마가, 요새는 산삼 물 팍팍 끓여서 몸보신이라도 시켜 주던교?"

"……."

"그렇다고 오씨, 메고 못 가는 말술을 마시고 간다 카믄, 그 몸땡이가 병 이 안 되고 남아 나겠는교? 오씨가 암만 깡 있는 체질이라 케도, 술만 줄 창 퍼마시믄 언젠가는 망가지고 마는기라, 그렇고말고, 몸땡이도 맴도! 머잖 아 시커면 옷 입은 염라대왕 만나고 말끼니까네."

"……."

"옛날부터 술 단지에 빠진 인간 치고, 지 맹(命)대로 사는 인간은 천지에 없다 카더라! 오씨 맨치로 말 술 실력이라 카믄 애주가가 아이고 폭주간기 라 폭주가! 아이다, 알코올 중독잔기라!"

"……."

"주독에 한 번 빠져삐믄 지가 암만 천하장사라 케도 용빼는 재주 없지 르……. 오씨, 큰 빙(病) 들기 전에 퍼떡 술 끊고, 정신 차리소! 인자는 나이 도 있는데."

이웃들의 충고로 귀에 딱지가 앉았으련만 아버지는 한 술 더 떠서 술을 구걸하는 사람으로 변해갔다. 알코올 기운이 떨어지면 눈에 불을 켜고 이 집 저 집 술 사냥을 나섰다. 목이 탄다고 딱 한 모금만 달라며, 술 구걸하는 아버지의 모습에 이웃들은 술 대신 정신 차리라고 언성을 높이는 것이었다. 갈수록 아버지는 술이 더 세어졌다. 아버지를 아끼는 이웃들의 충고와는 정비례하였던 것이다. 이젠 낯익은 사람을 붙잡고선 식초라도 내놓으라고, 빚 독촉하는 사람처럼 부득부득 떼를 썼다. 그러다 나중엔 몸을 부들부들 떨면서, 술 딱 한 모금만 달라고, 애걸복걸하였다. 알코올 기운이 떨어지면 그 때는 폭군처럼 돌변하였다. 그럴 때면 이웃들은 시어빠진 식초를 컵에 찰랑찰랑 채워서 아버지 앞에 내밀었다. 아버지는 결국 식초를 톡 털어 마시고 그 맛에 고갤 비비꼬며, 질질 흐르는 침을 주체하지 못했다.

동네의 술 가게는 아버지가 외상술을 마시기 위해 찾는 곳이었다. 나쁜 습관은 빨리 몸에 붙는 법이다. 아버지의 그 습관은 금방 몸에 붙어 고질화 돼버렸다. 그 때부턴 엄마의 목소리에 처절함이 배어나오고 있었다. 과음한 아버지의 건강에 대한 걱정보다 외상 술값 갚을 걱정이 더 앞선다며, 땅이 꺼질 듯 한숨을 뱉어내었다.

"쪼들리서 물밑이 환한 홀 살림에 무신 놈의 외상술인교? 내는 인자 맹주 아부지만 보믄 짜증나고 앙살이 절로 나와 예!"

그러나 엄마의 그 잔소리는 아버지를 겁주는 엄포일 뿐이었다. 엄마는 술값으로 빠져나가는 돈이 아깝다면서도 장부에 직직 그어 둔 아버지의 외상 술값을 착착 갚아주었다. 엄마 입에선 불만이 삐죽삐죽 새어나왔다.

"허기 달래는 끼니도 아이고, 몸 잡는 외상 술값에 귀한 돈 축내는 일은 더 이상 뗇어서 못하겠다. 양단간에 결판을 내야지."

그것은, 수입이 없는데 지출만 부담이 되니, 짜증의 차원을 넘어 집안에 위기가 오고 있다는 뜻이었다.

엄마의 잔소리는 갈수록 강도가 세졌다. 억지로 갚아 준 외상 술값 진짜의 속내는 아버지가 예전사람으로 돌아오길 바라는 뜻이었다.

그러나, 엄마의 인내심에도 한도가 있는 법이었다. 그건 아버지의 외상 술값 사건이 거푸 터지자, 귀신도 모르게 칵 죽고 싶다는 말까지 했던 것이다. 엄마의 불끈 쥔 두 주먹이 부들부들 떨고 있었다. 주당 남편 바로잡기가 그만큼 힘이 들고, 정말이지 무척이나 어려운 모양이었다. 남자는 여자하기 나름이라지만 술독에 빠져 분별없이 구는 남편에게는 더 이상의 약발은 없었던 셈이다.

＊　　　　＊

우리 남매에게 가장 상처가 되는 건, 고아란 사실 따위가 아니었다. 큰댁이 낯설어서도 물론, 아니다. 배가 고파서도 당연히 아니고, 무시로 툭툭 뱉어낸 큰어머니의 가시 돋은 말투였다. 말 한 마디로 천 냥 빚을 갚는다는 말처럼 큰어머니의 독설에 나는 정이 상했다. 마음도 어지럽게 할퀴어졌다.

우리 남매를 맡은 데 대한 큰어머니의 불만은 만리장성처럼 끝이 없었다. 그 보다 더 한 건, 날카로운 가시가 되어 내 귀청을 찔러대는 중년 아낙의 신세한탄이었다.

"요새 젊은 것들은 정말 별종이대이, 더러운 이놈의 세상, 종말이 올라카는지, 귀때기 새파란 년들은 하도 약아빠져서 짐승들 맨치로 보기가 겁난다 카이."

그것이 내 엄마를 향한, 큰 엄마가 던지는 욕인 줄 그 때 난 몰랐다.

"새끼는 세상 밖에만 나오면 큰 짐이라 카더니, 아무리 돈이 지천으로 들고 새끼 키우기가 벅차다케도 글치, 지 배 속에서 뽑아낸 애를 버리믄, 세상 천지에서 누가 그 골치를 앓고, 복장이 터져서 우짠단 말이고? 젊은 것들은 밥만 묵고 똥만 싸댈 참인 갑대이."

부부싸움이나 싸워보지도 않고 이혼을 쉽게 하는 젊은 여성들을 향한 불평불만은 그냥 덤으로 듣는 염불이었다. 큰어머니가 우리 남매한테 퍼부어대는 억센 고역의 잔소리만 아니라면 말이다.

처음, 큰댁을 들어 선 우리한테 큰어머니가 두서없이 해 준 말은 전혀 무슨 뜻인지도 모른 채 귀를 혹사시켰다.

"지랄맨치로 더러분 세상, 내 운명만 야박해졌다 카이, 내가 무슨 죽을죄를 졌다꼬, 코 찔찔 흘리는 조카새끼를 한 놈도 아이고 둘씩 키워야 되는지, 한스러븐 내 신세야, 똥개도 안 물어 갈 더러븐 신세, 몸도 팍삭 늙고 서러븐 기구한 내 팔자야, 내 새끼도 숨 차두룩 헐떡헐떡 키운 마당에, 남의 새끼 맡는다는 기 무신 기뚱찰 말이고? 늙고 힘 빠져 내 몸도 버겁대이, 숨 수는 것도 버겁지러, 더럽고 더러븐 원수 같은 내 팔자야."

다음 날도 별반 다르지 않았다. 큰어머니의 레퍼토리는 처량하다 싶은 자신의 처지를 사설로 각색하여 주저리주저리 쏟아냈던 것이다.

"틀렸대이 다 틀렸대이, 귀신도 몰래 초처버린 내 인생, 황 풀리기는 다 틀렸대이! 불쌍한 이내 팔자, 자다가도 벌떡벌떡 허리 꺾고 깨난대이, 죄 많은 이내 팔자 억장 덕장 무너진대이."

어쩌면 그렇게 구절조차 딱 맞게 떨어지는지, 큰어머니의 처량한 사설을 들은 날은 나도 모르게 질금질금 눈물이 나왔다.

"불쌍하고 불쌍해라, 부모 없는 저 화상들, 어제 같이 어미 잃고, 어제 같이 아비 잃고, 철없는 어린 것들 무슨 죄가 그리 많아 남의 집에 얹혀 사노? 불쌍하고 불쌍해라, 불쌍한 저들 속을 어느 누가 알아줄꼬? 못하겠네 못하겠네, 남의 엄마 못하겠네, 가슴 속 정 한바가지 풍덩풍덩 못 퍼주고, 아침저녁 야단치는, 이런 짓도 나는 싫대이, 삼신님네 삼신님네, 불쌍한 저 어린 것들 자나 깨나 살펴주고, 들 때 날 때 돌봐주소."

문학 같은 큰어머니의 염불을 처음 들은 날은 명호와 내가 큰댁에 들어온 첫날 부터다.

큰어머니는 우리들의 때 묻은 옷을 부지런히 빨아 주었다. 그것만도 고마운데, 새 옷까지 자주 사와 입혔다. 때 절은 옷을 지문 닳도록 비벼 빨고, 자지레한 반찬도 성실하게 만들어서 밥상에 올려 주었다. 밥 누룽지 숭늉이며, 더운 물 찬물 한 바가지에서도 정이 넘쳐났던 큰어머니다. 그러다가도 성질이 확 도지면 또 다시 가슴 아리도록 한 맺힌 염불 소리가 큰어머니 입에서 줄기차게 터져 나오는 것이었다.

"부모 새끼 어린 새끼, 살 비비며 살아야제, 부모 없는 저 새끼들, 설움 주면 죄 받을라, 하느님이 내다볼라, 조왕신이 눈 찌를라, 모진 마음 닦다가도, 어린 것들 볼적시면 앙가슴이 찢어진다, 무너지는 이내 가슴 잔정 큰 정 퍼부어서 어린 것들 키워야지, 어린 것들 쑥쑥 키워 조상님 전 칭찬 듣고, 훤칠하기 키웠다꼬 칭찬만찬 들어야제."

언제나 그랬다, 우릴 향한 큰어머니의 정은. 우리 남매와 눈빛을 마주 친 날은 이유 없이 고개를 슬그머니 돌려버리거나 입을 꾹 다물었다. 그 때마다 난 마음을 다잡았지만 그냥 큰어머니가 무섭고, 겁이 났다.

그날 후로, 성인이 돼서도 나는 그 같은 선입견에 푹 젖어 있었다. 사람들을 향해 무턱대고 부정하는 버릇이 생긴 것이다.

어쩜 그건 팔자였을까. 밤낮 술에 전 아버지에 대한 기억들이 내 정서의 창고를 꽉 채운 것도 처절했고, 부모자식이란 인연의 고리가 탁 끊어져버린 아픔을 깨물 때도 다를 바 없었다. 그건 아마 세상에서 불어대는 황량한 바람이 작은 내 가슴속을 따갑게 헤집어댄 서러움에서 비롯됐을 것이다.

진즉, 아버지에 대한 기억은 한 마디로 요약될 수 없는 괴로운 성질의 것이었다. 아버지 즉, 남자는 근육의 부하만큼 관대한 존재가 아니란 점에 실망을 한 것이었다. 그만큼 아버지는 내 어린 시절을 부정(不正)으로 채워놓았던 것이다.

가장 손꼽을만한 죄악은 그거였다. 사람을 향해 마음의 빗장을 닫아걸고 스스로의 섬을 만든다는 점이다. 닫힌 가슴을 열기도 전에 잠그고, 남자 앞에서는 애교 섞어 말 하는 것도 거부감이 생겼다. 그러니 이성 앞이라고 마음만이라도 설레어 본 적조차 내 기억에는 없다.

선입관은 정말 범 보다 더 무서운 것이었다. 주변의 사물을 대할 때, 난 언제든 적극성이 부족했다. 펄펄 끓는 청춘의 기를 환자처럼 혼자 끙끙 앓고만 지낸 습관 탓일까. 젊음에 있어 그것만큼 슬픈 병도 없었다. 멋진 남자가 내 앞에 등장할 때도 부정적 눈이 됐고, 교류는 내게있어 상상을 초월하여 기피했으니, 가히 독이었다.

수없이 망설였던 용기를 낸 것은 하늘이 도운 기회였을까. 풋풋한 청춘을 꼬깃꼬깃 접어둔 채 시들시들 앓던 걸 졸업하고 싶었던 나는 일부러 정신신경과 병원을 찾아갔다. 건강한 나를 찾기 위해서였다.

닥터는 대뜸 내게 솥뚜껑만한 손을 내밀어 악수를 청하는 게 아닌가. 그는 내게 거리낌 없는 말투로 오다가다 만난 그런 친구가 한 번 돼 보자고 했다. 어쩜 그것은 환자인 내게서 단 번에 기대 이상의 것을 캐내려 하지 않겠다는 뜻이었다. 무엇보다 그는 작은 일에서부터 여유로운 표정이었다. 그거야 말로 직업적 색깔인지 몰랐다. 그래도 그 반증은 정말 닥터인가 싶을 만큼 덤덤한 처신에서 드러났던 것이다. 소탈함은 관계 그 이상의 보너스에 속했다.

덕분에 내가 얻은 효과는 그거였다. 주치의라서 그와 마주 앉아 상담을 한 것 보다 내가 가진 선입견 혹은 가치관에다 조금씩 역으로 생각을 바꾸게 이끌어 준 그의 분위기 조성 덕분이랄까. 나는 늘 무겁던 마음의 벽이 시나브로 무너져 감을 느꼈다. 아니, 아팠던 내 과거의 영역을 객관적 입장으로 바라보게 된 거였다. 인간에겐 누구나 숨기고 싶은 아픔이 있다는 것, 그 아픔이 무엇이든 인간으로서 견딜만한 부피란 것을 닥터가 내게 알려 주었으니까.

그런데, 참 묘한 건 나도 모르게 흘러간 시간들이 내 뻣뻣한 입술 끝에서 연결 고리처럼 솔솔 실 가닥으로 풀어져 나왔다는 점이다. 그것은 방법이랄 것도 없었다. 어쨌든 나는, 앙가슴을 쥐어짜며, 창자가 뒤틀리도록 울먹거리며, 표정이 발갛게 상기되며, 쉬엄쉬엄 눈물을 찍어내며, 나를 벗기고 풀어놓았다. 탈탈 먼지가 나면 더 좋게 바닥까지 털어놓았던 것이다.

행운이 열린 은혜의 숲에 취한 내 눈이 어느새 새빨갛게 충혈되었다. 올빼미 같았다. 몸길이대로 아니, 뇌세포 구석구석마다 꽉 들어차있던, 통증으로 분열하던 나쁜 것들이 한 겹 한 겹 껍질을 깨고, 속살을 드러냈다. 그때의 시원함 즉, 상쾌함이란 톡 쏘는 사이다 맛이었다.

일자 눈썹인 신경과 닥터와의 만남은 조금쯤 남달랐다. 피동의 자세에 머물던 나를 능동적이게 만드는 전문 기술의 소유자랄까. 무엇보다 첩첩이 쌓였던 내 성장기의 감추고 싶은 상처들을 하나하나 수긍하며 경청해준 그의 두 귀가 넓은 덕이었다. 구차한 대목에서도 그는 담담한 객관자적 자리를 지켰으니까. 짜증이 날법한데도 고개를 끄덕여줄 땐 상쾌한 바이러스가 내게로 전달돼 왔다. 평범한 감동은 갈등의 시간들을 엷게 만들어준 거였다. 피 엉긴 상처들을 처치해준 손, 그는 큰손이었다.

그러나, 그렇다 해서 닥터의 아량이 바다처럼 넓었던 건 아니다. 단지, 사람을 시들게 하는 독한 약물 처방을 내리기 전에 적절한 인내심을 베푼 게 진한 효과를 냈을 거란 짐작일 뿐이다. 뒤늦게 생각해보면.

그 후로 나의 일상에도 파릇파릇 생기가 묻어났다. 우연의 일치인지 핑크빛 꿈을 꾸게 된 건, 그 얼마 후의 일이다. 함께 근무한 직장 상사의 소개로 인생길동무 상대를 만난 것이다. 그 늦깎이 인연의 남자가 바로 지금의 남편 최강호다.

강호와의 만남만 해도 그렇다. 인연은 어디서 엮이어 오는지 신도 몰랐다.

"밑져야 본전이잖아, 밑져야 본전인 그 쉬운 게임을 한 번 시도도 못해보고 무작정 피해버리는 바보가 되는 건, 젊은이답지 않잖아?"

업무에 있어서 적극적이던 내게 중매를 서겠다는 사람이 있었으니, 부서 업무를 진두지휘한 팀장이었다. 말 한마디라도 채근을 해 준 직장상사의 성의가 나의 뒤웅박 같은 운명을 달리 열리게 해준 셈이랄까.

운명, 그거야말로 정말이지 시시한 건지도 모른다. 그렇지만 내게 있어 운명이라 여겨진 건 최강호와의 만남 그 후부터다. 그 때, 훤칠하고 허여멀

건 한남자가 맞선 장소에 나왔을 때만 해도, 내 삶이 술로 인한 곤경에 빠질 줄은 귀신도 몰랐으니 말이다.

　내게 있어 맞선은 첫 시험이었다. 그런 자리에서 나는 최강호를 향해 진지한 관심도 없이 그냥 심드렁하게만 쳐다보았다. 그런데, 참으로 묘한 건 심리 저 밑바닥에서 밑져야 본전이라던 팀장의 말이 뱅글뱅글 귓가를 맴도는 게 아닌가. 내게 맞선을 주선하면서 물가에 내보낸 애처럼 걱정된다던 팀장의 염려 섞인 그 말이 떠올랐던 것이다. 그리하여 무관심하게 돌아서려던 나를 스스로 채근하였다. 사실 그 때까지도 한 일자로 굳게 닫아 물었던 내 입에서 불현듯 상대 남자에게 물어 볼 말을 찾아냈던 것이다. 닫힌 내 입의 빗장을 연 것은 역시 내가 상처를 받았던 그 술에 관한 의견개진을 피력해 본 일이었다.

　그 때, 최강호의 어조는 당당하였다. 무엇보다 듣기에 따라선 철학적인 면도 있었다. 들을수록 미끈한 화술이며, 준비를 했던 듯 거침이라곤 찾아볼 수 없었다.

　"술은 절대로 사람을 나무라지 않지요. 하지만, 사람이 술을 탓할 뿐이지요."

　그 때 던진, 그의 결론적인 그 말이 내 두 귀를 마구 흔들어 댈 줄은 전혀 짐작을 못했다.

　"술은커녕 밀밭 근처만 가도 어질어질 취하고 마는 체질이 접니다!"

　눈빛을 꼿꼿하게 세우며, 강하게 내뱉은 그의 그 한 마디가 미덥고도 나를 확 잡아끌기에 충분했다. 그러니 어찌 운명이 아니겠는가. 솔직히 말해서 나는 어느새 처음으로 선 본 남자한테서 손목 잡히기를 원하는 자신을 발견하였다. 그리고 깜짝 놀랐다. 그리하여 찻집과 영화관을 오가며 최강호란 남자한테 끌린 나는 갈대처럼 흔들렸다. 자석에 끌리듯 아니, 눈앞이 보이지 않는 깜깜한 밤중에 도깨비불에 홀리듯이 말이다.

정신을 차리고 보니, 그 남자가 나의 백기사였다. 나의 별난 미각을 이끈 이태리 풍의 스파게티며, 찌는 더위를 삼박하게 식혀 준 아이스크림 집도 자주 오가는 커플이 돼 있음에 나 혼자 놀라워했다. 뿐인가, 곳곳의 소문난 식당을 찾아 나선 우리들 커플은 동행 그 자체가 필요악이었다. 어느 새 내 가슴팍은 상대를 기다리는 그리움의 싹을 틔우고 있었다.

며칠 사이에도 우리는 좀이 쑤셨다. 무엇보다 겹겹이 무장한 채 닫고 있던 내 마음을 활짝 열게 한 것은 개봉 영화마다 초대해 준 그의 성실성에서다. 그리하여, 내 눈에도 서서히 콩깍지 꺼풀이 덮여져갔던 것이다.

좋은 감정은 밖으로 드러나기 마련이었다. 재채기처럼 말이다. 그만큼 최강호란 남자가 내 가슴 가득히 들어찼던 것이다. 그걸 두고 운명 혹은, 기적이라고 사람들은 말하는 모양인가.

운명은 그거였다. 한 치 앞이 미궁이라는 사실 따윈 감쪽같이 몰라도 좋았다. 그렇다고 내 아버지와 술에 관한 몹쓸 기억들을 깡그리 잊었던 게 아니듯, 사랑이라는 미래의 늪에 빠졌던 것이다.

그 해, 동지 사흘 전이다. 서른을 훌쩍 넘긴 내가 두 살 위인 강호와 백년을 약속하였다. 결혼은 연애의 무덤이란 것도, 나의 뇌리 가득히 쌓인 술에 대한 반감의 기억들도 여전히 잠재된 기억으로 묻어둔 채. 그것은 낯선 운명의 한가운데를 향해 첫 발을 들여놓았던 것이다.

강호는 자상하였다. 적어도 그 때까지는 그랬다. 더러는 뜻 모를 언행을 온몸으로 드러낼 때도 있었다. 그것이 강호의 색깔이었고, 거침없는 용기였다.

내 눈엔 그의 그 점이 남자다웠다. 상상을 초월한 분위기 조성 능력 또한 탁월한 장점이었다. 최초로 필 받은 나의 이성이요, 용기내서 선택한 내 남자였던 것이다. 나에 대한 그의 속박이나, 내 눈을 내리 덮은 백태 따위는 몰라도 좋았다. 술과 맞서는 그의 존재를 눈치 채지 못한 것만 빼고는. 세상에 술은 있어도 문제의 술은 없고, 내일 당장 지구의 종말이 온다 해도 인간의 음주 병을 두고 미리 노이로제에 걸릴 필요는 없는 이치였다. 다만, 귀신도 모르고, 괴로움을 답습할 팔자를 타고난 운명이 내게 주어졌을 뿐.

*   *

나는 잠시 눈을 감고 있다. 중얼중얼 입술을 달싹인다. 나를 향해 최면을 걸고 있는 것이다.

'나 오명주는 스스로를 믿는다. 용기를 내라! 시작은 반이다. 최선을 다하고, 담담하여라! 누가 뭐래도 현명해야할 아내요, 예쁜 딸 유라의 절대적 존재, 엄마가 아닌가? 우리 가족들이 화목하고, 소중한 가정인 만치 내 가정이 건강해야지! 나는, 나를 믿는 나를 존중하고, 사랑한다, 파이팅!

두툼한 의상 속 나의 복부에 팽팽한 힘이 들어차 있다.

나는 다시 심호흡을 하고 있다. 인생을 살면서 체험으로 얻는 것은 지극히 교육적이다. 한편, 고통이 수반되는 흠도 있다. 그러니 모든 일에는 양면성이 있기에 긍정도 부정도 할 필요가 없는 것이다.

비록 홀 가정일지라도 나는 내 가정을 성실하게 가꿔야 할 의무를 지녔다. 환경적인 갈등이거나 그 어떤 방해꾼과 부딪는다 해도 소중한 가정이 깨져버리는 아픔을 내 인생에서 두 번 다시 겪고 싶지 않은 포부가 있지 않은가. 가족해체에 대한 부작용이라면 난 진즉 눈물 나게 겪었고, 홍역을 앓은 처지니 말이다. 그런 진정성으로 하여, 나는 내 가정을 지킬 욕심에 차있는 것이다.

*　　　　　*

아버지한테선 진종일 시큼한 술 냄새가 푹푹 풍겨났다. 외출했다 돌아온 아버지의 옷은 늘 흙투성이였다. 아침에 새로 갈아입은 옷이라고는 믿기지 않을 만큼 더러웠다. 그렇다 해서 일을 한다거나, 사회적인 봉사활동을 할 만한 아버지도 아니었다. 그러니 사람들 눈에 비친 아버지의 모습은, 엄마를 더욱 숨차게 할뿐이었다.

"옷은 와 배렸능교? 뭣 땜에 개도랑에 처박혔노, 그 말입더?"

그러나 아버지의 대답을 속 시원하게 들을 수는 없었다. 그래도 아버지가 입술을 실룩거리며, 혼자 중얼거린 말은 엄마의 잔소리가 싫다는 거였다. 아버지의 게슴츠레 뜬 눈에선 붉은 핏발이 섰고, 초점이 더욱 흐려졌다.

"맹주(明珠)엄마, 내보고 너무 혼내지 마라카이! 옷에 땟국 쪼매 무, 무, 묻혔다고 나, 남편 닦달 해대모 못씬다! 여자가 뭐 땜에 수염이 안 난 줄 알어? 범 물어 가삘 그 놈에 잔소리 때문인기라, 잔소리……."

그 땐, 아버지를 향한 엄마의 반응은 통사정조였다. 아니, 염불처럼 긴긴 주문이었다.

"명주 아부지이, 내 말 쪼매만 들어보이소! 참말로 우짤란교? 외상 술값이요? 허기지고 끼니 굶어 찌부라진 창자 채울라꼬, 사 묵은 밥값도 아이고, 야빈몸 보신할라꼬 사 묵은 보약 값도 아이고, 외상으로 퍼마신 술값 말임더, 수울 까압."

"……."

"멀쩡한 사람도 다 망치삐는 웬수 놈의 술, 외상으로 대강 쫌 직직 그어

대소. 당신이 외상술 퍼묵는 통에 집구석 거들 나고, 폭삭 꼬꾸라 엎어지게 생겼심니대이! 천산 잡고 지산 잡고 놀러나 댕기다가 몸뗑이가 근질근질 하거든 차라리 덩더꿍 춤이나 추든지, 창이나 한 자락 뽑으모, 누가 뭡다 카 겠능교? 당신은 우째 가장이 돼 가이고 진종일 술독에 빠져서 담방대는지 원……. 그 통에, 외상술 값만 펑펑 늘어나고, 내사 마 몬살겠다카이. 외상 술 값에 치여 갖고 꼴난 지붕따까리가 홀라당 날아갈 판인데, 우짤란교, 여 보오?'

깡으로 고함치던 엄마가 나중엔 제풀에 지쳐 징징 울면서, 취한 아버지 의 앙상한 등짝을 콩닥콩닥 쥐어박았다. 다음, 또 그 다음 날도 아버지의 취 중 일상과 깡으로 긁는 엄마의 일상은 정비례로 늘어났다.

"아이고, 저 인간을 우짜꼬? 저 웬수를 우짜모 좋겠노? 어제도 고주망 태, 오늘 또 고주망태, 고주망태 눈꼴시어 보는 것도 신물이 난대이."

"……."

"속이 상해 문드러져서 나는 요새 씨부렁거릴 기운도 없다카이! 날마다 독 품어 잔소리 하는 일도 인자는 지쳐 빠졌는기라. 맹주 아부지이, 세상 밖 에 나가서 돈 한 푼 안 벌어 와도 내 입도 뻥긋 안 할 테이까네 지발, 그 외 상술 퍼마시는 버릇 당장 댕강 끊을 수 없겠능교?"

"……."

"남들 새끼처럼 존 옷 몬 입히고, 맛난 음식 몬 멕이도, 외상 술값 그 돈 이모 안달하는 내 새끼들 학원에나 보내 주믄, 우리 새끼들 얼매나 기가 살 고, 폴짝폴짝 뛰겠능교?"

누적된 엄마의 불만이 길어지자 몽롱한 취중에서지만 아버지지는 더욱 기분에 거슬린 모양이었다. 이윽고, 아버지의 잠재된 성질이 폭발하는 것이었다.

"바, 밥통 여핀네, 바, 발로 콱 밟아 문대야 정신 차릴라 카나? 하나 있는 남편 빨리 꼴깍 죽어라꼬, 염불 하는기가 시방, 염불……."

"똥 뀐 놈이 성 낸다 카더이만. 쯧쯧쯧"

"소 발 자죽에도 넘치는 가, 가을 술 하, 한 잔 얻어 마셨다고, 지끔 남편 보고 딸딸 볶는기가? 철판에 굼벵이도 아이고, 나, 남편을 똥으로 만들모, 누가 장타꼬, 상장 쪼가리라도 준다카더나?"

"……."

"암딱이 울믄 지, 집안이 망한다 카더이만, 여핀네가 눈알 부라리고 나불 대는 거, 참말로 누, 눈깔 뜨고 모, 모, 몬보겠대이! 또 시부렁대 보라카이, 요로코럼 다 뿌사삐지 뭐, 귓구녕 열고 듣고 있제?"

세월의 땟국이 내려앉은 낡은 장식장이 술 힘 받은 아버지의 손끝에서 열전의 패잔병처럼 픽픽 나가떨어져 버렸다. 무생물 끼리 부딪히는, 신경을 긁는 그 소리가 난무한 공간에는 혀 꼬부라진 아버지의 낱이 없는 상스러운 언어들만 어지럽게 흩어졌다.

기분이 상해서 눈에 불 키고 설쳐댄 아버지를 등 뒤에서 끌어안은 엄마는 분에 차서 흑흑 울다가, 종당엔 모진 소리를 또 다시 앙앙 질러댔다.

"우야꼬, 우짜믄 좋겠노? 내사 마 이웃들 남세시럽고, 새끼들 부끄러봐서 몬살겠대이! 우리 같이 끌안고 그만 칵 죽어삐자, 지발 같이 죽어!"

등에 매달린 엄마를 휙 뿌리친 아버지는 손끝에 닿는 재떨이를 재차로 던졌다. 그 후속 완력에 의해 절반 남은 장식장 유리마저 산산이 박살이 나버렸다. 바닥에는 보석처럼 반짝거리는 파편들이 무참한 모습으로 나뒹굴었다.

유리조각들을 쓸던 분함에 치인 엄마가 몇 날 며칠 동안 머리를 싸매고 드러누웠다. 누워서 끙끙 앓는 엄마의 소리는 자포자기에 치여 있었다.

아버지의 주사는 갈수록 점입가경이었다. 하루는 가게에서 외상 술 주지 않는다고 폭력을 행사한 모양이었다. 그 때, 아버지가 던진 금속국자에 맞은 시장통 술집 주인 남씨가 경찰서에 고소를 한다는 소문이 돌았다. 내용인 즉, 날아 온 물체에 맞고 찢어진 앞이마를 다섯 바늘이나 꿰맸다며, 머리통에 붕대를 칭칭 감고 있더라는 것이다. 그 소리를 들은 엄마는 드디어 올 것이 왔다면서 어쩌면 좋겠느냐고, 앙상한 새 가슴을 퍽퍽 쳐댔다.

"저 웬수를 우짜노, 우짜면 좋노? 술 퍼마시거든 드러누워 잠이나 자든지, 우짤라꼬 남한테 상처를 입히노, 우짤라꼬? 콩밥이 묵고 싶어 환장했나? 술이 웬수대이, 술이, 조상님요, 부처님요, 저 인간 좀 살펴주소!"

엄마는 나와 명호를 불러다 앉혀놓고, 눈에 독기를 품은 채, 물었다.

"명주야, 명호야, 니들 아부지 우짜면 좋겠노? 밤낮 술만 퍼마시다가 인자는 남들한테까정 피해를 입혔다 카는데, 명주 너부텀 말해 봐래이!"

명호도 나도 놀라서 크게 눈을 뜬 채, 말없이 끔벅거렸다.

"엄마는 증말로 니들 볼 면목도 없대이. 남편 건사 잘 몬한 내 죄가 큰데……. 쩝쩝 입이 와 이래 쓰노, 소태 맨치로……."

파김치가 돼버린 엄마 앞에서 나는 쌀쌀맞게 도장을 콱 찍어버리라고 말했다. 조언을 한답시고, 부모의 이혼을 부추겼던 것이다.

명호는 심상찮은 엄마 표정에 질렸는지 징징 눈물부터 찍어냈다.

눈물은 전염성이 무척 강했다. 우리 남매와 엄마는 서로 부둥켜안고 엉엉 소리 내 함께 울었다. 웃음도 진을 빼는 법인데, 속상해 하며 우는 일은 몸에서 진을 빼고, 기를 죽이는 일이었다.

엄마는 갑자기 품속에 끌어안고 있던 우리들을 놀랍도록 왈칵 밀쳐냈다. 그리곤 정색하는 표정으로 찬바람을 일으키며, 자리에서 벌떡 일어섰다.

"안 돼, 내가 이러고 퍼질러 있으모. 죄 없는 새끼들한테도 피해가 올 거 같대이. 술퍼마시고 꼴깝 떠는 남팬을 더 이상 두고 보믄, 하늘이 큰 벌을 내리 퍼불지도 모른대이……."

엄마가 시장통에서 술파는 가게를 찾아간 것은 저녁나절이었다. 나도 집 나서는 엄마의 뒤를 졸졸 따라갔다. 간판에 때가 절은 술집은 폭풍전야처럼 조용하였다.

엄마가 인상을 찌푸린 채, 술가게 문을 밀고 들어갔다.

"사장님 예? 상처났다 카더이, 다친 거는 좀 어땠능교?"

"왜요? 치료비라도 대줄라 카능교?"

"사장님, 치료비도 치료비지만, 내 말부터 잘 들어 보이소! 오늘 내가 댁을 찾아 온 거는, 인자부텀 우리 애들 아부지한테 절대로 외상 술 팔지 말라꼬, 부탁 말할라꼬 왔심더! 앞으로 다시 외상 술 팔다가는 술값 한 푼도 몬 받을 낍더! 하늘이 두 쪼가리 난다 케도, 외상값 더 이상 몬 갚겠다 그 말인겁니더!"

"아, 아지매가, 와 우리집 와서 떠드능교? 아지매 잘난 남편한테 가서 떠들어 보소, 고마."

"사장님도 훤하이 알지 예? 그 동안 우리 집 양반이 날리삔 술값이 뭉치 돈이다 카는 거. 우리는 인자 술값에 계속 치이다 보이까네, 꼴난 흩진 살림 물밑이 훤해졌다 말임더!"

"……."

"내는, 흑사리 쭉정이 맨치로 생기묵은 여자지 만서도, 한 번 한다카믄 꼭 해내고 마는 깡다구 성밉니더, 우리 그이한테 외상 술 또 팔모 재미 내서 콩 볶다가 지리 솥 밑구녕 빠지는 꼴 날거니까네, 알아서 술파이소!"

남씨가 안경테 너머로 흰자위 많은 눈알을 휘휘 굴리며, 표정에 까칠한 심기를 드러냈다.

"아지마, 지끔 나한테 겁주고 협박한다 그 말인교? 술꾼 남팬 단속이나 잘하라카이."

"내 말, 허투루 들으믄, 절대로 후회 할낍니더!"

"남팬 폭력에 다친 사람 치료비도 안대주고 시방, 무슨 소리 하능교? 보소, 아지마! 참말로 시끄럽다카이! 나보고 깐죽대지 말고, 술에 환장하고 미치삔 남팬이나 족쇄 채워 닦달해 보소 고마."

"뭐어, 조 조, 족쇄요?"

"참고, 점잔빼는 사람한테 딱딱거리지 말고. 흐흠, 말자 야이, 재수 없다, 소금 바가지 갖고 와서, 대문에 확 뿌리뿌라!"

그의 딸이 롱 다리로 성큼성큼 갖고 온 소금 통을 받아 쥔 남씨가 문 앞에 서있던 우리를 향해 줌에 쥔 소금을 휙휙 뿌렸다. 그 바람에 우린 그 곳을 피해 쫓기듯 와버렸다.

그 며칠 후, 우리 집 상황은 아주 확 달라졌다. 아버지 때문에 지친다던 엄마가 말없이 훌쩍 집을 나가 버린 것이다. 아버지가 알코올에 중독된 지 꼭 3년째 되던 해였다.

그 사실을 가장 먼저 알게 된 큰어머니가 나와 명호를 대동하여 엄마를 찾아 나섰다. 가장 먼저 찜질방 다니던 새 각단 엄마 친구인 문자아줌마를 찾아가 보았다. 문자아줌마는 전혀 모른다면서, 집나간 엄마를 걱정해 주었다. 다음은 외숙모 댁에 전화를 걸어서 물어봤다. 외숙모 역시 엄마 소식을 들은 바 없다고 했다.

집에선 취한 아버지의 혀 꼬부라진 소리만 담 벽을 넘고 있었다.

"맹주야, 엄마가 없어졌다 캤나? 남팬이 수, 술 쪼매 마셨다꼬, 징징 짜부치고 씨부렁거려 쌌더이마는, 혹시 죽으러 가뺏나? 자알 됐는기라 잘 돼! 속이 다 시, 시원타카이."

아버지를 바라보던 나는 징징 우는 소리로 대들었다.

"걱정도 안 돼요, 아부지는? 엄마가 없어졌는데도 엄마 보다 술이 더 좋죠? 엄마가 안 오면 우리는 어떻게 살아요? 엄마 찾아내요, 어서 요!"

나는 펑펑 울다가 정색을 하면서, 아버지 앞에서 앙탈을 부렸다.

"퍼뜩 엄마 찾아봐요, 당장 요, 아부지이!"

그날 저녁, 밤이 깊도록 집나간 엄마의 소식을 들을 수 없었다. 우린 저녁도 굶은 채, 울다가 지쳐 잠이 들었다.

청천벽력 같은 아버지의 부음을 듣게 된 것은 다음 날 아침이었다. 나쁜 소식인 부음을 갖고 온 사람은 옆집에 사는 곰보 할머니였다.

"맹주야이, 너그 아부지가, 저 아래 다, 다리난간에서 떠, 떨어졌대이!"

숨차하던 곰보 할머니가 말을 더듬거렸다. 새 각단으로 가던 중 다리 아래로 떨어진 아버지를 발견했다는 것이다. 그 때, 마침 경운기를 몰고 가던 마을 이장이 현장을 보게 된 모양이었다. 급히 아버지를 구하러 나섰지만, 아버지는 이미 숨이 멎어있더라 했다.

나는 무서워서 눈물도 나오지 않았다. 그저 옆의 동생을 끌어안고 벌벌 떨었다. 어제 저녁까지도 멀쩡한 아버지가 죽다니, 하늘이 내려앉는 것 같았다.

나는 끌어안은 명호얼굴을 마주 비비며 엉엉 울면서, 발을 동동 굴렀다.

명호와 나는 허공을 향해서 엄마와 아버지를 연거푸 불러댔다. 그러다 허겁지겁 동생의 손을 잡은 채, 숨이 턱에 닿도록 윗동네 큰댁을 향해 달려갔다.

아버지의 소식을 전하는 내 말이 끝나기도 전에 큰어머니는 미친 듯이 내달리기 시작했다. 아버지가 떨어진 다리 쪽을 향해서였다. 이미 아버지는 싸늘하게 누워있었다. 운명이 벌써 우리와 아버지 사이를 두 편으로 갈라놓고 있었다.

땅바닥에 널브러진 아버지를 흔들어 대며, 큰어머니가 대성통곡을 하였다.

"삼촌, 눈 좀 떠 보소! 삼촌, 내가 왔심더, 눈 좀 떠보라카이, 삼촌, 벌씨러 가믄, 저 아들은 다 우짜꼬? 삼초온? 흑흑흑!"

"아부지, 아부지!"

"명주야이, 너그 아부지 와 이래 빨리 떠났노? 명주야, 우짜꼬? 너그 아부지 우짜꼬? 세상에, 니 엄마도 없는데, 이 일을 우짜모 좋겠노? 너그 엄마는 어디갔노? 서방 죽은 것도 모리고, 어디 갔노 말이대이."

아버지의 장례를 마친 건 3일만이었다. 동네 사람들과 큰어머니가 발벗고 도와준 덕분이었다. 엄마의 가출과 아버지의 장례가 맞물려 돌아간 후에도 엄마의 소식은 들을 수 없었다. 고아가 되는 건 정말 순간적이었다.

*　　　　　*

우리 남매가 큰댁으로 들어갔다. 큰어머니가 권하기도 했지만, 나무에도 돌에도 붙을 데가 없어서였다. 부모가 없는 우린 끈 떨어진 뒤웅박 신세일 수밖에 없었다.

사실 처음 큰댁으로 들어갈 땐 아무 것도 몰랐다. 졸지에 부모를 잃었고,

어린 우리들끼리 살아갈 수 없으니까 큰댁 신세를 져야 되는 걸로만 생각했던 것이다.

큰댁에서의 어려움은 혼자 살던 큰어머니의 잔소리였다. 귀청을 후벼 파듯 고랑고랑한 잔소리가 천둥 같은 고함소리 보다 더 괴롭다는 걸 나는 그때 처음 알았다. 큰 돌에 맞으면 뼈가 부러지고, 모래가루가 눈에 들어가면 앞이 안 보이는 것, 그런 정도의 차이라 할까.

"너그들 참말로 복 없고, 안 됐대이! 집나간 에미는 흔적도 없고, 세상천지에 술 걸레 애비 하나 딸랑 있더이만. 쯧쯧, 니들 아부지는 우째 그리 명도 짧기 타고 났겠노? 참말로 불쌍하고, 알 수 없대이."

우린 다시 눈물 닦는 연습에 빠져들고 있었다.

"꿀밤만한 것들이 애비 기리고, 우째 살꼬, 에미도 없이 우째 살꼬?"

명호가 큰어머니한테 울부짖었다.

"말, 잘 들을 게요, 눈물 나게 하지 마요……. 큰 엄마!'

"너그들, 엄마 아부지 없다고 보채모, 절대로 안 된대이! 보고 싶다고 찔찔 눈물 짜믄 내사 마, 밥 한 술도 아까바서 몬 준대이! 알겠제?'

집나간 엄마의 험담은 큰어머니의 입술 운동처럼 돼버렸다. 그 중, 가장 듣기 거북한 말인 즉, '딸은 엄마의 인생 전철을 밟는다'는, 그 말이었다. 그건 저주스럽고 듣기조차 거북해서 나는 두 손으로 양쪽 귀를 막아버렸다. 귀청에 딱지가 앉고도 남을 큰어머니의 저주 같은 그 터부를 날려버리고 싶었다. 그래서 그 날 이후, 내가 벼르던 게 하나 있다. 어머니의 팔자를 닮지 않는 딸이 되기 위해서라도, 나는 지금 강호의 음주 습관을 고쳐야만 하는 절박함에 빠져드는 것이다.

*　　　　　*

오후 퇴근 시간, 열 번도 넘게 신호가 간 후에야 강호와의 통화가 연결되었다. 내 목소리에 느끼함이 묻어있던 건 목적달성을 의도한데서 비롯된 거였다.

"여보세요 옹!"

나의 서툰 애교작전은 강호를 만난 이후 처음으로 시도해 본 셈이다. 그렇다고 누가 날더러 시비 걸 일은 없을 터이다. 뭐라 해도 나는 소중한 내 가정을 지킬 사명감을 품은 모성애 뜨거운 엄마요, 한 사내의 지어미이니까.

"자기야, 아침에 속 많이 쓰라렸어? 퇴근해서 곧장 집으로 와요옹! 저녁에 자기 속 확 풀어 줄 참이거든, 알았지용?"

"왜? 무슨 일 있어?"

"아잉! 집에 오면, 알게 돼잉! 오늘, 당신이 제일 좋아하는 것 준비해 놓고, 기다릴 건데용"

"뭔데, 그래?"

"궁금하지 잉? 와보면 압니다앙!"

"음, 봐서……."

"내 말 들으면 꿀이 서 말이네용 서 말! 자기야 끊는다앙!"

입술에 침을 적신 나는 수화기를 내려놓으며, 잠시 생각에 잠겼다. 남녀가 만나 나름대로 꾸리는 결혼생활이야말로 아슬아슬한 유리성곽 같은 느낌이었다. 암만 질긴 인연을 맺고 설왕설래하며, 알콩 달콩 내력을 쌓던 가정도 비 젖은 토성(土城)처럼 한 순간에 와르르 무너질 수 있다는 사실을 아픈 체험으로 알게 됐던 것이다. 주정꾼 아버지를 통하여.

"아줌마! 베란다를 다 채웠는데, 남은 것은요?"

큰 베란다가 술 상자로 그득 채워졌다고, 기사가 말했다. 나는 방금 전까지도 아버지에 대한 기억의 늪에서 둥둥 떠다녔다.

"그 쪽 베란다가 채워졌음 반대 쪽 베란다에 쌓아주세요!"

"반대쪽에도요? 아, 알겠어요."

큰 베란다를 가득 채우고 남은 술들을 작은 베란다에 쌓기 위해 남은 술 상자를 든 배달기사가 방향을 틀었다.

날씨가 찬데도 기사의 이마엔 땀방울이 맺혀있다. 술 상자가 무거운 모양이었다.

큰어머니는 곧잘 흥분하며, 겨울 날씨처럼 쌀쌀맞았다. 우리 가정이 해체된 것 때문에 조카 남매를 맡은 것에 대한 불평을 지치지도 않고 끈질기게 쏟아냈다. 그 중, 딱하고 난처했던 건, 그거였다. 풍수영감에 대한 흉보기를 반복적으로 퍼붓는 것이었다. 큰어머니의 욕지거리는 차츰 타령이 되고 있었다.

"선 무당 사람 잡고, 반풍수 집안 망친다꼬, 그 웬수같은 풍수영감이 묘자리를 잘 못 잡아준 거 따문에 맹주 너그 집안이 풍비박산 났는갑대이! 웬수같은 풍수영감, 언제고 다시 만나기만 해 봐라, 수염 꺼뎅이를 쑥 뽑아 뿔테니까네."

큰어머니 기분이 저기압일 때 핑핑 날려 보내는 화살은 또 있었다. 집나간 내 엄마를 향해서 퍼붓는 것이었다. 감정을 해치는 나쁜 말의 지옥은 얼마나 듣기조차 거북했던가.

"독한 여팬네, 남팬이 암만 고주망태라 케도 글치, 어린 새끼들 내팽개쳐 삐고, 지 혼자 잘 묵고 잘 살라꼬, 도망 가삔 여편네는 절대로 복 몬 받는대이! 그렇고말고, 하모, 사람들 말로는 복도 죄도 밥맨치로 짓는다고 카는데, 복도 지어 남 안 주고, 죄도 지어 남 안 주지!"

큰어머니 얼굴은 발갛게 열이 올랐다. 철없는 명호가 말썽을 부린 날이면 그런 일이 더 자주 반복되었다.

하루는 옆집 젊은 아줌마가 다짜고짜 큰댁으로 쳐들어왔다. 그 아줌마는 사팔뜨기처럼 눈알을 휘휘 굴리며, 호령호령해서 명호를 불러내 자기 앞에 세웠다. 손가락은 이미 명호의 눈이라도 찌를 듯이 삿대질 중이었다.

"니는 대체 무슨 일 따문에, 동생같이 쪼맨한 우리 애를 때려서 울리노? 니가, 작은 친구를 두들겨 패면, 니는 더 큰놈을 만나지 말란 법이 있다카더나? 머시마 새끼가 싹수 없이, 나물 날 곳은 산 초입부터 안다 카는데."

그녀의 입에서 게거품이 복작복작 일었다. 그 여자가 열에 차서 씩씩거리는 동안, 명호가 자초지종을 설명하였다.

"아줌마네 아들과 우리 다함께 딱지를 치며 놀았어요, 그런데, 그 때 딱지를 많이 딴 애가 난데요, 그 때문에 분함에 치인 그 애가 징징 울면서 집으로 돌아갔어요. 아무도 걜 안 때렸어요. 그런데, 왜 내가 아줌마한테 야단을 맞아야 하는지 모르겠어요. 난 정말 억울해요, 엉 엉 엉……."

명호가 소리 내 울었다. 옆 집 아줌마는 명호 말은 들은 척도 않고, 돌아서서 큰어머니한테 따지듯 대들었다.

"아무리 못 배웠다 케도 글치요, 부모 없이 막 자란 새끼가 겁도 없이 남의 애를 때렸으니 울지, 그냥 울겠능교? 애 교육 좀 똑바로 잘 시키보소! 또 다시 우리 애를 때리고 울린다카면, 그 땐 참말로 더는 몬참심더, 알겠능교?"

딱따구리 같은 그녀의 목소리가 여운으로 남아 귀청에서 윙윙거렸다.

그날 저녁, 큰어머니가 우릴 향해 싸잡아 내린 벌은 명호와 나의 저녁밥을 굶기는 것이었다. 그러고도 분이 덜 풀린 큰어머니는 구성진 목청으로 자신의 신세타령을 풀어내는 거였다. 언제나처럼 그 청취의 대상은 고정 청취자인 나와 명호의 차지였다.

"이 담에 내가 죽거들랑 부디 야산 애장 터에 무덤 쓰지 마라 케라! 아 새끼 삼신은 말만 들어도 울렁증인데, 속이 홀랑 뒤집어 진대이. 개떡 맨치로 더럽고 죄 많은 내 팔자야, 전생에 무신 죄를 그리 많이도 졌는지, 업보 닦니라 바쁘고 날밤을 샌대이, 남 놔 논 새끼들 치다꺼리 한다꼬, 한 숨만 폭 폭 나오고, 울렁울렁 속 시끄럽다, 범도 개오주도 안 물어 갈, 모질은 내 팔자야!"

우리 남매를 아니, 스스로를 지칭구해대는 큰어머니 목소리가 희미해져 갈 무렵, 우리들 뱃속에선 쪼르륵 소리가 났다. 입맛을 다신 명호와 나는 까만 밤으로 허기를 채웠다. 눈물을 글썽이자니 서러워 입술을 깨물었다.

입가에 복작대며 게거품을 문 큰어머니의 역정을 떠올린 나는 갑자기 담뱃불을 붙인 기사를 향해, 큰어머니처럼 센 소리로 외쳐댔다.

"담배연기 정말 독하네요! 그런 담배 피우고 싶어요? 얼른 빨리 저쪽 베란다도 채워 주세요!"

빽빽 빨다 남은 꽁초를 쓱쓱 비벼 밟은 배달기사는 아무런 대꾸조차 없다. 그가 일에 열중한 덕분에 작은 베란다에도 술 상자들로 기득 차버렸다. 기사가 나를 힐금 쳐다보며, 짧게 묻는다.

"혹시, 사재기하는 거예요?"

그의 궁금증이 주제넘다 싶어, 나는 눈동자를 내리 깔며 말했다.

"사재기요? 그것까지 다……. 밝혀야 하나요?"

배달기사라고 호기심이 없을까. 서른 평짜리 여염 아파트 가정에서 대량의 술을 구매해서 쌓는 일이 어디 그리 흔한 모습인가. 더욱이 양쪽 베란다 가득 술 상자를 꾸역꾸역 채우는 엽기적인 일을 그 누가 감히 상상조차 하겠는가. 더더욱, 술에 취할 때마다 가족이나 이웃들에게 피해를 주는 남편의 술버릇을 고치겠다는 나의 억센 목적을 짐작이나 했겠는가.

*   *

결혼한 얼마 후부터다. 나는 멀쩡한 내 눈을 사정없이 파내버리고 싶었다. 그것은 인생의 길동무인 남편감으로 강호를 선택한 내가 너무도 멍청하게 여겨졌던 것이다. 연애결혼 보다 중매결혼이 더 완벽할 리야 있겠는가마는, 그래도 상대를 몰라도 너무 모른 채 선택한 남자라는 걸 깨닫게 된 건, 신혼 중에 신랑의 첫 생일을 맞이하면서부터다.

결혼 후, 처음 맞는 강호의 생일날이었다. 강호가 퇴근 무렵에 집으로 전화를 걸어왔다. 가정을 꾸리고 처음 맞는 자기의 귀빠진 날을 그냥 넘길 수 없다며, 단골 친구 몇을 집으로 불러들이겠다는 거였다. 한 마디로 예상 못한 일이라 나는 난처하고 당황되었다. 신랑의 생일날 손님을 초대하여 미역국 몇 그릇쯤 나누는 일이야 무슨 문제가 되겠는가. 그러나 적어도 대여섯 명의 장정들을 초대하려면 최소한 두어 시간 전에라도 준비를 시켰으면 좋지 않았겠느냐고, 나는 강호에게 섭섭함을 드러냈다. 쉽게 말해 아직도 살림에 서툰 새댁더러 굳이 손님 초대하는 걱정을 꼭 그렇게 안겨주어야 직성이 풀리느냐고, 기분 나쁜 어조로 따졌던 것이다. 이치가 그렇지 않은가. 결혼 후 처음 초대하는 신랑의 친구들인 만치 생선회라도 한 접시 마련하고, 불고기라도 미리 재워둔 다음에 손님을 초대하면 좋지 않겠는가고 말이다.

내 말 끝에 강호가 발끈하였다. 열세에 몰린다 싶었던지 단호하게 우겨

대는 것이었다. 이미 친구들에게 죄다 연락을 취해놨기 때문에 어쩔 수 없다는 것이었다. 나도 뒤질 새라, 얼른 애원하는 말투로 바꾸었다. 처지가 그런지라 나는 목소리부터 착 깔았다.

"손님초대를 한 번 더 재고해주면 안돼요? 잠시 미룬다던지."

"이미 주사위는 던져졌다니까, 벌써 연락을 해놨다고 했잖아?"

"내 사정 한 번만 봐 주면, 두고두고 그 은혜 잊지 않을게요!"

사정하던 나는 수화기를 먼저 놔버렸다. 내가 오케이하지 않는데, 그인들 별 수 있을까 싶었다. 그러나 절대로 내게 밀릴 강호가 아니었다. 벽해가 상전 되고, 상전이 벽해가 될지언정 강호의 고집에 후퇴는 없다는 걸 그때 처음 알게 됐던 것이다.

뒤이어서 강호의 전화가 다시 걸려왔다.

"명주씨, 먼저 전화 끊고 그러는 거 정말 불쾌하단 말이야! 즉석으로 손님맞이하는 실력이 진짜 주부의 실력 아니겠어? 준비해서 손님상 차리는 거라면 누구나 다 잘할 수 있는 일이라는 것쯤은 삼척동자도 알지."

"……"

"여보세요, 내 말 듣고 있지? 남편이 당연한 걸 말하는데, 고집을 부리면 그거야 말로 현명한 아내라 할 수 있겠어?"

내 입은 벌어진 채 다물어질 줄 몰랐다. 기가 막히고, 속이 상했다. 듣는 걸로만 통화를 끝낸 전화기를 움켜잡은 채, 나는 그 자리서 석상처럼 굳어버렸다. 얼마가 지났을까, 감정이 탁탁 튀는 듯싶은 강호의 목소리가 또 다시 전화선을 타고 찌르릉거렸다.

"거 참, 뒤늦게 생각해도 괘씸해지네! 풋내기 새댁이면 풋내기답게 고개 숙여 고분거릴 것이지 말이야, 감히 남편 생일 날, 친구 초대를 거부하는 거는 또 어디서 배운 처신머리냐구? 남편을 물로 본 거야 뭐야? 이 꼴 저 꼴 다 당해도 남편 말 우습게 아는 마누라 꼴 나는 절대로 못 봐 주지! 당신은 그런 내 맘 몰라? 아님, 모른 척 한 거야? 신혼 시절에 져주면 평생 마누라 치마폭에서 헤어나질 못 한다는 교육적인 그 말, 말이야."

나의 충고를 아니, 애원조의 부탁을 듣지 않고 남편 말 거부하는 여자로 치부하는 표현이 강호 입에서 술술 튀어나온 거였다. 나는 경악을 금치 못했다. 정말이지 땡감처럼 떫었다. 그렇지만, 강호의 고집을 꺾기엔 너무도 임박한 남편의 생일상을 차려야할 형편인지라 나는 도 닦는 흉내를 내며, 강호와의 전화를 끝냈다.

수화기를 놓아버린 나는 한 동안 그 자리에 멍하게 서있었다. 나는 없고, 무서운 세상이 열릴 조짐을 미리 보는 느낌이었다. 나는 슬그머니 지축 밑으로 꺼져버리고 싶었다. 지축 그 밑이라면 고집불통 강호를 볼 일이나 파워게임 할 일도 없을 것 같았다. 그러나 그게 착각인 걸 잠시 후에 깨닫게 되었다. 〈뽀롱, 맛있는 것 많이 차려용 용 용〉 강호로부터 문자가 온 것이었다.

나는 허겁지겁 일곱 명의 남자들을 위한 저녁상 차리기 준비에 들어갔다. 두 볼 가득 차있던 불만과 혼자 대거리 하면서.

그런데, 그 준비 안 된 생일초대의 부작용이 당장 밥상을 들이면서부터 지뢰밭이 될 줄이야. 작은 냄비에 자작하게 끓인 미역국을 일곱 그릇에 나누어 담다보니 부득불 물 한 바가지를 더 부은 무리수를 둔 것이 문제의 발단이 됐던 것이다.

저녁상을 받자마자 누군가의 입에서 국 맛이 싱겁다고 혀에 힘을 주며, 강한 어조로 정곡을 찔렀다.

"제수씨! 새신랑 귀빠진 날 생일 상 차리느라 수고 많았네요! 그런데, 이 미역국은 소가 목욕을 했는지, 정말로 민궁 잔궁한데요?"

미역국에 물을 섞은 탓인 걸 대뜸 알아차린 나는 민망해서 벌떡 자리를 털고 일어섰다. 잽싸게 밖으로 뛰쳐나왔지만, 얼굴이 화끈하게 달아올랐다.

그 때, 내 뒤를 따라 나오던 강호가 큰 소리로 외쳐대는 거였다. 벌레 씹은 표정을 지은 나를 보는 게 즐겁기라도 하듯이.

"국은 벌써 산통이 다 깨져버렸네 명주씨, 그렇다면 접때 그 양주나 좀 줘 봐!"

동생 명호가 설날 선물로 갖고 온 국산 양주를 지칭한 것임을 알아챘지만 나는 못들은 척 해버렸다. 치부를 들킨 기분이던 나는 뒤 따라 나온 강호 허벅지를 손톱으로 비틀어가며 꼬집었다. 엄살로 아픈 표정을 짓던 강호가 주방 찬장속의 양주병을 꺼내 들고 갔다. 그의 등 뒤에 대고 나는 주먹으로 쿵쿵 쥐어박는 모션을 취하며, 혼자 입을 삐죽거렸다.

아슬아슬하게 추진시킨 강호의 생일초대 접대도 끝이 났다. 취한 그의 친구들이 비틀거리며 각자 돌아가고 있었다. 미운 오리새끼 같은 '왕 노인'이란 별명의, 머리칼이 허옇게 센 왕준혁씨를 빼고 말이다.

그런데, 그 날 저녁 평생을 두고 못 잊을 기막힌 사건이 생긴 것이다. 다른 친구들이 돌아가고, 우리 집에 남아있던 왕준혁씨가 밤중에 옷장 문을 열고 볼일을 본 것이었다. 소주에다 폭탄주까지 지나치게 과음한 탓일까.

그 날, 내가 혼수로 마련해온 옷장에 왕준혁이 실수만 저지르지 않았더라도 연말을 앞 둔 오늘, 남편 강호의 술버릇을 고치려 거사를 계획하지 않았을지 모른다.

"사모님, 일 다 끝냈어요! 가보겠습니다!"

발길을 돌리던 그 남자를 나는 급히 불러 세웠다.

"잠깐만! 커피 한 잔 들고 가세요. 날씨도 추운데."

커피 잔을 받아든 그가 고맙다며, 나를 향해 꾸벅 고개를 숙였다. 커피가 뜨겁다고 입으로 후후 불던 그를 보면서, 저 사람도 창자 속에 알코올만 들어가면 아주 생경한 모습의 남자로 변할지 모른다는 생각을 하였다.

*　　　　　*

술 마실 구실을 만드는 데는 강호만큼 비상한 사람도 없었을 것이다. 친구들을 불러 모으는 일이라면 이골이 났던 사람이니까.

술 마시는 시간은 대개 퇴근 후였다. 대부분 저녁 시간을 택해서, 기분이 나쁘면 그걸 풀겠다고 술판을 벌이고, 좋은 일엔 기분을 살린다며, 친구들에게 일일이 전화를 걸었다. 전화로 호출당한 그들은 우리 집으로 꾸역꾸역 모여들었다. 그리곤 신나게 떠들며, 마시는 수순을 밟았다.

처음엔 친구들 안사람까지 함께 불러 모았다. 그러다 남편들의 술자리 실수가 잦아지자 나 보기가 민망했던지 나중에는 아내들 스스로 발을 빼버렸다. 구름이 잦으면 비오기 쉽고, 방귀가 잦으면 화장실 갈 일만 생긴다더니, 친구들과의 모임이 잦은 그들의 술버릇에 문제가 드러난 거였다. 술 앞에선 과음이요, 과음한 입에선 더러운 욕지거리가 넘쳐나고 있었다.

그 날도 예의 우리 집에서 강호와 친구들 술자리가 마련돼 있었다. 그들이 고등학교 시절 미모의 음악교사를 서로 먼저 자기가 찜했다느니 짝사랑했다느니 따지다, 나중엔 개구쟁이처럼 멱살잡이를 하였다. 서로 맞붙어 힘을 겨루다 힘이 부친 쪽에서 쿵 나가떨어졌다. 얼마나 힘을 가했든지, 그 충격에 아파트가 흔들거렸다.

언젠가는 거실 구석에서 잠든 여섯 살배기 딸 유라의 고사리 같은 손을 누군가 밟은 모양이었다. 곤하게 자던 유라가 놀라서 벌떡 깨더니 손을 탈탈 털며 아파트가 떠나가도록 갑자기 큰소리로 울어댔다. 취한 거구의 남자들이 어린 뼈를 상하게 했는가 싶어 엄마인 나는 속이 아려서 자지러졌다.

밤중에 유라를 끌어안은 채, 한 길 건너 병원응급실을 찾아 정신없이 내달렸다. 다행인 것은 유라의 손 끝 부분만 짙은 멍이 들었을 뿐 뼈는 무리가 없다기에 근심을 놓았다. 유라가 응급실에 온 이유를 알게 된 당직의사는 아이들 사고다발 지역은 첫째도 둘째도 집안이니 절대 조심하라며, 거듭 당부를 하였다. 그 일로 하여, 우리 집으로 우우 몰려 와서 술 마시고 사건을 만들던 일은 내리 두어 해 동안 뜸해졌다.

그들의 습관이 다시 도진 것은 지난 봄부터다. 그래도 강호가 술친구들을 불러 모으는 그 일에 나는 별로 토를 달지 않았다. 왜냐면, 그 사이 유라가 초등학생으로 성장했으니, 전 같이 밤중에 병원응급실 가는 불상사야 있겠나 싶었다. 그러자 내가 호응한 걸로 여겼던지, 강호가 다시 이전처럼 친구들과 모여서 술 마시고 사건 만드는 걸 재연하는 것이었다.

그런데, 그런데 말이다. 그들이 술통에 빠져 먹을 감든, 알코올 논조로 봄 논 개구리들처럼 와글와글 떠들든, 담배연기로 방 가득 옹기 굴뚝을 만들든, 텁텁한 입 냄새 풍기며 쌍 욕에다 삿대질로 알 수 없는 시비를 걸어대든, 우리 이웃들에게 피해만 주지 않았다면 얼마나 좋았을까.

그날도 처음엔 잔을 나누는 분위기가 괜찮았다. 못 본 그 사이 사람들이 점잖아졌다 여겼는데, 웬 걸 곧 와그르르 환상 무너지는 소리가 천지를 진동했다. 처음엔 허허 웃다 손뼉을 치다, 한 순간에 따따부따 따지는 소리가 들렸다. 애들 키 문제로 점화된 싸움의 불씨가 차츰 문밖을 넘고, 아파트 숲을 소음공해로 어지럽혔다. 그러면 그렇지, 흰 개털 3년 굴뚝에 처박아둔다고 검은 개털로 바뀌면 손에 장을 지진다고, 혼자 중얼거리던 나는 살래살래 부정적으로 고개를 흔들고 있었다.

그 때였다. 밖에서 사람들이 웅성거리며, 현관문을 쾅쾅 부서져라 두들겨 대는 게 아닌가. 문을 열자 밖에선 아래층 사람들이라며 여럿이 모여와 있었다. 그들은 소음을 참다가 못 견뎌서 항의 차 왔다고 했다. 취한 강호의 친구들이 서로 뒤엉켜 멱살을 잡은 채 방바닥을 나뒹굴고, 끌다 밀다 쿵쾅 댄 소음이 이웃들을 잠 못 들게 한 모양이었다.

그러나 그 때, 누구 한사람 나서서 사건을 수습하려는 이가 없었다. 마지못해 내가 그들 앞으로 나서며, 딱 한 번만 봐달라고 용서를 구한 뒤, 겨우 돌려보냈다.

다음 날 아침, 나는 주스 병을 사들고 옆집과 아래층 이 집 저 집을 순차로 돌았다. 동생뻘인 젊은 새댁들 앞에서 취중에 떠든 손님들 이야기로 미안하다고, 사과를 하였다. 그 때, 코웃음 치는 젊은 여성의 모습이 엄청 거슬렸다. 그러나 결코, 탓할 계제가 아니었다.

"홍, 내 짐작이 딱 맞았어! 애들도 아니고 성인들이 술을 퍼마셨으면 얌전히 잠이나 잘 것이지, 고요한 밤 아파트를 왜 뒤흔드는가 말예요? 주제 파악 못해서 어른 호칭 뺏기고 싶어 환장한 사람들처럼……."

듣기가 거북했다. 이웃 간에 주제파악은 뭐며 환장은 또 무슨 악담인가? 밤중에 취해서 좀 떠들어도 그렇지. 속으로 떫었지만 내가 자세를 낮추는 수밖에 도리가 없었다.

"송구해요 새댁들, 입이 열 개라도 할 말이 없네요."

"멍청한 술 문화에 대해서 기성세대는 관대할지 몰라도, 현대인은 술 먹고 해롱대는 꼴 절대 너그럽게 봐 줄 사람 없죠! 문화인이라면 절대로 그래서도 안 되는 일이고."

들고 간 주스 병이 아깝다는 생각이 들었다. 그러나 되가져 오려니, 말에 가시 넣은 이웃 보다 원인제공자 강호가 근본적으로 더 미워졌다.

언젠가, 유라가 손 밟힌 사건 그 훨씬 전, 그 날도 밤 깊은 시간이었다. 강호와 친구들이 술판을 벌이다 티격태격 소란을 피우고 있었다. 그 때, 갑자기 우리 집 인터폰이 띵동 띵동 미친 듯이 울어댔다. 문밖엔 스포츠 머리칼에 뻣뻣한 인상의 아랫집 남자가 서있었다. 젊은 부부가 우리 집을 찾아와서 대뜸 앞에 있던 나를 왈칵 떼밀며, 안으로 들어서는 게 아닌가.

"알만한 분들이 왜들 이러세요? 야밤에 쿵쾅거리니 도저히 참을 수가 없어서요. 갓난 아기가 잠 못 들어 보채니, 쳐들어 올 수밖에요."

그들 앞에 나서서 윗집에 대한 예의도 없이 불손하고 건방지다며, 무턱대고 주먹 한대를 올려붙인 사람은 강호의 다혈질 친구 천도수씨다. 떠든 이웃을 찾아 항의 차 온 사람한테 잘못을 빌어도 시원찮을 판에 천도수씨는 흡사 기다린 사람처럼 대뜸 주먹부터 올려붙인 거였다. 그러다보니 아래층 젊은 남자와 천도수씨가 서로 맞붙어 멱살잡이하며, 밀고 당기고 옥신각신 시끄럽게 되었다.

그 때였다. 누가 연락했던지 아파트 건너 편 파출소 박 순경이 우리 집을 찾아왔다. 순경이 왔는데도 그들은 서로 엉겨 숨 가쁘게 나뒹굴었다. 박 순경이 한 덩치로 싸우는 이들을 다짜고짜 뜯어말렸다. 싸움은 말리고 흥정은 붙여야 한다며.

잠시 후, 빼빼 마른 박 순경이 악 소리를 내지르며 뒤로 한 발 물러서는 게 아닌가. 그러다 갑자기 박순경이 휙휙 시끄럽게 호루라기를 불어 제쳤다. 갑자기 아파트 공간이 떠 내려 갈 것처럼 소란스러워졌다. 그때서야 엉겨 붙어 싸우던 사람들이 두 쪽으로 갈라졌다.

"맷집 좋은 선생들께서 대한민국 경찰의 손목을 삐게 만들면 어쩌십니까?"

박순경이 따졌다. 그는 금방 부어오른 자기 손목을 만지며, 아픈 표정을 지었다.

"점잖은 신사들께서 싸우시다니, 애들이 본받을까 겁납니다!"

그 때, 아랫집 남자가 불만에 찬 소리로 강하게 내뱉었다.

"신사고 나발이고, 점잔 다 죽었답니까? 우리는요, 위층 시끄러워서 못 살겠고, 정말 미칠 판이네요! 당장 이사 떠나고 싶어요!"

"……."

"하루가 멀다고, 아파트가 떠내려가도록 쿵쾅대니 이젠 공중도덕 모르는 쪽에서 이사 가도록 강제추방 명령이나 좀 내려주쇼! 순경님!"

우리를 강제추방 해주길 바란다는 아래층 남자의 감정적인 목소리를 들으며, 나는 정수리를 한 대 얻어맞은 기분이었다. 인정머리 없는 그 남자 보다 밉살맞은 강호의 표정이 더 궁금해서 뚫어지게 쳐다보았다.

이윽고, 주변정리가 된 것은 박순경이 화해를 권한 덕분이었다. 천도수 씨의 뉘우침도 화해하는 데 한 몫을 한 셈이었다. 아래층 남자는 박 순경 앞에 꾸벅 인사한 후, 자기 집으로 돌아갔다.

"계속해서 시비 붙으면 입건해서 즉결로 넘길 테니, 그렇게 아세요!"

박 순경 역시 강한 어조로 한 마디를 확 던지며, 돌아가버렸다.

그 밤이 이슥해서야 아래층 남자를 불량이웃이라고 낙점 지운 천도수를 선두로 강호의 술꾼 친구들이 죄다 돌아갔다. 그들 뒤꼭지가 사라지고, 문을 닫은 나는 속이 부글부글 끓어올라. 강호를 향해 터뜨렸다.

"당신 친구들, 진짜 뻔뻔스럽네. 정말 연구대상이다! 이웃들 감정을 상하게 한 것도 모자랄 판에 아래층 남자에게 손찌검은 왜 해? 도대체 같잖은 완력하며, 그 똥배짱은 어디서 나온대?"

"오늘 친구들 일은 좀 면목 없게 됐어!"

"무슨 사내들이 귀신에 씌였나? 한두 번도 아니고, 술만 들이키면 시비를 걸고 폭군이 되니 원, 접때도 멀쩡한 화장실 문짝 펑크낸 것 하며 양은세숫대야는 뭣 때문에 팍 찌그러뜨렸는지, 손해배상 청구해서 물리고 싶어!"

"술이 유죄인데, 당신이 이해해 줘야지……."

"얌전히 술만 마시면 누가 뭐래? 나사 빠진 사람들처럼 구니깐 그렇지."

"……."

"정치패거리란 소린 들어도, 술 마시는 족족 사건 치는 패거리는 내 눈 생긴 후 처음 본다, 처음!"

"고만해라! 당신 아버지도 말 술 하셨다면서?"

"그래, 우리 아버지 술꾼인 것 때문에 당신도 술판 대물림 했어?"

"고만 하지! 내 친구들이 술 좀 마시고 떠들었기로 무슨 상관이야? 이해할만한 처지에."

"왜, 왜 상관이 없어? 저 염치 좀 봐! 여기서 우리 아버지 얘긴 왜 나와? 말하자면, 당신 주당친구들이 마신 술이 조금이야? 뻑 하면 취하고 취하면 시비 붙고, 동네방네 발칵 뒤집어 놓고선."

술꾼인 내 아버지에 대한 이야길 듣자니, 나는 당장 불쾌해졌다.

"하루 이틀도 아니고, 이젠 술꾼들이라면 꿈에 볼까 겁난다, 정말."

물고 늘어진 내 탓인가, 그의 목소리가 조금 가라앉았다.

"중심 좀 잡고, 대충 그 정도만 해 두라구."

신경질이 난 나는 강호를 쌀쌀맞게 노려보았다.

"내가 지금 중심이 흔들려서 그런 걸로 보여?"

열흘 후쯤, 강호가 다시 집으로 친구들을 불러들였다. 내가 안주를 챙겨주지 않자 야식을 배달시켰다. 한참 후엔 슬슬 술기운이 오르는지 시비를 거는 수순을 밟는 거였다. 그 때, 불안했던 나는 강호를 붙잡고 애원하였다.

"강호씨, 술도 좋지만 이제 끝내고, 쿨하게 돌려보내요! 다들 가장인데, 술 먹고 시비하거나 쌈박질하는 거, 이제 안 봤음 좋겠다. 제발, 부탁이야!"

"······."

"죽은 사람 소원도 들어준다는데, 내가 원하는 것 들어주면 내 평생 당신의 배려를 은혜로 생각할게, 응?"

히죽한 표정을 짓던 강호가 콧마루를 실룩이며, 비아냥거렸다.

"사람 대하는 명주씨 자세에 문제가 있는 것 아냐? 스트레스 날리고, 불면의 밤 잠들기 수월해서 남자들이 술 마시는데, 봉황의 속을 뱁새가 어찌 알겠어? 술집 가면 술값이 만만찮을 텐데, 집에서 술 먹는 사람, 고맙다고 해야지! 시시콜콜 간섭하면, 대인관계를 초치는 병 아냐?"

술집얘기가 나왔으니 말이지, 강호의 주당친구들이 술집 출입을 안 하는 것도 바이 아니다. 평사원 꼬리 뗀 날 진급 주 한 턱 낸다며, 룸살롱에서 석 달치 급료를 펑펑 썼다. 카드로 술값을 끊고 온 손 큰 짓을 그는 벌써 잊은 모양이었다. 뿐인가. 주당 멤버 중, 2세 교육차 호주로 이민 갈 친구와 송별잔치 했다면서 두 회 차분의 상여금을 몽땅 술값으로 처박아 넣은 일은 기억에도 없는 모양이었다.

나는 유라를 데리고 친정인 큰어머니 댁으로 가버렸다. 강호한테 유감이 많고, 마음이 꽁해서다.

큰어머니는 유라만 반갑게 인사할 뿐, 나를 본척 만척 했다. 큰어머니는 이미 나를 꿰뚫고 있을 것이다. 부부싸움 하다 심하게 삐친 일이 아니면 친정출입 안 하는 내 성미를 너무도 훤히 아니까. 우울해진 나는 큰어머니께 입을 닫아버렸다.

다음 날, 강호가 걸어 온 전화는 짧게 끊겼다. 큰어머니 말에 의하면 속이 틀어져 친정에 간 날더러 돌아오고 싶으면 돌아오고, 말 테면 말라는 거였다. 그걸 본 큰어머니는 나를 긁을 겸 지난날의 내 엄마를 싸잡아 흉을 보는 것이었다.

"남팬이 꼴 난 술 좀 마셨다고, 예펜네가 쪼르르 집 나가는 못난 짓은 니 엄마한테서 배웠더노? 에미가 돼 가이고 커 가는 새끼를 봐서라도, 목 꾸녕에 똥물 신물 울컥 치받쳐 올라와도 꾹 참고, 또 눌러 참고 살아야제, 쯧 쯧! 그렇게 좁아터진 밴댕이 소갈딱지로 까만 머리털 파뿌리 될 때 꺼정 맺 십 년 긴긴 세월 우째 늙을라 카노? 참말로 답답하대이, 참말로!"

큰어머니가 선수를 친 것이었다. 술에 미쳐버린 내 아버지와 우리 남매를 두고 도망간 엄마를 내 앞에서 들먹인 것은 한 마디로 교육적인 효과를 노렸을 터이다.

"맹주(明珠) 니 모르제? 남펜이 뭣 땜에 그 독한 술을 꾸역꾸역 마시는지? 안사람이 돼 가이고 남펜이 술묵는 이유라도 한번 넌지시 물어 봤더나? 그것도 그렇제, 요새는 바깥세상이 혼란시르븐 전장터 아이가 전장터! 전장터에서 싸워 이길라 카믄, 아구 아푸고, 애꿉게시리 똥물 신물 올라오다가 속이 콱 뒤집히는 일 얼매나 많겠노? 니는, 그런 남팬 속을 그놈의 술이 시원쿠로 풀어준다고 봐주믄 안 되겠노? 봐 줄 때가 좋지."

"큰어머니, 그런 게 아니고요."

"아니고 밖이고 시끄럽다 고마! 어른 말 들으모 자다가도 떡이 생기는 법이다! 여팬네가 남팬이 밖에서 술 묵는다고 너무 시시콜콜 침 튀기모 쪼매도 존일 없대이. 최 서방이 술 묵은 걸로 걸고넘어지면 니 엄마맨치로 끝장낼라꼬? 못 본 척 눈 딱 감고, 못들은 척 귀 닫고, 아 새끼 잘 키우고 살믄, 긴 세월 꼬랑지 끝 간 데가 꼭 있을 낀데…… 인자부텀 지발, 그 하나 있는 서방 잡아 묵을 것 맨치로 쪼아대고, 촐싹대지 말거라."

큰어머니가 야단을 친 것에 대해 나는 섭섭한 마음이 솟구쳤다. 어린 날, 술꾼 아버지 때문에 우리 남매 버려두고 집 나간 엄마 생각이 나서 눈물이 핑 돌았던 것이다. 엄마가 얼마나 속이 탔으면 어린 우리 남매를 남겨 두고 집을 다 나갔을까. 불쌍한 내 엄마의 남몰랐던 속사정을 이해해 줄 아량이 손톱만치라도 있다면 큰어머니가 감히 내 앞에서 교육적인 걸 핑계로 쏟아내지는 않았을 것이다. 큰어머니가 섭섭하다는 생각이 들었다.

나는 두 주먹을 불끈 쥐었다. 이미 술꾼 강호의 덜떨어진 술버릇을 꼭 고치고 말겠다는 반발심에서다. 나는 혼자 입술을 실룩거렸다. 주부라면 아니, 아내라면 남편이 가족을 힘들게 하는 걸 너그러운 척 방관하는 만용은 직무유기라는 생각이 들지 않을 수 없는 것이다.

"이도저도 자신 없으모, 안사람인 니가 억센 최서방을 확 휘어잡던지, 니 맨치로 뚝뚝하고 까탈스럽은 성깔 콱 죽이던지, 그래야 집안이 화평할 낀데."

난생 처음 큰어머니 앞에서 내 입으로 집나간 엄마의 변명을 늘어놓았다.

"식초병이니, 술 걸레니, 온갖 별명을 가진 아버지를 맞춰 살기가 힘들고 지쳐서 집나간 엄마는 얼마나 가슴이 답답했겠어요? 큰어머니가 우리 엄마 좀 이해해주면 안 돼요?"

"니가 지끔, 나 보고 따진기가? 가제는 게 팬이라꼬?"

"큰어머니! 저하고 명호 키워준 것 정말 고맙고 감사해요. 하지만, 어느 하늘 아래서 죽었는지 살았는지 소식조차 없는 박복한 우리 엄마 흉보시면, 저 정말 듣기 거북해져요! 그러고요, 어쩌다 재수 옴 붙어서 일류 술꾼을 짝으로 만난 저한테까지 엄마처럼 아픈 전철을 밟게 하지 마셨으면 해요! 부탁할게요."

큰어머니한테 콩닥콩닥 말대답하던 나는 자기 서러움에 도취돼 훌쩍이며 눈물을 짜내고 말았다. 그제야 큰어머니는 내게 심했다 싶었던지, 들썩이는 내 어깨를 끌어안고 토닥여 주었다.

"오냐 그래, 맹주 니 속, 큰엄마도 다 알고 있대이, 와 모리겠노?"

큰어머니 품에서 나는 오래도록 참았던 눈물을 펑펑 쏟아냈다.

*   *

물처럼 흘러갔다, 신혼 2년이. 화사한 봄이 여위고, 여름은 아직 멈칫거리던 오월 하순이었다. 나는 미역국을 맛있게 끓여 저녁밥을 지었다. 물론, 술은 붉은 포도주와 이슬 같은 소주에, 식힌 맥주까지 준비해 놓았다. 안주감으론 생선회와 닭볶음탕을 얼큰하게 끓여두었다. 미역국을 끓인 건 강호의 생일인 때문이고, 후식은 생일 초대 손님상이라면 빠져선 안 되기에 과일 두어 가지를 준비했다.

퇴근 때, 강호는 자신의 친구들과 동반해서 귀가하였다. 좋은 시절 저녁

초대를 해 주서서 고맙다고, 그들은 싱글벙글 동시다발로 합창하는 것이었다.

미역국으로 차린 밥상에서 먼저 술잔부터 돌았다. 몇 순배 끝에 얼굴에는 다들 복사꽃처럼 발그레하니 취기가 올랐다. 그 때였다. 맘속에 박혀있던 어떤 용기 하나가 꿈틀거리며, 나의 등을 떠밀듯 신호를 보내오고 있었다.

'오명주 너, 지금이 적기다! 걸핏하면 잘 뭉치는 술꾼 남자들과 오늘 술판 한번 겨뤄보게나, 얼마나 개성 있게 망가지는지, 그것 참 정말 볼만하겠다.'

나야말로 밥을 먹는 아니, 술 마시는 그들의 틈새를 비집고 들어 갈 기회만 호시탐탐 노리고 있었다. 기회는 준비하는 자에게만 찾아오는 법이었다. 순간, 때마침 스포츠숍을 운영하는 이대훈이 작은 틈새를 만들어 주는 게 아닌가.

"제수씨! 이리 와서 축하주 한 잔 하세요! 신랑 귀 빠진 날이람서요?"

"어머나, 감사해요! 그래도 괜찮을까요?"

잔을 내미는 이대훈씨 앞에서 나는 고개를 숙인 채 두 손으로 받아들었다. 내 계획이 착착 실행돼 가나 싶은데, 이대훈씨 눈치가 나의 술 취향을 잘 몰라 망설이는 거였다. 이때다, 속으로 외친 나는 얼른 이대훈씨 앞에다 소주병을 잽싸게 탁 갖다놓았다.

"저는 요, 이슬방울 같은 이 술이 더 좋아요!"

소주를 잔 가득 부어준 이대훈을 향해 목례를 한 나는 술을 입 속에 톡 털어 넣었다. 남은 몇 방울은 머리꼭지에 거꾸로 부어버렸다. 동시에 가늘게 뜬 내 시선을 강호에게로 가 꽂았다. 그의 표정에서 불쾌함이 읽혀졌다. 효과가 보이는 것은 계획의 성공을 의미함이었다.

나는 다시 잔 잡은 손을 테이블 중앙으로 길게 뻗어 디밀었다. 다들 연거푸 술 청하는 내 태도가 놀랍다는 표정이었다. 나는 속으로 쾌재를 부르며, 술을 입에 톡 털어 넣은 다음 카랑카랑하게 외쳐댔다.

"와우, 술맛 정말 죽이는데요!"

더디어, 세 번째 빈 잔을 그들 앞으로 다시 쑥 들이밀자, 이대훈씨가 다시 채워주었다. 나는 연습이라도 하듯 홀짝 홀짝 무제한으로 받아 마셨다. 아니, 걸신들린 듯 후루룩 들이켰다. 제법 여러 번째.

속에선 서서히 답답하다는 신호를 보내왔다. 울렁거리고, 메스껍기까지 했다. 빈속에 들이부은 술 탓이라 여기는데, 속의 것이 치받으며 올라오려는 비상 신호를 하였다.

그 때였다. 화장실로 달려가려고 일어서는데, 미처 급한 나머지 테이블 위로 와르르 속의 것을 토하고 말았다. 술병들과 잔이며 안주가 널브러진 테이블이 가관이었다. 죄송하단 말을 하려고 입을 열다가, 다시 옆의 왕준혁씨 옷에다 웩, 퍼붓듯이 토해버렸다.

그 때서야 예상했던 대로 강호가 내 등짝을 세게 탁탁 때리는 게 아닌가. 고갤 숙인 채 일어서는 나를 부축하는 척한 것은 강호의 쇼였다. 강호를 힐끗 쳐다본 나는 입가에 묘한 웃음을 흘리며, 금방 쏟아낼 것 같은 폼으로 거푸 웩웩 헛구역질을 해댔다. 그런 취중에도 속으론 강호의 술버릇을 고치고 말겠다는 각오를 다지고 또 다지고 있었다.

진즉 각오는 했던 바이다. 하지만 안주 없이 깡술 마신 부작용이 생각보다 훨씬 더 힘이 들었다. 결국 깡으로 버텼던 나는 기어코 쓰러지고 말았다. 강호는 눈을 감고 있던 나를 마구 흔들며, 뺨을 때렸다. 복수할 기회라도 만난 듯 정신을 차리라고, 고함까지 질러댔다. 그 기억을 끝으로 술에 흥건히 젖은 그 밤이 나를 몽롱함 속으로 이끌며, 질척거리는 늪처럼 깊어져가고 있었다.

그 날의 소득은 예상외로 약했다. 하지만, 강호가 술 마시는 일을 의도적으로 삼가는 게 보였다. 또 다른 것은, 강호의 말수가 절반으로 팍 줄어든 점이었다. 그런데, 그것이 강호의 또 다른 술망나니 전초전인 줄은 그 때까지 나는 까맣게 몰랐다.

두어 주가 지났다. 자기의 생일 날 나 때문에 축하분위기를 깡그리 망쳤다며, 강호가 노골적으로 술 마실 친구들을 집으로 불러 모았다. 고스톱을 치기 위함도 아니고, 초대해서 축하받을 일은 더더욱 없었다. 그렇지만 그들의 만남 뒤엔 언제나 술로 끝마무리를 하게 돼 있었다. 아파트 단지를 발칵 들쑤셔 놓은 사건이 터졌던 건, 바로 그 날이었다.

*   *

쇠뿔도 녹는다는 삼복, 그 한가운데였다. 저녁에 친구들이 동양화 감상하러 온다고, 수박을 사다 식혀 놓으란 강호의 전화를 받을 때부터 나는 어떤 조짐을 예측하고 있었다. 고스톱 치다 열 받으면 술을 마시고, 돈 잃고 감정이 펄펄 끓으면 달고 시원한 수박을 찾으리란 것쯤은 진즉부터 짐작했으니까.

식힌 수박 한 쪽씩 입에 물 때까지만 해도 분위기가 부드러웠다. 고스톱 판이 몇 회 차 무르익자, 그 때부터 그들은 갈증이 나는 듯 술을 찾기 시작했다. 광 팔던 학수씨가 옆 사람의 손에 든 패를 들여다보던 중, 영도씨가 앞과 옆을 휘휘 살피며, 떠들고 있었다.

"눈에 뭐가 들어간 거야? 찡긋 거리게?"

학수씨가 앞사람한테 신호를 보내다 들켰던가 보다.

"뭘, 찡긋했다는 거야? 너, 똥파리야? 내 눈 찡긋한 걸 다 알게?"

노름판 정보를 눈짓으로 신호해주다 들킨 거겠지만, 앞전에 돈 잃은 사람이 사기라며 발끈 화를 냈다. 눈짓 신호를 보내던 상대는 민망함을 억울하다고 덧씌우며, 마주 고함을 질러댔다. 고스톱 판은 차츰 전운이 감돌았다.

그 때, 눈에 불꽃을 이글대던 왕준혁이 학수씨의 복부를 툭 치며, 따지고 들었다.

"배불뚝이 사내새끼가 말이야, 얼마나 할 일 없으면 노름판에서 훈수를 다 두느냐구? 눈알 튀어나오게 볼태기 맞으려고."

옆 사람의 손에 복부를 터치 당한 것만도 불쾌감이 솟는데, 볼태기 맞으려고 훈수를 두었다는 지적을 듣고만 있을 학수씬가. 부리부리한 그의 눈꼬리가 휙 치켜져 올라갔다.

"더러운 손으로 감히 어딜 건드려? 그 입하며, 공업용 미싱으로 촘촘히 박아버리기 전에 닥쳐라! 내가 언제 노름판에서 훈수 뒀다고 그래? 멍청한 주제에."

"내 주제가 어때서? 넌 잘나서 멍청한 사람 옆에 앉았느냐구? 모자반 뒷붕알 같은 헛똑똑이 나이롱아, 오래 전 마을에서 공동 빚보증을 설 때도 니 엄니가 우리 엄니를 만만한 반장이라고, 찍어 넣은 바람에 우리 부모 둘이 서로 시비하며 대판 싸우다 결국, 별거 끝에 이혼까지 간 거, 너도 알지?"

"짜아식! 밥통 같기는, 여기서 빚보증 이야기가 왜 나와?"

"뭐? 밥 토옹? 웃기고 자빠졌네. 밤낮 꿀꿀거리며 먹어대는 돼지가 들어도 웃겠다야? 흠씬 먹고 똥배 뽈록 나온 니가 밥통이지, 뱃가죽이 등짝에 붙은 내가 왜 밥통이야? 웃겨, 정마알."

　재미있다고, 몇몇은 허허거리며 웃었다. 웬걸, 벌떡 일어 선 왕준혁의 눈에서는 불꽃이 튀었다. 빚보증이야기라면 삼십 여 년 전, 살구꽃 피는 고향 마을 부녀회에서 동네 복판에 지하수를 파서 공동빨래터를 건설한 적이 있었다. 공사를 외상으로 하면서 나중에 갚으려니까 재정보증이 필요했던 것이다. 그 때, 학수씨 모친이 4반 반장 일을 보던 왕준혁의 모친을 부녀회 대표로 내세우며, 재정보증을 세우자는 발의를 했었다. 그리하여 그 제안대로 마을 빚 보증을 세운 적이 있다. 그 바람에 왕준혁 부모가 티격태격 계속해서 싸우다 별거를 하게 됐고, 끝에는 이혼까지 진행된 사건이었다. 그러나 당시엔 다들 동민들이 동네를 위해 일을 진행하다 부작용이 생긴 사건으로만 기억하고 있었던 것이다. 그런데, 노름판에서 갑자기 그 이야기가 튀어나온 것은 평소에도 가슴에 꼬깃꼬깃 품어 둔 탓인 모양이었다.

　왕준혁이 빽 고함을 지르며, 한판 붙자는 말로 눈을 부릅뜨며 벌떡 일어섰다. 감정이 폭발한 순간이었다. 그 때, 왕준혁의 뺨을 찰싹 먼저 후려쳤던 쪽은 성미 급한 학수씨였다. 졸지에 당한 왕준혁이 씩씩거리며, 학수씨의 목덜미를 탁 낚아채었다. 엎치락뒤치락 둘이 한 덩치가 돼서 뒹굴다 뚱뚱한데 비해 체력 딸린 학수씨가 손에 잡힌 술병을 벽에다 획 던진 거였다. 쿵짜르르, 병 깨지는 소리가 물밑 같은 심야의 아파트 숲을 발기발기 찢어놓았다.

　그 소음에 놀란 아파트 주민들이 단체로 웅성댄 나머지 우우 몰려 우리 집으로 쳐들어 왔다. 그 때, 강호가 그들 앞에 나섰다. 죄송하다고, 한 번만 봐달라고, 싹싹 빌었다. 벌써 몇 번째냐며, 반상회에서 쫓아내겠다는 걸 내가 배후로 나서서 사정사정하며, 침이 마르게 양해를 구한 후, 돌려보냈다.

다음 날, 반상회칙대로 벌금 10만원을 물고 그 일이 일단락되었다.

그 후, 더 괴로운 일이 생겼다. 아파트 주민들이 우리를 아예 왕따 시키는 게 아닌가. 그들은 쓰레기 분리수거 하는 날 우리를 따돌리고, 단체로 하루 관광 가는 것도 끼리끼리 뭉치고 자기들끼리 다녀온 것이었다. 더욱 섭섭한 건 반상회 회람쪽지마저 우리 집에는 돌리지 않았다. 그 뿐이면 말도 안 하겠다.

초등학생인 유라마저 아파트 놀이터에서 친구들로부터 왕따를 당하는 장면이 내 눈에 띄었다. 그 때문에라도 나는 이래저래 술부작용을 일으키는 강호를 향해 제발 술 좀 끊어달라고, 요구하지 않을 수 없는 것이다.

*   *

창 너머로 노을이 황홀하게 불타고 있다. 찬 기운에 옴츠린 섣달그믐이다. 골목마다 '올드 랭 좌인' 이 은은하게 울려 퍼진다.

나는 소주 한 박스를 식탁 아래 갖다 놓았다. 무를 넣고 끓여 시원한 동태찌개 맛도 확인을 했다. 오늘은 하늘이 두 쪽 나도 강호한테 우리 가정의 평화를 위해 둘 중 하나를 선택하게 요구할 참이다. 술을 끊든지, 아니면 남은 인생 각자 자유를 찾든지. 그 길만이 호호백발 늙을 때를 대비한 내 가정 지키기가 될 것 같아서다. 식탁 아래 박스에 담긴 술을 전부 다 마셔도 답이 없으면, 양쪽 베란다를 산더미처럼 꽉 채워 둔 무더기 술들이 기다리고 있지 않은가.

유라에게는 저녁밥을 먼저 먹였다. 그리곤 자기 방에서 공부하다 졸리면 자라고 시켜두었다. 술에 약한 나는 미리 동태찌개로 최소한의 저녁요기를 하였다.

그런데 그날밤, 강호는 귀가하지 않았다. 자정이 넘고, 은하의 별들이 크게 자리를 옮긴, 자정이 훨씬 더 지나서야 그로부터 전화가 걸려 왔다.

"친구들과 송년회 하느라 한 잔 하다보니 취해서 꼬꾸라지고 말았어! 그래서 집 찾아갈 기력도 동이 났고. 하지만, 날이 새면 들어갈 테니 걱정하지 마."

외박을 위한, 일방적인 통고였다. 강호의 전화를 받은 내 손이 가늘게 떨렸다. 나는 허탈해졌다. 처음도 아닌데, 묘한 전율이 전신을 타고 흘러내렸다.

'최강호, 역시 눈치 하나는 구단이네! 술 빙자해서 가족과 이웃들 귀찮게 한 당신의 그 주벽을 내가 기어코 끊게 하고 말거야! 무슨 재주를 부려서라도.'

뿌연 새벽이 늦어, 투명한 아침이 되었다. 강호가 현관문을 밀고 들어선다. 유라가 떠듬떠듬 강호 앞에서 읊어댄 말은 조금 전에 소곤소곤 내 사주를 받은 그대로다.

"아빠! 우리, 정말 부자다!"

"부자라니, 무슨 말이야?"

"아빠 모르지? 베란다 가보면 알아!"

"베란다에 가면?"

유라 손에 이끌려 베란다로 간 강호가 악, 비명을 내지른다. 아파트 양 베란다를 술들로 가득 채운 장본인이 바로 나인 걸 모를 리 없는 남자가 아닌가. 그는 눈을 휘둥그렇게 뜨며 놀라워하였다. 그러다 갑자기 고갤 푹 떨어뜨린다.

"다, 당신! 이, 이게 다 뭐야? 미, 미쳤어?"

"그래, 맞아! 나 미쳤어! 당신 마누라 오명주가 미치는데, 보태준 것 많지?"

"그, 그 깐 수, 수, 술 때문에, 사, 상처라도 받은 거야?"

"뭐어? 그 깐 수울? 상처라도 받았느냐고?"

순간, 참았던 화가 머리끝으로 뻗치기에 흥분한 내가 고개를 확 쳐들었다. 그를 노려 본 나의 두 눈이 사나운 살쾡이처럼 번뜩거렸다.

"미안해, 내가 죽일 놈이다. 어쩌겠어? 그래도 남편인데, 명주씨가 바다 같은 맘으로 용서해 주라."

"천만에, 난 바다가 아니야! 그래서 절대로 용서 못해!"

"음……."

"왜 그랬어?"

"왜는 무슨, 술이 죄지."

그의 말을 따지기도 전에 내 숨이 먼저 차올랐다.

"짜, 짧은 인생, 술로만 끝낼 참이야? 너무 억울해서, 이젠 대책이 필요해! 알겠어?"

"그 깐 일, 뭘 그리 심각해 하는 거야?"

"뭐어? 그 깐 이일? 인생은 원래 심각한 거야! 당신은 뭐 땜에 결혼했어, 왜? 술만 즐기려고? 오명주 속 썩어문드러지는 꼴 보려고? 그냥 혼자 살지."

"기호 식품이야, 술은."

"기호식품 들으면 욕할라?"

"속 좁긴, 그 깐 일로."

"장난으로 던진 돌멩이에 개구리는 맞아죽거든!"

"당신 아버지도 술 좋아했다면서?"

"처음엔 좋아하다 나중엔, 미치지."

"그래서, 어쩌라고?"

"당신도 울 아버지처럼 되고 싶어?"

"무슨, 그런 악담을."

"악담이 싫으면, 내 말 잘 들어? 술꾼 남편 때문에 내가 미쳐버리기 전에."

"술 먹는 사람 이해 좀 해주면, 안 돼?"

"약 올리는 거야? 술 때문에 미치는 사람도 있는데."

"약은, 그 쪽에서 먼저 올렸잖아?"

"그 쪽도 만만찮네."

"그 쪽이 더 만만찮네."

"인생은 원래 만만찮은 거야."

"인생만 그런가 뭐."

"그러니까 지금 당장 술 팍 끊어주라! 칼로 무 자르듯이……. 지난 일 전부 다 용서할 테니."

"그렇게, 심한 말을?"

"지금 나한테 따지는 거야?"

그의 앞에다 필기도구와 백지를 들이밀며, 내가 말했다.

"여보! 다 우리 가정을 위해서니깐, 이해해주길 바래! 수긍하면 여기 각서를 써 줬으면 좋겠어!"

주방 가운데의 아일랜드 식탁에서 우리는 서로 상대를 향해 섭섭한 마음을 한 없이 털어놓았다. 가슴에 쌓인 스트레스를 몇 섬도 넘게 주고받았다. 숨이 턱에까지 닿았다. 그러자 결국은 강호가 내게 여든 다섯 자의 각서를 써 준 것으로 우리들 입씨름은 끝이 났다.

- 각 서 -

나, 최강호는 술을 끊기 위해 이 각서를 쓴다.

나, 최강호는 오늘부터 술을 딱 끊겠다.

나, 최강호는 이날 후론 절대로 입에 술을 대지 않는다.

나, 최강호는 또 다시 술을 입에 대면 오명주의 요구대로 합의이혼 서류
에 도장을 찍을 것을 굳게 맹세한다.

2009년, 섣달그믐 날 아침, 〈최강호〉

강호가 쓴 각서를 내손으로 받았다. 그러나 그렇다 해서 하루아침에 만
사가 달라지는 건 아니었다. 각서를 주고받은 그 후유증 때문에 우리는 한
동안 대화도 없었다. 그것은 서로 무슨 손해라도 본 것처럼 속으로만 끙끙
앓았던 폐해다. 아마 나 보다 강호의 속마음이 좀 더 답답했으리라 짐작은
했다. 그렇지만 나는, 그에게 결코 한 마디도 물어본 적이 없다.

언제부턴가 나는 주위 사람들 입에서 술 이야기만 나오면 딴사람처럼 외
면해버렸다. 듣기조차 싫었던 것이다. 모든 게 술로 인해 생겨난 내 팔자고
역사라기에는 마음의 상처가 깊었던 까닭이다.

봄바람이 융단처럼 부드럽다. 팔자에 타고난 것 같은 각서 사건도 희미
해진 어느 날이다. 유라의 숙제를 도와주고 있는데, 옛 직장인 보험사에서
내게 소식을 보내왔다.

'지금은 보험시대 입니다. 우리들 일터가 당신의 고귀한 능력을 필요로

합니다. 아직도 달콤한 결혼생활의 타성에 젖어있다면 이제 곧 그 틀을 부드럽게 깨버리고, 넓은 바깥세상으로 나오세요!

희망 넘치는 사무실에 당신의 자리가 준비돼 있습니다. 급료는 능력만큼, 2세를 위한 교육비도 충분히 고려하고 있습니다. 가까운 미래에 뵙기를 기원합니다!'

그 날로부터 내 두 발은 바퀴가 달린 롤러스케이트 같이 드르륵 움직였다. 양품점에서 직장에 입고 다닐 옷 세 벌을 골랐고, 향이 은은한 기초화장품도 몇 개 구해왔다.

재취업에 부푼 내겐 진즉 달라진 것이 또 하나 있다. 그 날 이후, 나는 단한 번도 남편 강호가 술 마시는 걸 본 적이 없다. 강호가 진즉, 푸른 나라 호주로 이민을 간 때문이다. 그가 혼자 떠난 것은 미리 자리 잡아 놓고, 나와유라를 부른다는 뜻이 담겨있다.

우유 빛 아일랜드 식탁 위에서 각서를 쓴 지 꼭 석 달 만이다. 🔁

(단편소설)

단죄의 시간은 끝나지 않았다

그 남자는 침을 꿀꺽 삼키며, 자기 이름을 김갑수라고 사장인 내게 소개하였다. 그리곤 잠시 뜸을 들인 후, 나직한 목소리로 말하는 것이었다.

"처음 시작한 돌솥 알 밥인데 중식으로만 서른여섯 개나 나갔어요. 이 정도면 권리금에 영향을 줄까요?"

소년처럼 나를 빤히 쳐다보는 그의 깊은 눈빛을 읽으며, 담담히 듣고 있던 내가 그의 말을 이어 받았다.

"저녁에는요, 최대한 친절함을 살려 손님을 데리고 시원한 야외 테이블로 안내하세요. 가게가 손님들로 북적대는 걸 보면 인수하려는 사람도 관심을 더 갖게 될 테니까요."

"예?"

"계획은 마음에서 세워지지만, 실천도 마음먹은 만큼 노력해야 하는 거거든요, 특히 요즘같이 어려울 때는, 요…….”

“…….”

“한 치 앞이 안개라, 최근처럼 종잡을 수 없는 시절에는 눈에 보이는 것만 믿으려 드는 세상이 돼버렸다 뭐, 그런 말씀이지요.”

그의 행동이며 자세를 하나하나 지켜보면서 가감 없이 주절주절 훈수하는 나는 지금 폐업 컨설팅의 대표직에 있다.

하루하루가 늪처럼 깊어져가는 경기 침체로 하여 김갑수씨는 얼마 전부터 손님이 줄어드는 식당을 처분하려고, 우리 업체에다 의뢰해 온 처지이다. 평소 먼 친척이나 지인들에 매달려 푼돈마저 샅샅이 긁듯이 빌어서까지 겨우겨우 힘들게 개업한 식당이라고, 숨차게 읊어대던 그의 말이 귓결을 맴돌았다. 그렇듯 힘들게 개업한 식당인 만큼 그걸 처분하려는 계획에 있어 하다 못해 몇 푼이라도 더 받을까 골몰한다며, 우리 컨설팅업체의 조언을 통해 식당 매각가격을 올릴 수 있는 요령을 상담해 온, 이를테면 고객인 셈이었다.

지난 번 미국에서 발발한 글로벌 경제위기 광풍이 불어댄 그 후부터 한 해 평균 수 십 만개의 업체들이 하룻밤을 새고 나면 우후죽순처럼 폐업을 하고 있다는 뉴스가 사방팔방에서 들려오고 있다. 그런데, 그 무거운 뉴스마저 만성이 됐는지, 이젠 그것에 대한 감각조차 차츰 무뎌져 간다는 걸 느낄 뿐이다. 그런 시점에 김갑수씨가 어쩌다 그토록 애써서 차린 식당을 문 닫게 됐는지, 어깨가 축 처져서 한숨을 뱉어내곤 했다.

김갑수씨 측에선 작은 식당을 정리하면서 어떻게 해서라도 투자 손실을 줄일 수 있는 만큼 줄여 보느냐가 큰 관심사였을 것이다. 때맞춰 인연이 되려고 그랬는지, 우린 그처럼 폐업하는 자들을 위해 틈새시장을 노리고 ‘폐업컨설팅'이란 회사가 생겼다는 업무광고를 내게 된 것이다.

결국 광고의 효과는 생각했던 것 이상으로 큰 힘을 발휘하였다. 하긴 폐업하려는 그들의 사정이야 말로 물에 빠진 사람이 지푸라기라도 잡으려는 심정 그것일 터였다.

"이 점을 분명히 아셔야 돼요!"

"……?"

"잠시 한 눈을 잘못 팔면 몇 푼 건지기도 어려워지거든요."

"……?"

"그걸 어렵게 생각할 거 있습니까? 그래도 한 때는 나름대로 패기를 갖고 도전해서 꿈을 키웠던 장사인데, 자산을 바람 앞에 휴지처럼 홀랑 날려버릴 처지라 걱정하면 허둥거릴 수도 있지 싶어요."

"……."

"사실은 꺼져가는 불씨를 조금이나마 살린다는 것도 만만한 일이 아닐 거예요."

"그러게, 요……."

"우리가 보는 일은 폐업 컨설팅을 하는 처지이지만 최대한 사장님들 자산을 조금이라도 더 건져서 새로운 창업으로 재기할 수 있게 폐업자를 돕는 역할을 맡고 있다고 보시면 됩니다."

사실 엄격히 따지면 나는 객관적인 입장에 서 있는 사람이다. 김갑수씨가 큰 부자가 되던지 쪽박을 차던지 관여할 일도 아닌 것이다. 게다가 오지랖 넓게 나서서 사업막바지로 몰린 사람을 붙잡고, 밤 놔라 대추 놔라 간섭할 필요조차 없는 방관자적 입장이 아닌가. 그렇지만 폐업하는 일에 종사하는지라 어디까지나 값쌀지 몰라도 인간적인 동정으로 그를 돕고자 하는 즉, 컨설팅업체의 대표인 것이다. 무엇보다 한 사업자의 실패가 안쓰럽고 안타까워서 나름대로는 솔직하면서 친절하게 그를 위해 충언해야할 임무랄까 뭐, 그런 욕심을 가지고 있다.

우리 주변에서 폐업 컨설팅업체가 등장하기 시작한 것은 한참 전인 새천년 아니, 그 이전부터다. 98년, 서슬 퍼렇던 외환위기 직후부터 우후죽순처럼 경쟁적으로 꿈을 먹고 줄줄이 생겨난 업체들이 좀 많았던가. 비록 출발은 장대했다손 처도 어찌어찌 하다가 시장경쟁에서 비실거리며 퇴출되는 폐업자들을 대상으로 생겨난 신종 업종이 곧 우리가 하는 즉, 폐업을 도와주는 컨설팅업체의 본 역할인 것이다.

오늘 날 우리나라에는 수 십 여 업체가 연간 엄청난 폐업 컨설팅을 해주는 걸로 알고 있다. 그런데, 시장 규모가 연 몇 십억 원 아니, 백억 원을 육박하는 것만 추정할 뿐이다. 그러니 알게 모르게 꼴아박는, 소위 그 신장개업을 했다가 날린 돈은 또한 얼마나 큰 규모가 될 것인지, 그 누구도 감히 상상을 하지 못한다.

우리 폐업 컨설팅업체가 문 닫는 업체들을 돕는 일에 종사하면서 받는 수수료는 폐업할 규모와 우리 측에서 노력하는 처리 조건에 따라 제법 많은 차이가 있다. 그러나 아무리 그렇다고는 하지만, 오십 보 백 보라 평균 잡아서 100만원을 초과해서 300만원을 약간 웃돌게 받는 정도다. 그런데 그 수수료 역시 객관적이지 못한 것 또한 숨길 수 없는 사실임에 틀림이 없다.

폐업 컨설팅업체인 우리가 하는 일은 어느 면에서 쉽다고 보면 쉬운 일이다. 하지만, 어려움에 부딪히는 것보다는 폐업하는 측 입장에서 보면 무척 가슴이 아픈 중대사를 냉정하게 처리해야만 하는 어려움이 있다. 한 마디로 점포 가치를 능력껏 올려서 한 푼이라도 더 받아주는 것이 곧 그 목적이고, 우리 폐업 컨설팅업체를 이용하는 측은 눈에 뻔히 뵈는, 뼈를 깎는 손실을 줄이고픈 본능이 있어 서로 손잡아 공생한다고 보면 맞는 말이 될 것이다.

그런데, 경우에 따라선 웬만하면 '폐업' 하지 말라고 권하고 싶을 때가 있다. 특히 자영업자들이 가장 어려워하는 건 폐업의 시기를 결정하는 것이라 해도 과언이 아니다. 그 때는 좀 의외다 싶지만, 팔짱을 낀 채 구경만한다고 여겨지는 우리 폐업 컨설팅 측에서도 나름대로 정중하게 조언을 해주려 나선다.

"그 동안 매출이 급격히 떨어진 상태가 장시간 지속됐다면 주위를 한 번 둘러봐야 합니다. 잔뜩 물건을 받아서 구색을 맞춰 놓은 시점일 때, 그리고 물건이 나가야 하는데 순환이 되지 않을 땐 주변을 휘 둘러 살펴 볼 필요가 있는 것이지요."

처음엔 우리가 들려주는 말에 점포 주인들은 적잖이 기분나빠 하거나 심드렁해 한다. 그도 그럴 것이 이미 장사가 시원치 않다는 데 대해 속을 많이 썩고, 그 때문에 신경을 곤두세운 관계로 이미 속이 상해 있기 때문에 남의 말 따위가 귀에 들어 올리 없을 것이니 이해가 되기도 한다.

"우선은요, 떴다방이나 노점상들이 주변에 와있는지 확인해보는 게 좋습니다. 분위기 상 그래도 정 안되겠다 싶으면 거기서 포기하는 것보다 세일 행사를 열어 보는 겁니다. 그렇게라도 손님을 유도해서 가게를 다시 살리는 것이 폐업하는 것보다 낫겠다 싶으면 다음으로 시도할 일이 있지요."

"시도할, 일이요?"

"당장 창고 확인에 들어갈 차례란 거지요. 그 다음은, 재고 파악이 되면

상품에 대한 물량 조절에 들어가야 합니다. 그렇게 하는 것이 조금이라도 덜 손해를 보는 길이니깐요."

무엇보다 폐업하는 자영업자에게 손실을 최소화하려면 우리들이 갖고 있는 노하우를 알려주는 게 바로 그 폐업 컨설팅업체로서의 핵심인 것이다.

누가 뭐라 해도 물류는 물처럼 흘러 줄 때에만 경제가 제자리를 찾는다. 현대의 경제는 갈수록 대형화되고, 치열한 경쟁으로 중소점포 상업이 점점 어려우면서도 힘들어지는 세태다. 넉넉지 못한 재산을 탈탈 털어부어 모든 정열을 바쳐도 계획한 만큼 사업 운의 정도(正道)를 만나기 어려운 탓이다. 이래저래 마음은 자꾸 다급해지고, 업주의 심리는 쫓기게 마련일 것이다. 하지만, 그래도 시행착오를 겪으며, 고초를 경험하다보면 갈림길에서나마 의외의 대로를 찾게 되지 않을까, 기대해보는 것이다.

그런 의미에서 우리 폐업 컨설팅업체 측은 폐업 희망 의뢰자가 하던 일을 접고 싶어 하면 앞서 주문하는 말이 있다. 무엇보다 먼저 점포 정리 기간을 최대한 앞당겨야 한다고 충고를 해 준다. 불행하게도 가게 적자가 하루하루 쌓여가는 상황에선 점포를 빨리 정리해야 손실 증가를 막을 수 있기 때문이다. 무엇보다 이미 점포를 정리할 때가 늦어 실행이 다급해진 경우에는 가게의 이마에 붙어있는 간판부터 점검하는 게 좋겠다고 콕 찍어 말해준다. 그땐 대부분의 업주들이 급한 마음과는 달리 은근히 시큰둥한 표정을 짓는다. 하나같이 발등에 불이 떨어졌다고 엄살을 부리면서도 대개 십 중 팔구는 그런 부류의 사업주들을 현장에서 흔하게 만나는 것이다.

그 다음으로는 가게 내부의 조명을 하나하나 잘 살펴보라고 일러준다. 때에 따라선 소품 내지 비품의 진열 위치도 자리를 크게 바꾸도록 주문하고 있다. 물건의 쓰임새를 봐서, 아니면 크기나 용도별로 모아두는 것도 한 가지 분위기를 쇄신할 방법이 될 수 있는 까닭에서다. 그나마 뒤늦었다 싶지만 가게 분위기를 더 한층 산뜻하게 보이도록 꾸며야만 새로 등장하는 인수자의 관심을 끌 수 있기에 말이다. 어쨌든 우리 폐업 컨설팅업체는 접하는 고객들에게 귀찮을 만큼 충고하기를 좋아하는 존재라 해도 과언이 아니다.

그런데, 우리가 하는 일이 폐업 컨설팅이라고 꼭 그것 하나만을 고집하고 있지는 않다. 무슨 소리냐 하면, 때에 따라선 개업하는 쪽 업체를 위한 도우미 역할도 한다는 뜻이다.

요즘엔 식당을 개업할 때, 첫째의 필수 비품이 에어컨이다. 그렇듯 에어컨이나 진열대와 책상 등속의 시설물이 필요할 때는 같은 업종의 폐업을 하는 사업자와 직거래하면 훨씬 유리한 가격에 흥정을 할 수 있으니 그 점에서도 정보를 주고 있다. 물론, 신품이 아니어도 무방하면 형편상 중고 상(商)을 이용하는 방법도 그 하나에 속하기 때문이다.

음식점에서 쓸 냉장고는 식자재가 아닌 완성된 음식물을 임시로 보관하는 처지라면 가급적 새 냉장고를 사도록 권해주는 방식을 택하고 있다. 만약 생선회 식당이면 생선회 썰어 담은 바구니를 냉장고에 넣어 둘 것이니, 그때는 필히 새 냉장고라야 위생상으로 문제가 없을 테니 말이다.

그렇듯 에어컨이나 진열대 등속의 시설물을 처분할 경우에는 같은 업종의 신규 사업자와 직거래하면 훨씬 유리한 가격을 받을 수 있으니 그걸 소개해 주는 역할도 소홀히 할 수 없다.

노래방이나 혹은 PC방 외에 일반 사무실을 열 때도 업종별로 다양한 중고품 가게를 우리들 컨설팅업체에서 중개해 주는 일도 겸하고 있다. 동종

업계에서 쓰던 옷이나 신발은 깨끗이 세탁하고 잘 씻어 쓴다면 별 문제가 없을 것이다. 그 외에도 캔 음료와 같은 물품들은 먹는 것이기 때문에 가급적 재고를 만들지 않기를 충고해준다. 캔이 만기날짜를 앞두고 있는 업체가 빨리 처분해서 현금화하고자 원하면 전문 처리업자인 '땡 처리 업체' 와 연결도 시켜주고 있다.

그 다음으로는 지금껏 거래해온 업체한테 받을 돈도 얼마가 되는지 잘 파악하고, 나름대로 챙겨서 받아야 할 기회도 엿보게 일깨운다. 하나 더, 우리가 암묵적으로 꼭 지켜야할 일은 점포 정리를 가급적 조용히 처리하라고, 그게 훨씬 더 낫다는 이야기도 잊지 않는다. 규모야 어떻든 사업이랍시고 동동거리며 활동을 하다 끙끙 어렵다는 소문이라도 나면 절대로 좋을 게 없을 테니 말이다. 만약 문 닫아야 할 형편이 소문이라도 나게 되면 거래처에서 먼저 눈치를 채고, 잔금 지급을 미룰 수도 있겠기에 그러는 것이다. 그 밖에 암만 가족이나 친척끼리 뭉쳐서 일을 하는 가게라 할지라도 대표자의 표정에 영업장을 문 닫을 눈치를 담지 말기를 주문하고 있다. 아무리 일가나 친척이라지만 종업원 마음에 바람이라도 들면 일하는 자세가 틀려지고, 퇴직을 하게 될 것이기에 폐업 진행은 옆 사람도 모르게 추진시킬 필요가 있어서다. 그 외엔 폐업을 신고하는 일과 부가세 등을 상담해 주다가 상황을 봐가며, 가끔씩은 우리 폐업 컨설팅업체가 서비스 차원으로 대신 처리해주기도 한다.

그 다음으로 우리 측에서 빠지지 않게 들려주는 이야기가 있다. 큰 꿈을 먹고 사업을 시작했다가 뜻하지 않게 실패했을 땐 3분지 일 정도만 건져도 다행이라는 걸 인식시켜 주는 일이다. 또 다른 경우엔 적어도 두 세 달 전부터 가게 문을 닫을 준비를 한다면 사업 초기 투자금의 절반 정도라도 확보

할 수 있을 것이기에, 더 큰 욕심을 접는 방법을 제시해 주는 경우다.

최근엔 우리 폐업 컨설팅업체가 며칠 전부터 이곳 식당 골목에 있는 김갑수씨의 삼겹살집에서 일을 보는 중이다. 김갑수씨가 식당을 팔고 싶어해서다. 마흔의 끝자락을 딛고 서 있는 나는 내 몸의 치부를 한껏 감추고 있다. 앞이마 중앙이 텅텅 비어서 찬바람이 돌기에 그렇다.

나는 감추고 싶은 대머리 위에 얹힌 가발을 조심스럽게 매만지며 혼자 김갑수씨 가게에서 식사를 주문하기로 했다. 수준을 알고 싶어서다. 그리고 종업원이 날라온 물수건으로 손바닥을 찬찬히 닦았다. 뒤 이어 메뉴판을 꼼꼼히 훑어보다가 돌솥정식을 시켰다. 그런 다음 다른 이들이 눈치를 채지 못하게 곳곳의 테이블에 앉은 주위 손님들을 살피고 있다. 내 시선은 그들의 겉모습만 훑는 게 아니라 일거수 일투족을 샅샅이 살피는 중이다. 물론 층층의 고객들이지만, 소리를 내거나 가만히 웃는 모습 역시 놓치지 않는다. 나중에는 그들이 무슨 음식을 시키는지, 청각 신경도 곤두 세웠다.

드디어 종업원들이 메뉴판대로 음식을 나르기 시작했다. 그 땐, 먹을 것을 대하는 그들의 반응을 하나하나 곰곰이 기억창고에 쌓아가는 것이다. 사람의 표정이 가장 적나라하게 피어나는 건 음식 맛에 대한 만족도이기에 그렇다.

그 날, 저녁식사를 마치고 나니 시간도 어둠의 늪 속으로 깊게 빨려 들어갔다. 나는 김갑수씨 앞에서 꾹꾹 눌러 참아왔던 궁금증 때문에 기어이 폐업 컨설팅업체로서의 불문율을 깨고 말았다. 그의 오늘이 있기까지를 나도 모르게 불쑥 캐묻게 되었던 것이다.

내 질문에 처음엔 그가 대수롭지 않은 듯 그냥 씨익 웃어넘겼다.

그러다 드디어 하루 일과를 다 끝낸 후였다. 손을 닦던 그의 부인마저 퇴근한다며, 문을 열고 나갔다. 그 때, 김갑수씨가 나를 말없이 붙들어 앉히는 거였다. 나는 그의 조용한 행동에 조금씩 관심이 뜨거워지고 있었다. 솔직히 일면 궁금하면서도 약간 불안한 마음도 없진 않았다.

"사장님, 이거 캔 식혜라도 좀 마실래요?"

나는 정중히, 그러나 행여 긴장감을 늦추지 않으려 그의 말에 더듬듯 대답을 하였다.

"캐, 캔이라면, 소, 손님께나 드리지요?"

입가에 조소인지 미소인지 엷게 흘리는 특유의 표정을 지으며, 그가 천천히 말을 이어가는 거였다

"그냥, 부담 없이 들어만 주심 돼요."

"......?"

"속에 똥처럼 쌓인 걸 조금이나마 들어내버리고 싶단 생각도 적잖게 했었거든요."

우리 둘 사이에 짧은 침묵이 흘렀다. 그는 삶에 치여 지쳐 보였고, 흡사 현실을 지원받으려는 듯싶은 한 사내의 천진한 표정으로 바뀌어 갔다. 침묵의 갑갑증에 걸리기라도 한 듯 내가 다시 익살스레 말을 붙였다.

"담담히 듣는데 그 뭐냐, 세금은 없겠죠?"

"예, 제가 어쩌다 보니 이번이 네 번째 폐업을 해야만 하는 처지가 됐네요."

나는 주책을 부리듯 갑작스레 쿡 웃음부터 나왔다. 그리하여 캔 음료를 마시는 중에 캑캑 사레가 들렸다.

"네, 네 번째라고요?"

손에 쥐고 마시던 캔을 테이블 위에 내려놓고, 나는 잠시 그를 뚫어지듯

다시 쳐다보았다.

그의 입술 끝에선 뜻밖에도 낯익은 단어들이 툭툭 튀어나오고 있었다. 그런데 참으로 묘한 것은 어쩌면 흡사 나와 꽤나 닮은 인생이 거기 마주하고 있다는 생각이 들어 소름이 돋아날 정도였다.

나는 까닭 없이 울렁거리는 속을 꾹 눌러 참고 있었다. 누가 뭐래도 내가 하는 업무는 폐업 컨설팅이 아닌가. 그것이 비록 지지리도 못난 내 인생의 한 축이 돼버렸지만, 속으로 혹시라도 그의 미래를 재설계하는 데 있어 나름대로 도움을 줄 수 있으면 좋겠다 싶었다.

그 사이 표면적으로 투박해 보이는 김갑수씨의 입술근육이 차츰 움직임을 실천하는 중이었다. 가슴 속에 감춰두었던 한 남자의 과거들이 누에가 꽁무니에서 실을 뽑듯 가느다란 호흡으로 긴 실 가닥이 되어 술술 뿜어져 나오고 있었다. 나는 어느 새 그의 이야기에 푹 빠져들었다. 기실 귀가 솔깃해져 관심이 끌렸던 것은, 지금 우리업체가 일을 맡은 이곳 식당 주인인 그의 나이가 나 보다 한 살 아래란 점이었다.

난 그냥 미안하게도 마음이 편해지는 기분이었다. 그 중에도 전직 노름꾼이었다는 말을 듣는 순간, 내 머릿속에는 맹물을 퍼 넣은 듯 출렁출렁 동류의식으로 차올랐다. 이일 저일 체험을 쌓았다던 그가 이곳에서 식당개업을 한 것이 네 번째의 일터란 사실에서도 우리의 공통점은 동색의 띠를 이루었다. 조금 다른 게 있다면 나를 거쳐 온 네 번째의 일자리가 피고용직 이었다는 것만 빼면, 적어도 그랬다.

그는 내게 아동 앞에서 동화를 들려주듯 평범한 어조로 고백적인 말투를 시냇물처럼 지절대며 이어나가는 것이었다. 그 중, 내게 좀 더 강하게 어필된 건 그도 나처럼 한 때 못 말리는 카지노 노름꾼이었다는 점이 일치한 때문이다. 누구나 들으면 금방 알 수 있는 ㅇㅇ랜드 카지노 객장을 쉴 새 없이 드나들던 고객이었다니, 그것 또한 내 인생을 판 박아 놓은 것처럼 너무나 놀랍도록 많이 닮았다.

처음엔 심심풀이로 그도 나처럼 호기심을 주체하지 못해서 오락기를 조금씩 만졌다는 것이다. 어쩌다, 정말 가뭄에 콩 나듯 한 번씩 돈을 딸 땐 그 희열에 치여 숨이 넘어갈 것처럼 쾌감에 취했다는 그 표현은 들으나 마나 나의 경험적 기분과 동일하였다. 그러나 희열을 준 기회는 다섯 손가락으로 꼽을 정도에 불과했다는 것 역시 내 이야기를 대변하는 것과 별 다름이 없었다. 기계에 손을 댈 때마다 돈을 잃었고, 좀 더 그 일을 반복적으로 거푸 치르면 본전 생각이 뇌리에 꽉 들어찼다는 말에서도 나와 닮은꼴이 발견되는 게 아닌가.

그러다가 어느 때부턴 정말 단순한 욕심에 본전만 찾으면 도박행위를 끝내고 말리라는 각오까지 서 있었더란다. 어쩜 나와 너무나 똑같은지 들을수록 동일해질 것만 같았다. 그런데, 본전 생각이 날 때가 그 일에서 손을 뗄 가장 적기인 걸 그 역시도 몰랐다는 이야기에서, 나는 나도 모르게 무릎을 탁 치고 있었다. 황제는 황제를 알아보는 법 즉, 아는 만큼 보인다는 말이 너무도 척 들어맞았던 것이다.

그 역시 나처럼 날과 달이 언제 바뀌었는지 몰랐더란다. 본전을 찾고자 계획한 것이었지만 거무튀튀한 기계가 말없이 수 십억 원의 천문학적인 돈을 야금야금 삼켜버리는 데는 그 역시 따를 재간이 없더라고 했다. 그냥 푹 빠져서 호의호식도 못한 채 그 많은 돈이 흔적 없이 날아가버리자 뒤늦게 죄의식이 가슴속을 크게 흔들고, 혼란스럽더란 말끝에 기어이 눈시울을 붉혔다. 그의 이야기가 탄력을 받기 시작한 건 그 때부터다. 그의 대화체는 정말 진지해져 있었다.

　저는 언제부턴가 제 몸에서 시시때때로 알 수 없는 부스럼이 울긋불긋 돋아났어요. 그 때마다 간질거려서 벅벅 긁어대야만 직성이 풀렸죠. 피부는 게 껍질처럼 울퉁불퉁 벌겋게 헐어대더군요. 견딜 재간이 없어 피부과에서 진료를 받았죠. 여러 날 동안 치료를 해 봐도 별 진전이 없자, 나중엔 닥터가 신경정신과로 차트를 넘겨주었어요.

　신경정신과 닥터는 한 마디로 화통한 성격의 남자데요. 닥터는 환자를 만나자마자 성실을 넘어 박력 있게 문진을 하더군요. 어쩜, 압박 반 다그침 반으로 비쳐질 정도였다니까요.

　"병은 자랑해야 고칩니다, 치료받고 싶으면 의사에게 모든 걸 숨김없이 털어놓아야 해요, 그게 병을 빨리 치유하는 최선책이요, 지름길입니다, 그게 싫으면 병을 키우고, 어쩜 한평생 그 질환에 지긋지긋하게 시달려야 할지도 모릅니다."

　환자인 제가 처음엔 멈칫거렸죠. 그러다 닥터에게 유도심문을 당하듯 시나브로 조금씩 털어놓게 된 걸 나중에야 알게 되었어요. 그런데, 그 효과가 알게 모르게 날짜 따라 서서히 나타날 즈음, 저는 저도 모르게 손뼉을 탁 쳤지 뭡니까. 정신과 치료를 받으면서 약을 먹는 것만이 능사가 아닌, 갑갑한 속내를 털어놓는 게 더 좋은 치료가 될 수도 있다는 걸 깨달았거든요. 게 껍질 같이 울퉁불퉁한 피부가 대패로 민 듯 매끈해지자 그것만으로도 저는 살맛이 생겼던 것이죠.

　그런데, 그 이후의 삶을 꾸린 대목에선 제가 사장님보다 훨씬 더 리얼한 삶을 산 것 같아서 사장님의 청신경을 제 과거 속으로 더욱 깊이 빠져들게 만들고 싶은데요.

그는 한층 상기된 표정이었다.

"저는요, 도박으로 돈을 홀랑 다 잃고 빈털터리가 돼버린 후에는 이제 할 일이 없다고 생각했죠. 참으로 허탈하면서 무력해지더라고요. 아니, 인간의 삶이 한 시도 돈을 떠나선 유지될 수 없다는 데 생각이 닿자 도박이 생긴 원초적 사실이 원망스럽고, 도박은 인간이 미치지 않으면 절대로 할 짓이 아니란 생각이 들었던 거예요. 즉, 제가 빠진 도박행위가 개망나니 짓 그 이상이다 싶으니 그 때는 스스로 실실 미칠 것만 같더군요.

언젠가 하루는 제가 정신없이 도박에 빠져서 휴지처럼 날려버린 돈의 액수를 대충 계산해 보았죠. 자그마치 1억 원짜리 돈뭉치가 30장이나 되지 뭡니까. 그냥 1억 원짜리 30장이라면 별 의미가 와 닿지 않더군요. 그런데, 연봉 6천만 원을 버는 월급쟁이를 기준해서 계산해 보니깐 그 어감이 확 다르게 감이 잡히는 거 있죠. 우리 사회에선 그래도 충분히 고액 연봉 축에 든 6천만 원을 전혀 소비 없이 모은다 해도 50년이 필요하다 그 거죠. 30억 원의 돈이 그렇게 엄청나다는 걸 미처 생각조차 못했다 싶으니 저야말로 제왕적 바보였다 싶데요. 제왕적 바보라, 참 우습죠? 그만한 돈이면 오늘날 고령화로 진입하는 우리네 사회에선 신개념으로 부자소리를 듣는다고 합디다. 거기까지 생각이 닿자 제가 저지른 일이 과연 엄청나고 무섭다는 느낌이 확 들더군요. 결코 너그럽게 봐 넘길 수 없는 내용이거든요. 맞아 죽어도 싸다 싶고, 굶어죽어도 마땅한 처사더라고요. 그 때서야 제가 저지른 도박꾼의 죄에 대한 심각성이 느껴짐과 동시에 숨이 차고, 가빠졌어요. 한 마디로 무섬증이 확 생기데요. 그 때부터 저는 심장이 불규칙하게 쿵쾅쿵쾅 뛰기 시작했죠.

저는 그 때부터 주변 사람들 대하기가 부담스럽고 싫었어요. 재산을 홀랑 털어먹은 저를 향해 주변 사람들이 사방에서 손가락질을 해대는 느낌을 받았거든요. 앞이 캄캄하고 불안했던 건 그 훨씬 후의 일이었죠.

어느 날부터는 제가 봐도 자신이 혼자 중얼중얼 거리고 있지 뭐예요. 실없이 미쳐가고 있다고 느껴지더군요. 스스로에 대해 한 번 들여다봤죠. 못난 제 자신을 합리화 시키며 목숨을 보전한다면 남자로서 아주 치사한 삶이라는 생각이 들던데요, 머리를 하늘 쪽에 둔 인간이라면 죄를 톡톡히 받아야 한다고, 자학을 하게 됐어요. 그 때부턴 구름처럼 뒤덮여오는 잡념 때문에 정신을 차릴 수 없더라고요. 혼미해진 순간이 불쑥불쑥 잦아졌죠. 미련 없이, 고통도 없이 두 눈을 감아버리면 편안하겠다는 생각을 했죠. 영원히 가족은 물론, 귀신도 모르게요.

그 증세가 좀 더 격심해진 어느 날, 사건이 생겼어요. 멍하니 정신을 놓은 채 거리를 떠돌던 중이었어요. 그러다 횡단보도 신호를 대기하던 중 갑자기 달리는 자동차 앞으로 바람처럼 뛰어들었던 겁니다. 순간, 제 앞에 멈춰 선 자동차의 급브레이크 소리가 천지를 찢어발기듯 시끄럽더군요. 진퇴양난에 빠져서 고개를 푹 숙이고 서 있는데, 제 앞에 멈춰 선 그 차는 땅에 붙어버린 듯 한동안 움직일 줄 몰랐어요.

한참 후에 운전자가 차에서 구물구물 내리더니 무조건 내 뺨부터 퍽 갈겼어요. 맞은 내 뺨에서는 불이 붙은 것처럼 화끈거리데요. 얼굴을 붉히고 길 복판에 장대처럼 서 있는데, 여기저기서 진행을 재촉하는 차들의 클랙슨 소리가 지구를 삼킬 듯 빵빵 거렸고요. 그 때, 내 뺨을 때린 운전자가 몇 섬이나 되는 욕을 퍼부었는지 아십니까?

"야, 미쳤어? 오라질, 멍청한 개 새끼, 뒈지고 싶으면 똥통에나 빠져서

혼자 칵 뒈지지, 언 놈 인생 망치려고 대명천지 길에서 감히 사이코패스 짓
거리냐 사이코패스 짓거리가? 재수 없어! 니 엄마는 뭘 먹고 니 같은 사이
코패스 인간 찌질이를 낳았는지, 가서 한 번 꼭 물어 보란 말이야! 알겠어?
병신머저리 같은 새끼, 썩 꺼져버려!"

　삿대질을 하다가 불끈 움켜 쥔 그의 주먹이 내 눈앞에서 부들부들 떨다
가 거두어 가더군요. 사태의 심각성만큼이나 제 자신도 소름이 확 끼치고
부끄럽던데요. 두 눈 멀쩡히 떴다고 해도 정신 차리고 사는 건 참으로 거룩
하다 싶고, 스스로도 화가 나서 용납이 안 되더군요.

　그 며칠 후 어느 날인가, 희부연 달빛이 바람에 일렁거린 밤이라 기억되
네요. 술병을 호주머니에 푹 찔러 넣고, 변두리의 깜박이는 불빛을 찾아 불
나방처럼 호텔방을 찾아들었어요. 그 때까지 객기가 살아있었나 봐요. 지
금 와서 생각하면 참으로 우스운 일이지요. 죽고 싶어 길 위에서 저주받을
생쇼를 벌이긴 했지만, 죽는데 있어 굳이 무엇 때문에 호텔방을 왜 찾아갔
는지…….

　거기서 저는, 스스로 죄 많은 목숨을 끊겠다고 암담한 맘을 먹었던 겁니
다. 저질러진 죄 그 무엇 하나도 용서받기 전이니, 지금 생각해도 간이 띵띵
부었던 셈이죠.

　그 밤에 허름한 호텔방에서 저는 한 동안 꺼병한 내 몰골을 대형 거울에
이리저리 비춰 보았죠. 참으로 꼴사납던데요. 도박에 빠져있느라 가지를
친 수염이 시커멓게 엉겼고, 술만 마시다 곡기를 제대로 섭취 못한 낯빛이
건조시키다 만 무청시래기 같더군요. 쭈글쭈글 푸르뎅뎅 졸아들고 시들해
져 있었거든요. 도박에 미쳤던 내가 정말 낯설고, 옷은 땟국에 절어 우중충
했던 것이죠. 그럴 수밖에요, 무엇보다 사는데 활력을 잃어버렸으니 자신

의 관리마저 멀어졌던 겁니다. 지금 와서 생각난 건데 죽음을 염두에 둔 제 옷엔 어딘지 모르게 어둔 빛으로 덮여있다는 느낌이 들었어요.

전 갑자기 미친 듯이 비틀비틀 일어나 옷을 훌훌 벗어 던졌죠. 우선, 몇날 며칠을 돌아다니느라 물 구경을 못한 관계로 얼굴에 물을 묻혀 보려고요. 세수를 하면서, 턱수염 면도까지 겨우겨우 힘들게 밀었어요. 만약 제가 죽 더라도 꾀죄죄한 것 보다는 깨끗한 쪽이 남은 자들에 대한 마지막 예의라 는 생각을 했거든요, 건방지게도…….

그런데 생각보다 기운이 쇠잔해져버린 몸인지라 한동안 널브러져 죽은 듯이 쉬었죠. 그러다 찬물을 한 모금 벌컥벌컥 마셨어요. 그리곤 겨우 정신 을 차려 방바닥에 배를 깔고 엎드렸죠. 일기를 쓰듯 노모 앞으로 남길 유서 를 천천히 적기 시작했지요. 이마엔 진땀이 배어나더군요.

그런데, 그런데 말입니다. 불명예스럽게 떠나가는 천하제일인 불효자를 용서해 주십사고, 빌고 있는 나를 발견하자 왈칵, 눈물이 솟지 뭐예요. 몸은 처지고 감정은 약해져 있고, 그야말로 괴로움에 치이는 심정이데요. 장남 으로 태어난 존재인데도 평소 어머니 앞에서 역마살이 든 팔자타령만 했 지, 단 한 번도 서른다섯에 혼자가 된 청상과부 어머니를 위해 효도를 한 기 억이 전혀 없던 것 때문에 더했죠. 뒤늦게나마 불효한 자신을 깨닫자 가슴 이 미어지고 한숨이 푹푹 나옵디다. 어머니를 두고 너무 죄송해서 죽을 면 목조차 없다 싶더라고요. 죽음이 싫었던 구실은 아니고요.

저는 잠시 스스로 조용히 진정을 했어요. 무궁화를 세기 시작했죠.

무궁화 한 송이, 무궁화 두 송이, 무궁화 세 송이……. 무궁화를 세는데, 문득 호텔 방 저 너머에서 남녀가 서로 티격태격 싸우는 소리가 들리더군 요. 그들의 대거리를 듣다보니 싸우는 것은 아직도 힘과 애정이 남아있다는 증거다 싶었죠. 힘이라든가 애정이 있음으로 싸움의 불씨를 지필 능력을 샘솟게 하거든요.

이윽고 펜을 잡았죠. 그런데, 쓸 말이 별로 없었어요. 그래도 어쩝니까, 곧 죽어야할 몸인데.

—어머니, 죄 많은 저를 용서하세요. 두 눈을 감아야 한다는 죄 때문에 괴로운 제 마음을 펜으로는 도저히 못 쓸 것 같습니다. 천하에 제일로 못난 어머니의 아들은 눈물을 흘리는 것마저도 죄스럽네요. 자나 깨나 사랑하고 또 사랑하는, 천만번을 사랑해도 부족한 우리 어머니, 남은 여생도 부디 건강하시고요…….

갑수 올림—

다음으로 아내한테 유서를 쓸 차례였어요. 모래알 같이 많고 많은 사람 중에 하필이면 나 같은 남자를 만난 우리의 인연에 가슴이 미어지데요. 눈동자가 풀리도록 슬펐죠. 미적거리며 펜을 굴리는데, 현기증이 일더군요. 점점 더 힘도 빠지고, 이를 악물었어요. 죄 많은 이 남편이 아내한테 용서를 구하고 싶다고 서두를 앉혔죠. 그 때도 역시 써야할 이야기가 꽉 막혀버리더군요. 그래도 끙끙거리며 뭔가를 쓰지 않으면 안 될 숙제와도 같은 의무감이 생겼어요. 시시콜콜 쓸 말은 없어도 붙잡고 늘어졌지요. 마지막 선물하는 셈 치자 뭐, 그렇게요. 그런데, 죽는다는 것도 사실은 스트레스인지, 펜을 계속해서 잡고 끙끙 씨름하다 보니 나중엔 머리가 슬슬 아파오더라고요. 그러나 숙제는 의무감 때문에 하는 것 아니겠어요? 남편이랍시고 제대로 구실도 못한 채, 조상이 남겨 준 재산을 김치 국에 밥 말아 먹듯 홀라당 말아 먹은 죄인이 어떡하면 좋은지 몰랐다니깐요.

—한숙씨, 면목이 없소! 그래도 당신이 못난 이 남편을 용서해 줄 수 있

겠소? 당신이 싫다면 절대로 이 사람 김갑수를 용서하지 말아요. 누구라 당신 보고 감히 욕을 하겠어요? 사실 나는 용서받을 자격도 없는 남자잖소. 당신 앞에 염치없이 죄만 짓고, 당신 혼자 두고 떠나는 이 기구한 놈의 팔자란 걸 낱낱이 말 못하고 떠나려니, 가슴만 아프다오. 이 시간, 부끄럽게도 그걸 잠시나마 고백할 참이오. 사실이지, 귀한 남의 집 외동딸인 당신한테 단 한 번도 사랑한다는 말을 못한 것 같아서 오늘에야 그 점이 죽도록 미안하네요. 무엇보다 열여덟 해를 넘기도록 살을 맞대고 살면서도 하는 일 없이 구실만 내세워 그렇게 당신이 원하던 해외구경을 단 한 번도 시켜주지 못해서 송구하기 짝이 없소.

한숙씨, 염치없지만 내 떠난 후에라도 불쌍한 어머니와 우리 딸 단비를 잘 부탁하겠소. 언젠가 저 세상에서 다시 만나면 그땐 우리 영원히 헤어지지 말고, 알콩 달콩 억만년을 함께 삽시다! 참, 미안해요. 전에 당신이 했던 말 기억하고 있소. 이 담에 죽으면 절대로 나와 다시 결혼할 마음이 없다던 그 말, 말이지.

한숙씨, 마지막으로 한 번 더 불러 봅니다. 부디 건강하게 잘 지내요!

못난 남편, 김갑수.—

아내에게 남길 유서를 마치자 다음으로 핏줄이라곤 단 하나 뿐인 딸이 마음에 걸리더라고요. 시끄러운 속도 가라앉힐 겸 지그시 눈을 감았죠. 코스모스처럼 하늘거리는 딸의 모습이 눈앞에서 어른거렸는데, 정말 보고 싶어서 미칠 것만 같데요. 지갑 속에서 딸애 사진을 꺼내 보았죠. 교복을 단정히 입은 딸애 얼굴 위에 제 눈물 방울이 똑 떨어지데요. 인간의 얽힌 인연처럼 허무한 게 없고, 산다는 건 정말 풀 잎 위의 이슬과 같이 부질없더라고요.

―착하고 예쁜 우리 공주 단비야! 먼저 미안하단 말을 해도 되겠니?―

저는 단비에게 남길 유서랍시고 한 줄을 썼는데 딱 막히더군요. 어쩜 단 하나뿐인 핏줄을 남겨 두고 떠난다고 생각하니 딸애한테 할 말이 너무 많아서인지도 몰랐어요. 깨져버린 첫사랑에 실패한 채 결혼을 거부하다가 어찌어찌해서 저는 남들 보다 늦게 장가를 들었거든요. 그것도 아내의 몸이 허약해서 겨우 3년이 끝날 즈음해서 얻은, 하늘 아래서 제일 신비롭고도 귀한 생명이었으니깐요.

저는 딸아이가 태어나자 이름을 첫사랑 애인의 것으로 부르려 단비라 지었어요. 물론 저의 시커먼 그 속을 아내는 깡그리 몰랐죠. 제 첫사랑 여인의 이름과 토씨마저 똑 같다는 것에 의미를 두고 지은 이름이거든요.

처음 아버지가 된 뒤에 저는 단비란 이름을 매일매일 딸 앞에서 열심히 부르기 시작했어요. 그것도 모르는 아내는 딸아이 이름이 세상에서 제일 예쁘다고, 딸애를 부를 때마다 꼭 몇 번씩 추가로 불러주지 뭡니까. 그런 기억에 닿자, 염치없이 왈칵 눈물이 쏟아지데요. 그래서 억지로 눈물을 머금고 겨우 몇 자씩 늘여가며, 단비에게 남길 유서를 적었죠.

―사랑하는 우리 아기 단비야, 세상에 태어나서 아빠가 제일 뜻있고 잘한 거라면 너와 내가 부녀간이란 관계를 만든 사실이 아닌가 싶다. 그러면서도 감히 그 멋진 인연을 끝까지 보듬지 못하고, 이렇게 아픈 죄를 짓게 되었으니 슬프고도 안타깝구나. 부디 못나고 죄 많은 이 아빠를 너그럽게 용서해주렴. 우리 착한 단비는 그럴 수 있지? 아빠는 사랑하는 단비를 꼭 믿고 있다.

끝으로, 네 명의로 만든 통장에 부끄럽게 몇 푼 안 되는 걸 넣어두었다. 죄를 짓느라 통장의 잔액이 얇아서 미안하다. 아빠는 이미 자격이 없다만,

재물은 있을 때 아껴 쓰는 일이 매우 중요하더구나. 아빤 그 걸 뼈저리게 느낄 기회를 얻었고, 좋은 교육이다 생각한다만, 너무도 부질없구나.

단비야, 할머니 말씀 잘 듣고, 엄마한테 더욱 착한 딸이 되렴. 그럼, 사랑하는 우리 딸 단비가 열심히 공부해서 나라에서 꼭 없어선 안 될 훌륭한 여성이 돼 주기를 바란다. 아빠가 밉다고 속상해 하지 말고, 행복하여라.

추신: 단비야, 앞으로 살면서 본전 생각이 나거든 그 땐 미련 없이 그 일을 멈추는 게 현명하다고 말해주고 싶다. 본전 찾기, 그거 정말 엄청나게 무섭다는 걸 이 순간 아빠는 뼛속이 저리게 절감하고 있단다. 그럼 단비야, 본전 찾기 만큼 어리석은 일도 없다는 그 말을 가슴 깊이 새겨두길 빌며…….

못난 아빠, 김갑수.―

유서를 겨우 끝내고 나니 긴 한숨이 나오더군요. 그 때부턴 덜덜 떨리는 손으로 미리 사들고 간 술병을 따기 시작했죠. 마지막 음료라 여기며 마시려고요. 그런데, 술잔을 손에 들자 자꾸만 눈물이 흐릅다. 후회와 미련 등등의 이유 때문이었죠. 저주 받을 건방을 떨며 나쁘게 살았던 시간들이 주마등처럼 뇌리를 훑고 가데요. 그런데, 빈속은 술을 받아주지 않더라고요. 역시 죄로 남는 그 끝은 허무하더군요. 술 한 모금 부어 놓은 채, 혼자 징징 울다가 한 숨을 푹푹 내뿜다가 갖가지 장군 멍군을 혼자 다 구사했죠.

그 사이 사방이 희부옇게 먼동이 터오고 있더라고요. 저는 부랴부랴 화장실 창틀에다 잠옷 가운 끈으로 힘들게 목을 매었어요. 더 이상 산다는 게 싫다고 생각했지만, 마지막이라는 아쉬움만은 남더군요. 아니, 사실은 한동안 숨이 막혀 캑캑거리며 고통을 받았어요. 금방 목 맨 끈을 끊고 숨을 편하게 쉬어버릴까도 생각했었어요. 그렇지만 이를 악물고, 고통을 참다가 결국은 의식이 아물거린 걸 마지막으로 기억했을 뿐입니다.

그런데, 자살도 팔자에 있어야 하는 것인 줄, 저는 그때서야 처음 깨달았지 뭡니까. 나중에 안 일이지만, 화장실 창틀에 목이 묶여 축 늘어져 있는 저를 발견한 사람은 객실청소부였대요. 아마 제가 목을 매단 시간과 그리 오래지 않은 시점이었나 봅니다. 자살을 꾀한 인간이 몰매를 맞고 죽어도 모자랄 노름꾼인 줄도 모르는 청소부는 객실 손님이 죽을까봐 부랴부랴 호텔 측에 연락을 취했고, 119를 긴급히 불러 병원까지 데려다 줬다고 합니다.

저는 두 번 다시 못 볼 세상이라 생각한 채 생을 끝냈지만, 다시 의식을 되찾았지 뭡니까. 하늘 보기조차 부끄러웠지만, 제가 다시 살아나 숨을 쉴 수 있었던 것은 객실 청소부 덕분인 셈이죠. 나중에 의식이 돌아온 저는 청소부한테 고마움은커녕 오히려 와락 짜증이 나더라고요. 죽기를 원한 사람을 그대로 두지, 왜 방해를 했나 해서죠.

저는 응급실에서 거의 하루를 다 보냈어요. 오후에 약간 틈이 생길 때, 응급실 당직 의사로부터 비웃음을 당했어요. 눈만 감으면 죽는데, 왜 다시 눈을 떴느냐고요. 저는 죽은 듯 숨만 쉬고 있었어요. 당직 의사가 몰랐던 제 자살의 이유는 두 말할 필요도 없이 그 몹쓸 본전 생각 때문에 도박을 끊지 못했던 게 화근이었던 거니까요.

응급실 당직자가 정신과 의사에게로 연결을 시켜주더군요. 거기서도 당연히 혼쭐이 나게 야단을 들었지 뭡니까. 모두들 살고자 목숨 걸고 설쳐대는 세상에 자살을 하는 건 무슨 염치없는 짓이냐고요. 혹시 말 못할 사정이 생겼으면 친구한테 하소연하거나 가족들한테라도 속내를 털어놨다면 독감처럼 쾡하니 앓고 넘어갔을 것을 무엇 때문에 세상과 단절하고 등지려 했느냐고요. 일 년 내내 대기 상태인 생명의 전화 1588-9191번도 몰랐느냐고, 나무라듯 다그치고 다시 진지하게 캐묻더군요. 사실 저는 세상에 그런 전화가 있는지 조차 몰랐지 뭡니까. 의사가 제게 가정법으로 말하더군요. 만약에 세상 사람들이 당신과 같다면 모두 다 자살해버리고 지구촌에 과연 몇 명의 인간이 살아남겠느냐고요. 그의 말에 수긍을 하자, 그 때부턴 속이 살살 아프더군요. 그 뭐랄까, 심리적인 병 그런 거였죠.

저는 거기서 또 눈물이 찔끔 나오데요. 자살 전에 술 마실 때, 눈물을 다 짜낸 줄 알았더니, 생리적으로 여전히 눈물이 흥건히 남아 있었나 봐요.

선대 조상으로부터 내리받이로 물려받아 농사를 지은 할아버지의 과수원이 공단 개발에 들어가게 되면서 적잖은 아니, 거대한 토지 보상금을 뭉텅이로 받았다고 합디다. 그래서 하루 아침에 형편이 확 풀린 할아버지는 그 보상금의 일부로 대토를 해서 농사를 지었던 거죠. 그 때, 할아버지 평생 쓸 것만 남기고 여분은 아들인 제 아버지에게 물려 주셨다고 하데요. 그런데, 아버지가 젊어서 요절하신 통에 그 재산 대부분을 제 명의로 상속을 받았던 겁니다. 그런데 제가 그 재산을 노름으로 죄다 날린 것도 어찌 보면 기구한 것 같으면서도 필연적 운명이란 생각이 들더구먼요.

사실 저는 대학 초년 시절 같은 과 여학생과 첫사랑에 빠졌던 거였어요. 자칭 좀 잘 산다는 집 딸이었죠. 그런데 어느 날, 우리들 관계를 안 여자 친구 아버지가 학교로 찾아왔어요. 여자 친구 아버지는 우리들에게 무조건 연애를 끝내라고 명령을 하더군요. 무슨 까닭이냐고 물었더니 자기네는 부잣집이라서 균형이 딸리는 여염집 아들은 필요가 없다고 하더라고요. 그래서 제가 돈이라면 우리 집에도 남들만큼은 갖고 있다고 했죠. 그랬더니, 홀어머니 집 아들은 필요가 없다고, 상처를 줍디다. 그러나 그래도 우린 숨어서 몰래 두 해를 더 연애에 빠져서 지냈어요.

그런데, 3학년 여름방학 중반 쯤 해서 전에 없이 장시간 여자 친구의 소식이 끊긴 거예요. 전화를 해도 없다고 하고 물론, 전화를 걸어오는 법도 없고. 그래서 하루는 궁금해서 못 견디던 제가 여자 친구 집으로 찾아갔죠. 그런데 그 집 파출부 말이 뜬금없이 여자 친구가 미국으로 유학을 떠났다는 거예요. 저는 그 자리에 털썩 주저앉아버렸어요. 청천 하늘에 날벼락처럼 엄청나고, 암담했거든요. 결과적으로 그 때, 저는 그 첫사랑을 실패한 불만 때문에 3년을 끝으로 대학공부를 중도하차 해버렸죠. 사랑하던 여자마저 떠난 마당에 공부는 계속해서 뭣하나 싶기도 하고, 그만큼 여자 친구 없는 인생이 싫었던 거죠. 애탕개탕 공부해서 취직을 한다거나 뼈 빠지게 힘들여가며 돈을 벌지 않아도 한 평생 굶지 않고 헐벗지 않을 만큼 여유로운 재산을 가지고 있다는 것도 피 끓는 저를 땡땡이치게 만드는데 일조를 했던 거였어요. 죽고는 못 산다고 했던 첫사랑도 말없이 멀리 떠났고, 솔직히 인간 세상에 믿을 존재가 없다 싶었어요. 이래저래 허파에 바람만 잔뜩 들었다고 봐야죠. 당시엔 그 놈의 돈이 저를 망가뜨리는 주범의 촉수란 걸 감히 상상조차 못한 바보였죠.

저는 대학을 중도 하차한 후, 여행하네 사진을 배우네 하면서 사방팔방을 김삿갓처럼 돌아다녔어요. 그러지 않고는 도저히 견딜 재간이 없었거든요. 그러다 몇 년 만에 그 생활도 심드렁해지데요. 그래서 옛날 할아버지 도움으로 건어물 장사를 크게 하는 친척집 상회에 취직을 했답니다. 놀고 먹는 사람이 되는 것 보다 친척 상회에서 일이나 좀 배워보면 좋지 않겠느냐는 어머니의 권유에 따랐던 겁니다. 그런데 그 일도 좀 배워진다 싶으니까, 트러블이 오고 눈살 찌푸려질 일들이 생기더군요. 그래서 나가다 쉬다 몇 년을 끌었죠. 그러다 결정적으로 상회를 떠나오게 된 건 순전히 그 집 큰아들의 텃새 때문이었어요. 혹시 장부 조작해서 돈을 빼돌리나 의심을 하는 데는 못 견디겠더라고요. 계속 귀와 눈에 거슬려도 참고 있었는데, 하루는 술을 먹고 와서 혀 꼬부라진 소리로 너네집에 돈이 그렇게 많다면서 돈은 왜 버느냐고 따지더군요. 그래도 술 마신 인간 상대하지 말자고 참고 있었죠. 그런데 너는 집이 부잔데 남의 가게에서 머슴을 사는 게 말이 되느냐며, 제 감정을 살살 긁고 이죽거리데요. 그래서 제가 말해줬죠. 너는 집에 밥이 있는데 밖에서 외식은 절대로 하지 말라고 큰소리 치고는 상회를 떠나와 버렸죠.

저는 자살 후유증으로 근 몇 달 동안을 빈둥거리며 숨쉬기만 했어요. 부자가 망해도 3년은 간다고, 어머니가 패물을 팔아 주며, 간곡히 쉬어야 한다고 권유한 덕분이었던 겁니다.

그러다 우여곡절 끝에 자의 반 타의 반 무료한 일상을 탈출하려 복권방이란 걸 열게 됐어요. 손바닥 아니, 비둘기 복통만한 공간이었어요. 노적가리 불 질러 놓고, 튀밥이나 주워 먹는 딱 그 꼴이었죠. 사실 저는 남들이 짐작하듯 어쩜 단 한방에 대박을 보려 했던 건 아니었고요. 복권방이란 어감 자체가 우선은 괜찮다 싶었거든요. 복(福)자와 권(權)자에다 방(房)이란 단어가 맘에 들어서죠.

그런데 복권방 이라고 어디 복권 한 가지만 달랑 팔란 법이 있습니까? 점 포주로선 점포 안의 공간에 뭣이든 물건을 쌓아두고 팔고 싶은 유혹을 느끼게 되죠. 복권 외에도 담배며, 구석에는 소주가 담긴 박스도 같이 끼워 넣어두고 영업을 시작했어요.

그런데, 그 놈의 술도 그렇고, 담배란 것 역시 점잖고 신사양반들만 구매해 간다면 얼마나 좋고, 무슨 근심이 끼어들겠어요? 술은 현장일 하는 사람들의 단골 피로회복 메뉴였고, 복권 역시 그런 유의 손님들이 한 방을 노리는 도박성을 띠기 십상이거든요. 더 나은 미래를 갈구하는 마음이 그들에겐 더 강렬하니깐요.

그 뿐이겠습니까? 소주를 구매한 젊은 청년들이 술을 먹고, 패싸움을 벌이는 겁니다. 그것도 사흘이 멀다고 난리를 치는 통에 미성년자에게 술과 담배를 팔았다고, 파출소에까지 불려 다녔죠. 그 때, 저는 금도 돈도 다 귀찮더라고요. 그래서 몇 달을 겨우 견디다 칼로 무 자르듯 그 일을 단번에 포기해버렸죠. 사실 그 땐 완전히 제 몸속 도박성 유전자가 그대로 노출된 것이었죠. 쉽게 복권방을 넘겨줘버리자 저는 홀가분해서 만세를 부르고 싶던데요. 복권방을 끝낸 건 불만 구덩이를 탈출하는 의미였고, 한 마디로 시원함을 느낄 정도였다니까요.

그 다음으로 시작한 일이 만화방이었죠. 방방 하니까 돌림자 같아서 우습지요? 옛날과 달리 요즘은 어른들도 만화를 즐긴다는 말을 듣고, 주저함 없이 개업을 했죠. 처음엔 재밌는 만화책도 실컷 보고 좋았어요.

그런데, 어느 날부턴가 만화방에서 책을 손에 쥐고 진종일 앉아있으면 저 가슴 밑바닥에서 스멀스멀 불덩이가 치밀어 올라왔어요. 왜냐고요? 몸이 바쁠 땐 몰랐지만, 한가할 때면 꼭 잡념이 생기는 법이거든요. 그래도 그 때마다 내 죄를 내가 닦는다고, 스스로를 다독이며 주저앉혔죠. 그런데도 결국엔 그 만화방 일마저 손을 털어버리고 말았던 겁니다.

세 번째로는 문구점을 개업했어요. 우람한 핑크건물의 초등학교 앞 슈퍼 골목을 끼고서요. 아이들의 풋풋한 동심에 물들어 잡념이 안 생기는 업종이면 괜찮다 싶었거든요. 매일 아침 어린 학생들의 코 묻은 돈을 상대로 푼

돈 장사를 시작한 배포 그 이면에는 잡념으로 탁해진 제 자신이 정화되리라 기대했던 욕심도 있었죠.

그러다 막상 문방구점을 시작하고 보니 그 일도 제가 할 만큼 만만한 일은 아니더군요. 학생들 등교 시간이 끝나면 저의 일도 함께 끝이 나버리고, 절간처럼 조용해지는 직종이었거든요. 그 다음부터는 새록새록 넘치는 시간과 비례한 잡념의 삼매경을 물리치려면 자신과 무섭게 싸워야만 했죠. 살면서 참으로 힘든 게 남는 시간 보내는 것임을 그 때서야 처음으로 깨달았던 겁니다.

처음엔 문방구 일 외에 남아도는 시간을 소비하려고 어정쩡한 자세로 맨손체조를 하다가 발전되어 줄넘기를 시작해 보았죠. 초기엔 발목이 시큰거리고 몸이 무겁더군요. 그래도 자신과 싸워야 한다싶었기에 그 줄넘기 운동을 계속 했죠. 자랑 같지만 제가 지금 줄넘기를 4백 회나 뛸 수 있는 것도 다 그때 쌓인 실력이지요. 그도 저도 싫은, 특히 비 오는 날이면 술병을 끼고 앉아서 한 풀 꺾인 신세타령이랄까 뭐, 알코올에 의지하는 날도 있었죠. 그나마 뒤늦게 찾은 허접살이 제 삶을 위해 진지해지려 노력하는 자세를 두고 후한 점수를 매겨 준 아내 앞에서 미워도 한 세상 좋아도 한 세상 어떻고 하면서 애교 섞인 타령을 읊어댔답니다. 한 마디로 청승을 떨었던 거죠. 청승을 떨다보니 그게 꼭 여자의 전유물만은 아니더군요.

청승이 기 꼭지로 뻗힌 날이면 제 속은 속이 아니었죠. 답답한 걸 해소하려 대학노트를 꿰차고 앉아 볼펜을 뱅뱅 돌리다 벅벅 긁다가 쌓인 걸 풀어냈어요. 그런대로 풀어낼 만합디다. 그 때 낙서 광이 된 계기로 하여 근 2년 만에, 시집(詩集) 한 권을 묶어 냈거든요. 말이 시집이지, 잡념을 지그재그로 엮어놓은 엉성한 문집이었죠. 시집을 묶어낸 후, 그 일 역시 탈탈 손을 털고 나왔어요. 문구점을 운영하는 일도 역마살에 치인 나를 붙들어 앉히기에는 역부족이었던 셈이죠.

사장님, 구질구질한 제 자신을 털어놓다 보니 오늘도 내일도 아닌 시간이 와버렸네요. 횡설수설 긴 이야기를 들어주셔서 고개 숙여 감사해요!

그 사이 내겐 직업의식조차 잊혀졌다. 그만큼 김갑수씨의 구불구불한 인생애기를 끝까지 다 듣다 보니, 자정이 되는 줄도 몰랐던 것이다.

3년 후, 캐럴이 울려 퍼지는 섣달 하순께의 오후다. 로터리를 돌아 중앙로 옆 샛길로 접어드는데, 큼직한 간판을 달고 신장개업한 업체가 행사를 하는 게 눈에 띄었다. 나는 토요산악회 모임에 가입한 것 때문에 등산화를 하나 살까 하고, 가게로 들어갔다.

아줌마들이 열심히 물건을 고르는 중이었다. 그 때, 가게 입구 높은 받침대 위에 올라서서 옷가지를 휘휘 흔들어대며, 한 남성이 우렁찬 목소리로 리듬감 있게 물건을 홍보하는 거였다.

"골라, 골라, 골라보세요, 색실로 수놓은 브래지어, 골라, 골라, 골라 보세요! 유명 메이커 여성 속옷은, 국산품이 최고랍니다!"

선글라스를 낀 채, 물건을 홍보한 남성의 얼굴 윤곽이 어딘가 낯에 익었다. 그 때부터 내 머리가 급회전에 들어갔는데, 흐릿한 나의 기억 저 편에서 떠오르는 얼굴이 있었다. 도박 끝에 자살을 했다던, 3년 전 우리 컨설팅업체에 식당을 팔고자 의뢰했던, 김갑수씨 바로 그 남자였다.

며칠 후에는 신문의 사회면에 인물 사진과 눈에 띄는 기사가 실려 있다.

"수십억 날린 도박꾼, 사회에 단죄하려 불우이웃돕기 성금을 내다!'

사진의 주인공이 광대뼈 불거진 김갑수씨란 걸 나는 금방 알아보았다. 내 두 눈은 신문의 기사를 죽죽 내리 훑었다. 그런데, 갑자기 나의 동공이 왕방울만 해진 것은 그가 연말 불우이웃 돕기 성금으로 보통사람의 몇 달 치 급료를 내 놓았다는, 뜻밖의 사실이었다. 무엇보다 익명으로 숨겨오다가 겨우 응했다는 인터뷰 내용이 엄청 감동적인 건 동병상련일까. 3십억 원이란 재산을 도박으로 날리고 자책하며 뼈를 깎듯 단죄한 사연도 그렇지만, 한 때 늪처럼 깊은 도박에 빠졌던 못난 자신을 단죄하는 마음으로 이젠 가정과 사회를 위해 봉사하겠다는 개인적 다짐이 감격으로 다가왔다.

후회는 앞서는 법이 없다고 했다. 나는 김갑수씨가 앞으로 살면서 인생에 빚진 것을 가정에 바치고, 열심히 노력해서 작은 수입의 일부나마 불우이웃을 위해 베풀겠다는 데 존경심을 보냈다. 한 때의 잘못으로 뉘우침에 코를 꿰어 단죄의 시간에 얽매인 그를 이해하고 보니 광대뼈 불거진 그가 참 개성 있는 인물로 비쳐졌다. 그것은 ○○랜드 출입한 경력이 나와 비슷했지만, 역시 그가 한 수 위란 사실을 부인할 수 없어서다. ⓔ

마흔 아홉 생일풍경

머리에 스카프를 걸쳐 쓴 채 문을 열고 들어서는데, 미용 실 벽에 걸린 대형 거울이 나를 비춘다. 잠시 후 정오가 되면 중년의 늙은 신부가 될 내 시선이 먼저 가 꽂힌 사물이 벽거울 위쪽의 육각형 둥근 전자시계다. 생명체처럼 초침바늘이 째깍째깍 움직이는 걸 쳐다보는 사이, 갈색머리 미용사가 경쾌한 목소리로 통통 튀게 인사한다.

"여왕니임, 어서 오세요옹. 파마하시게요옹?"

그녀는 첫 손님을 만나면 여왕의 호칭을 붙여 인사한다는 것이다. 미용 실 벽지처럼 하얀 매니큐어를 손톱에 칠한 그녀가 회전의자 각도를 맞춰가며 나를 편하게 앉도록 거들어준다. 흰색의 매력이 뭘까, 궁금증을 가진 나는 꾸물거리며 내 엉덩이를 둥근 의자 위에 앉힌다. 그녀가 다시 민첩하게 훌훌 털던 분홍색 가운으로 나의 목과 상체를 감싸준다. 그리곤 똑딱단추를 채우자, 전신이 폭 싸인 나는 흡사 목을 조이는 것처럼 답답함이 느껴졌다. 스물아홉 해 전, 좁은 창고에 갇힌 공포의 그 증세가 도지는 것이었다. 가슴이 벌렁거리고, 숨이 막히듯 답답한 증상. 나는 갑자기 눈앞이 어질어질해졌다. 지워지지 않는, 오래 전 그 날 악몽이 머릿속을 엄습한 것이다. 콩닥콩닥 맥박이 빨라지고, 귓전에선 나를 질타하던 목소리들이 벌떼처럼 윙윙거린다.

비둘기 복통만한 광 속은 그저 먹물처럼 깜깜했다.

"얌전한 고양이 부뚜막에 먼저 올라간다더니, 말숙이 니가 그럴 거라곤 단 한 번도 상상을 못했다! 하도 요지경 같은 소문이라서……."

"……."

"잠깐, 니 머리통 좀 두드려 볼게. 뭐가 들었나."

금숙언니가 움켜 쥔 주먹으로 내 머리 정수리를 콕콕 쥐어박았다. 수박의 숙성도를 확인하는 사람처럼.

"아얏! 아프단 말이야!"

나는 일부러 엄살 섞인 비명을 질러댔다. 금숙언니 손길이 매워서였다.

"아퍼? 당연히 그래야지! 강물에 풍덩 빠져 죽어도 모자랄 가이내."

둘째 은숙언니라고 다르지 않았다. 내 등짝을 쿡쿡 쥐어박다가 속사포같이 쏘아붙인 말이 아직도 귓속에 가득 차 있다.

"하라는 공부는 안하고, 머시매 밝힌 죄, 무인도 유배 감이야!"

그 뿐만이 아니었다.

"너 같은 도토리 땜에 집안 망신 도매금으로 넘어가겠다, 쯧쯧!"

"……."

"발랑 까진 가이내, 남 보기 남세스러워서……. 얌체 같이 호박씨 깠다고 사진 박아 현수막이라도 내 걸든지, 원······."

남자와 말썽부려서 집안망신 시켰다고, 그녀들이 외나무다리에서 원수 만난 듯 나를 괴롭히는 것이었다. 그래도 그건 약과였다. 이쪽 귀로 듣고, 저쪽 귀로 하수구 물처럼 술술 흘려보내면 됐으니깐. 그 날 저녁, 내 어머니 최여사가 나를 쳐다보는 눈빛은 공포 그 자체였다. 맺고 끊는 게 칼이고, 경우가 아니면 좁쌀만치도 타협할 줄 모르는 최여사의 까칠한 성미가 소름 돋게 무서웠던 것이다.

우리 4남매가 한창 어렸던 어느 해였다. 아버지가 외간여자와 관계 맺고 이중생활을 했던 적이 있었다. 그걸 낌새챈 최여사가 내 아버지를 설득한 아흐레 만에 모든 관계를 칼로 무 자르듯 댕강 끝장낸 사람이니 말해서 더 무엇 하랴. 내가 놀란 건 자존심 강한 최여사의 또 다른 면을 알고서부터다. 최여사는 항상 남들 앞에서 어질게 말하곤 했다. 물이 맑으면 고기가 없는 법이라고, 사람이 어딘가 어수룩한 데가 있어야 정이 붙지, 너무 반질거리면 잡자고 내미는 손이 있겠느냐고 말이다. 그리고 더러는 내 재물이 해로 워야 이웃 간의 정이 두터워 진다라든지, 내 기분을 죽이고 한 순간만 참으면 온 세상이 태평하다는 말에서도 그랬다. 그런데, 최여사가 자존심 죽이 며 가정으로 돌아오라 회유하고, 찰거머리처럼 질기게 설득했으나 뉘우칠 줄 모르는 내 아버지의 쇠고집을 되돌릴 수 없다는 판단 하에 삼팔선처럼 대치하던 부부간 관계를 미련 없이 싹둑 잘라버리고, 당당히 돌아설만큼 당찼던 여성이었으니까 말이다. 그렇듯 강철처럼 강해서 타협을 모르는 성 미이니 철없이 염문 뿌린 셋째 딸인 내가 창피하고도, 발칙스러우면서 한 없이 느글거렸을 터였다.

"망측한 소문 같으니, 말숙이 이리 와 봐!"

나는 최여사의 나직한 음성만으로도 마을에 쫙 깔린 범수와 나의 소문 탓인 걸 단번에 눈치 챌 수 있었다. 그래도 난 애써 태연함을 가장하는 수밖에 없었다. 그렇다고 최여사를 향한 내 공포심의 강도가 느슨해진 건 절대로 아니다. 그래서 숨을 죽인 채 주방 문턱을 조심조심 넘었다. 순간, 최 여사가 나를 잽싸게 끌어다 바닥에 패대기치며 꿇어앉히는 거였다. 이어 오싹한 눈빛을 번뜩이며 나를 노려보던 최여사가, 도금 벗겨진 주방 문고리를 덜커덕 잠궈버리는 게 아닌가. 우리들의 말소리가 밖으로 새나가지 못하게 하려함이었다. 무엇보다 소름이 끼친 건 기압 낮은 날 연기처럼 착 가라앉은, 마치 폭풍전야의 고요함과도 같은 최여사의 목소리였다. 그 때문에 무릎 꿇어앉은 나는 불판 위에서 구워지는 오징어처럼 마디마디의 신경들이 옴츠려 들고 있었다. 나는 속으로 최여사의 참빗 같은 딸이라고, 아무리 외쳐도 옴츠러든 기분을 펼 수 없어 안타까웠다. 순간, 내 머리는 엉뚱하게 회전하고 있었다. 어쩜 내가 최여사의 핏줄이 아닐 거란 의심이 들었다. 금숙언니의 키가 170 센티미터이고, 은숙언니는 173 센티미터나 되는 장대 키를 뽐내는지라 별명이 전봇대가 아닌가. 은숙언니가 전봇대 1, 금숙언니는 전봇대 2로 통했던 것이다. 동생 영호도 178센티미터 장신인데, 나만 돌연변이처럼 겨우 1미터하고 55센티미터의 단신이기에 말이다.

"자초지종 안 불면 너, 오늘 제삿날이다! 새말 경주 댁 말대로 정말 밀양 댁 손자 놈이 그 놈 맞아?"

"믿어 주세요! 범수 오빠랑……."

"뭐? 범수 오빠아?"

"우린 서로 사랑한단 말예요!"

"조맨한 게 부끄러운줄 모르고……. 말숙아! 공부해서, 졸업장은 받아야지……."

"엄마, 우린 사랑한다니깐요!"

"사랑보다 먼저 공부를 해야지……. 그라고, 천지가 개벽해도 그 놈은 안된다!"

"왜, 요?"

"한 마디로 제 아비를 보란 말이다. 전에 홍 과부하며. 치마만 걸쳤다 하면…. 암튼, 애비가 그러니. 범수는 절대 안 된다, 바보야."

"……."

"부모 안 닮는 자식은 하늘 아래 없는 법이다! 가이내야! 재작년에 범수 어미가 왜 죽었게? 다 그 못 말리는 범수아비 때문이지……."

"범수오빠 달라요!"

"속담도 몰라? 꼭대기에 부은 물이 발치로 흐르고, 콩 심은데 콩 나고, 팥 심은데 팥 난다고, 부전자전인데, 그 자식도 닮지!"

"엄마!"

"에미라 부르지도 마라! 엉뚱한 딸년 소문 창피해서 칵 죽고 싶다! 아비 없는 자식이라고, 손가락질 받을까봐, 자나 깨나 가슴 졸였는데."

"……."

"서방 덕 없는 년, 자식 덕도 없다더니……. 아휴, 죄 많은 내 팔자야!"

"죄송해요. 엄마가 이해해 주면 안돼요?"

"이해고 뭐고, 우리 둘 다 쥐도 새도 모르게 그만 죽어버리자!"

최여사가 잠시 말을 멈추었다. 자괴감에 치여 목이 멘 모양이었다. 잠시 후, 목소리가 신경질적으로 바뀐 건 그때였다.

"흥, 하기사 내 새끼만 족친다고 언놈이 알아주겠나?"

"······."

"범순지, 호랭인지, 그 놈이 지가 말숙이 구제해 준다는 말을 동네방네 떠벌리고 다닌단다! 착각도 자유지, 벼슬한 줄 알고."

나는 아니라고, 나를 믿어달라고, 동네에 쫙 깔린 소문을 부정하는 말이 목젖까지 차 올랐다. 하지만 범수가 나를 어쨌다는, 생으로 퍼뜨린 그 소문을 감히 내 능력으로 무마시킬 상황이 아니었다.

미리 내게 귀띔 해준 범수의 아이디어는 그거였다.

"옛날 속담에도 있듯이 역적모의도 석 달이면 끝난다더라. 지독히 나쁜 소문이 천지를 발칵 뒤집거나 괴로운 일이 닥쳐도 말숙이 니가 들은 척도 말고, 꾹 참아내야 한다. 누가 뭐라고 암만 찔러대도 그에 넘어가면 절대로 안 돼, 알지?"

당부에 또 당부를 거듭했던 것이다.

"썩는 내 속 엇다 털어 놓으며, 누굴 원망하누? 인덕 없는 내 팔자에."

태도를 바꾸어 의미심장한 말을 중얼거리던 최여사가 갑자기 내 손목을 휙 낚아채었다. 그리곤, 총알같이 휘익 밖으로 끌고 나가는 것이었다. 나는 속으로 미치도록 궁금했다. 그런데, 내가 끌려가다 멈춘 곳은 마당 가 창고 앞이었다. 최여사가 덜거덕거리며, 창고 문을 왈칵 열어젖히는가 싶은 순간, 다짜고짜 나를 그 속으로 밀어 넣는 것이었다.

"넌, 반성 단단히 해야, 아냐 죽어지내 봐! 뭐니 뭐니 해도 입살 만치 무서운 건 없다!"

서슬이 퍼렇던 최여사가 창고 문을 덜커덕 잠궈버렸다.

창고는 아주 비좁았다. 게다가 뺨 뛰기를 쳐도 모를 만큼 컴컴했다. 잡동 사니들로 꽉 차 있어 공기 또한 퀴퀴했다. 비둘기 복통만한 공간이 문을 닫으면 그믐밤처럼 깜깜한 것은 작은 창 하나도 없어서다.

조금 후에는 최여사가 가위 한 개를 든 채 숨을 헐떡거리며, 창고로 들어왔다. 내가 물어 볼 사이도 없이 어깨까지 덮은 탐스러운 나의 머리카락을 가위로 경중경중 자르는 것이었다. 내가 암만 울고불고 난리를 쳐도 소용 없는 일이었다. 최여사가 나의 머리카락을 자른 것은 순전히 내 발을 묶어 놓고자 함이었다.

이틀이 지났다. 나는 갇힌 게 무섭고 서러워서 질금질금 눈물을 흘렸다. 문을 쾅쾅 두드리다가 땅이 꺼지도록 한숨도 푹푹 내뿜었다. 그러다 보니 에너지 소모가 과했던지 죽은 듯 널브러지고 말았다. 나는 풍쟁이 범수가 꾸민 연애작전의 서툰 점을 늘어지게 원망하고 있었다.

그 때, 금숙언니가 창고로 들어왔다. 그녀는 이틀이나 창고에 갇힌 내 근황에 대해 관심조차 없는 모양이었다.

'일교차 심한 오월인데 창고에서 지낸 밤이 추웠지? 이틀을 굶어서 배 많이 고팠지?'

인정적인 인사는커녕 목 타는 갈증에 대해서조차 묻지도 않았다. 오히려 날카로운 목소리로 내 속만 더욱 파 뒤집었다.

"머슴애 인물 반반하고, 허풍이 남자답다고 무작정 빠져 들면 아까운 인생 후회하지 않겠어? 치마 두른 사람들 옷깃만 스쳐도 염문 만들기 바쁜 바람대장의 직계비속인데, 가이내 넌 불안하지도 않데? 맘대로 집적거려 놓고, 건방진 머슴애가 널 구제한다는 소문을 동네방네 방방 퍼뜨린 일이 가당키나 한 거냐 말이야? 뺄도 창자도 없는 니가 집안망신 계속 시키면, 호적에서 폭 파버린다는 걸 부디 알란 말이다, 쥐방울처럼 쪼끄만 게……."

작아서 내가 귀엽다고, '방울'이란 별명을 지어주던 지난날 금숙언니 모습은 어디에도 없었다. 무엇보다 할 말만 딱딱거리며 해대고는 바람처럼 휘익 창고를 빠져나가버렸다. 그 후론 아예 내 앞에 얼굴조차 디밀지 않았다. 개구리가 올챙이 적 생각 못한다고, 금숙언니가 꼭 그랬다. 그녀가 여고 2학년말에, 우리 집 끝 방에 세든 복학생 오빠와 자신의 연애사건 같은 건 깡그리 잊은 모양이었다. 그 때, 우리 집안을 발칵 뒤집어 놓을 만큼 회오리친 금숙언니 연애사건은 두고두고 잊혀 지지 않을 로망인데 말이다.

창고에 갇힌 나는 물 한 모금 먹지 못한 채, 며칠을 보냈다. 전해질이 빠져서 시들시들해진 내 몸이 해삼처럼 축 늘어졌다. 그래도 행인지 불행인지 다음 날 햇빛을 보게 된 것은 순전히 둘째, 은숙언니 덕분이었다. 창고 문이 열리며 인기척이 났나 싶더니, 어디선지 창포 향이 맡아졌다. 내 후각의 본능으로 금방 은숙언니란 걸 알았다. 나는 다짜고짜 은숙언니의 가랑이만 꽉 붙잡고 늘어졌다. 퀴퀴한 창고에서 나가고 싶다고, 작은 언니만 믿는다고, 한 번만 도와 달라고, 사정하며 매달렸다.

졸지에 당황했던지 은숙언니가 머뭇거렸다. 그러던 중 목 말라죽겠다며 벌벌 떨던 내가 불쌍해 보였던지, 밖의 동정을 엿보았다. 잠시 후, 최여사의 출타를 틈타 나를 어두운 창고에서 꺼내준 것이었다. 동시에 은숙언니는 나더러 어디든 도망을 가라고 재촉하는 거였다. 집에 있다간 최여사 한테 맞아 죽을지 모르니깐 서둘러야 한다고 했다. 뜻밖인 것은 두툼한 배추 잎 지폐 다발까지 내 손에다 쥐워 주었던 것이다. 돈 뭉치를 내밀던 그녀 손이 무당 내림 대처럼 달달 떨고 있었다. 난 이미 훤히 알고 있다. 갖은 유혹 다 이겨내며 안 먹고 안 쓴, 아르바이트해서 모은 구두쇠 은숙언니의 돈이란 걸. 그렇지만 나는 금싸라기 같은 그 돈을 받아 들었다. 나는 비틀거리며, 그 길로 뒤도 돌아보지 않고 집을 나섰다. 그 와중에도 범수부터 찾으려한 내게 은숙언니의 독설 한 마디가 뒤꼭지를 향해 핑 날아왔다.

"정말로, 무섭다! 연애가 뭔지⋯⋯."

그리하여 내 젊은 시절 콩깍지가 씌었던, 한 청년남자 범수를 따라 나선 열아홉 나의 가출이 시작된 것이었다. 그것이 29년 전, 장미가 불타는 계절이었다.

나 보다 한 살 위인 풋내기 범수는 그 때나 이때나 하늘 아래 어디 내놔도 손색없는 풍쟁이 남자다. 내일 세상이 쫄딱 망한다 해도 오늘 팡팡 큰 소리치는 그의 허풍이 어째서 내 눈엔 멋지고도 사내답게만 보였던지, 진정 모를 일이었고, 정말 알 수 없는 일이었다.

"말숙아, 우리 가출한 것 좁쌀만치도 걱정하지 마!"

"당장 빈털터리가 먹고 잘 곳도 없는데, 무슨 배짱으로 걱정이 안 돼?"

범수가 주머니에서 배추 잎 몇 장을 꺼내서 내 앞에 휘휘 흔들어 보였다.

"오늘은 가진 것만큼 살면 되고, 내일 일은 내일 닥쳐서 해결을 보면 될 걸, 뭐 땜에 오늘부터 가불해서 내일 걱정을 미리 하냔 말야? 난 통, 이해를 못하겠어!"

"범수 오빠⋯⋯."

"걱정 말라니깐! 내가 다 책임져! 말숙이 넌 이 오빠만 믿으면 돼, 알았지?"

후회는 앞서는 법이 없었다. 며칠 후, 가출에 대한 공포심도 약간 무뎌지고 있었다. 나는 무모하게 가출한 게 후회되었다. 이때껏 엄벙덤벙 몰랐던 미래가 암울하고, 두려워진 것이었다. 알 수 없는 건, 무섭게만 여겨졌던 최 여사가 보고 싶었다. 그래서 홀쩍홀쩍 눈물을 찍어냈다. 그러자 범수가 나를 힘껏 끌어안고 등을 쓸어주며, 나직하게 달랬다. 그러다 이내 얄팍한 그의 인내심이 내게 들키고 말았다.

"말숙아, 울지 마! 지금 호랑이 같은 니 엄마가 보고 싶어?"

"……."

"나만 꽉 믿으면……. 호랑이 엄마도 잊어질 거야!"

"……?"

"말숙이 널 위해서 내 모든 걸 담보하고, 하인처럼 바치겠다, 그거야."

"그래도 나는 불안해서 못 견디겠어. 엄마도 보고 싶고."

"너, 전에 힘센 내 팔뚝에 매달리면서 좋다고 했지? 이렇게 듬직한 오빠가 있는데, 뭐가 불안해? 아주 꽉꽉 믿으라니깐!"

제법 어른스런 위안이다 싶은데도 나는 눈물이 찔끔 나왔다. 그러다 점점 더 소리 내어 훌쩍거리기 시작했다. 그런 내가 못마땅했던지 범수의 목소리가 확 변하는 거였다.

"애도 아니고. 질질 짜는 건 뭐야? 집 나온 게 후회돼? 그래? 그렇담 지금 당장 떠나든지! 여기, 말리는 사람 한 놈도 없어."

그런 범수가 미워서 내 목소리도 껄끄럽게 갈라졌다.

"내가 뭘? 오빠는 빈손으로 왜 집나가자고 꼬드겼어? 가만 내버려 뒀는데도 내가 따라 왔어?"

내가 목소리를 착 깔면서 짜증낸 장면을 떠올리자, 전신에 진땀이 확 돌았다.

"아유 갑갑해라."

"손님! 더운가 봐요?"

미용사의 질문에 나는 미용가운 때문이라고 말했다. 답답하고, 벌렁거린 내 속을 알 리 없는 미용사가 한 손에 빗을 쥐고, 다른 손으론 마른 머리카락에 분무기로 물을 찍찍 뿌렸다. 머리카락이 비 맞은 것처럼 촉촉해졌다.

촉촉한 봄비, 그것은 철없이 가출한 범수와 나의 마음을 착 가라앉게 만들었다. 갈 데 없이 몸만 찌뿌드드하던 그 때를 떠올리자, 나는 입이 바짝 말라서 갈증이 느껴졌다. 내가 쩝쩝 입맛을 다셨다. 미용사가 물 컵을 내왔다. 물 마시는 동안에도 미용사의 손이 내 머리카락을 계속 주무른다. 마지막 손질은 큐빅 장식으로 반짝이는 머리핀을 뒤꼭지에 꽂아준다. 내 머리에 머물던 미용사의 손길이 나의 눈썹으로 옮겨갔고, 마술사 같은 그녀의 솜씨가 내 눈썹을 초승달 모양으로 날씬하게 만들어 놓았다.

"와, 아줌마 예쁘다앙! 선녀 같아요웅!"

미용사가 자신의 미적 기술에 도취돼 감탄사를 쏟아낸다. 거울 속에선 신부화장으로 화사하게 돋보인 내 눈이 유리호수처럼 찰랑거린다. 그 매력에 범수가 풍덩 빠졌다는 걸 그의 여동생 은수가 들려 줘서 나중에야 알았다. 그런 내 눈에 탁한 눈물을 펑펑 쏟게 만든 것은 누가 뭐래도 순전히 오지랖 넓은 풍쟁이 범수 탓이었다.

*　　　　*

열 한 시 사십 분, 시간에 쫓겨 동동거리던 내가 달려오는 택시를 급한 손짓으로 세웠다. 미용실에서 오래 머문 것 때문에 예식 시간이 임박해온 까닭이다. 나는 검정 안경에 가려 얼굴이 반쪽인 기사에게 주문을 하였다.

"기사 님! 오십분까지 복지회관으로 가 주세요! 세게 밟아서요!"

정오에 맞춰 예식장에 도착하려 재촉한 내 주문이 무리라 싶었던지, 기사가 심드렁하게 대꾸한다.

"손님, 암만 급해도, 바늘허리에 매선 못 씁니다요!"

택시의 창 밖 가로수들이 펑펑 뒤쪽으로 밀려난다. 이어 큰 도로에 접어든 차가 도시를 가로지른 강 위의 다리를 타고 있다.

그 때, 휴대폰에서 캉캉 춤곡이 울린다. 전화 건 사람은 옆집 경아 엄마다. 그녀의 허스키한 목소리가 긴박한 외침으로 낯이 없다.

"하, 하영 엄마, 지, 집에……. 아이구, 저걸 어떡해?"

"왜 그래? 경아 엄마, 버벅대지 말고, 천천히 말해 봐?"

"자, 자기 집에 부, 부, 불났어, 부울! 어머 저걸 어째, 주방 쪽이네."

나는 갑자기 심장이 쿵쾅댔다. 금방 터지기라도 할 듯 아파오기 시작했다. 벌렁벌렁 마음이 다급해졌다. 헉헉 숨이 턱에 차오는 소리로, 택시 기사더러 부탁을 했다. 왔던 길로 유턴해 달라고 말이다. 갑자기 집에 급한 일이 터졌다니까, 택시 기사가 쯧쯧 혀를 차며, 물어왔다.

"갑자기 집에 불이라도 났습니까?"

우리 집 앞에 소방차 몇 대가 길을 막고 서 있다. 북적거리는 사람들은 불구경하러 모인 동네 주민들이었다. 소방차의 살수로 방금 전, 불길이 잡혔다지만, 내 집 처마 끝에 시커먼 화마의 흔적이 얼룩져 있다. 바닥엔 깨진 유리창 파편이 즐비하다. 전기 콘센트에서 여러 갈래로 꽂힌 전선의 과열로 불이 날까 걱정했던 게 현실로 나타났던 것이다. 그렇다고 하필 오늘에 맞춰서 불이 날 게 뭔가. 평생 처음 결혼식을 하겠다고 받아둔 날짜가 바로 그 오늘인데 말이다. 나는 허탈해서 유리파편이 널린 바닥에 털썩 주저앉아버렸다. 맥이 탁 풀렸던 것이다.

＊　　　　＊

범수의 고등학교 친구인 홍인표씨 결혼식에 우리도 참석을 했다. 피로연에서 우정을 나누며, 와자하니 술잔이 돌고 있었다. 그런데, 몇 번의 건배를 외치던 남자들이 슬며시 동거해서 살고 있는 우리들 이야기로 안주를 삼는 거였다. 형편상 미루고 미룬 결혼식을 갈구하며 사는 내 처지라, 처음엔 그저 농담쯤으로 여기고 있었다. 그런데, 차츰 도가 깊어지자 농담 반 진담 반 귀 걸리는 화제들이 나를 자극하는 것이었다.

"범수 넌 평생 동거 재미로만 살거야? 이젠 식 올릴 때도 됐잖어? 하기사 결혼식 그 까짓 거, 뭐가 대순가? 요새 젊은 사람들 식은 죽 먹기로 이혼하던데? 허, 허, 허! 여자는 부모팔자 닮는다더라, 누가 알겠어? 니들이 혹시 이혼을 하게 될지. 그 참, 결혼도 어렵지만, 이혼 절차도 숙련기다 뭐다 해서 엄청 까다롭대. 히히! 히히히."

그들 말장난이 한창 무르익을 때, 누군가 끼어들어 양념을 쳤다.

"언제가 될까 몰라도, 범수 너 결혼식엔 2세들이 빛날 거다. 늙어 등 굽은 신랑 신부 결혼식 하겠다면, 그 땐 주름살 자글대는 우리가 축하하러 올 필요도 없겠쟈! 하, 하, 하!"

점입가경인 그들 잡담이 내 인내심을 점점 더 자극하였다. 내 표정이 굳어졌고, 절절맨 것은 관리차원이었다. 철없는 가출로 동거한 우리가 그들 눈에 장난으로 비쳐졌고, 어쩌다 술좌석에서 안주거리가 됐을까. 하지만, 우리의 동거가 그들에게 먼지만치라도 피해를 준 적이 없다. 무엇보다 내 부모의 이혼이 술좌석에서 그들의 안주거리가 되는 게 내 속을 한층 더 후벼 팠다. 하여, 나의 결혼식에 대한 욕구가 더욱 강렬해진 것도 그날 이후부터다.

*　　　　　*

범수의 사촌 누이동생이 결혼한다는 소식을 전해왔다. 그녀의 청첩장을 받아든 나는 잠재된, 결혼식에 대한 욕구가 뭉게구름처럼 피어올랐다. 그래서 내가 불쑥 우리도 결혼식 올리자고, 누이동생 청첩장을 읽고 있는 범수한테 말했다. 그러나 범수는 내 말은 들은 척도 하지 않았다. 그런데, 그 다음날 나는 팔자에 없는 꽃다발을 받았다. 범수의 손으로 처음 사 온 것이다. 그것이 우리들 불화의 꼬투리가 되었다. 퇴근길에 꽃가게를 지나오던 범수의 눈에 장미가 보였던 모양이다. 그냥 지나치려니 전에 없이 하도 예뻐서 비싼 걸 눈 딱 감고 한 다발 사왔다는 것이다. 거기까지는 좋았다. 그런데, 코를 흠흠 거리며, 장미에 혼을 뺏기고 있던 내 앞에서 하필 그 때, 범수의 얄미운 한 마디가 내 기분에다 초를 치는 게 아닌가.

"애 낳고 쭈글쭈글 늙었는데, 말숙씬 아직도 그 결혼식에 대한 병이 도져? 남의 결혼식 청첩장만 보면?"

"도지다니?"

나는 뒤틀린 감정을 억제하면서도 결혼식 올리고 싶은 내 욕구를 병이라 상처 준 그의 말이 미웠다. 갑자기 꽉 구겨진 기분에 반발한 내 눈에는 장미 다발이 잡초묶음 보다 못해 보였다.

"못 들었음 약이다! 까마귀가 검다고 했어."

당시 우리들 가출이 8년째로 접어들고 있었다. 장미 여덟 송이에 담긴 그의 속뜻이 뭘까, 그것이 궁금했다. 나는 그 날 밤, 그 장미다발을 갈기갈기 쥐어뜯어 짓뭉개버렸다. 그리고 쓰레기가 된 그걸 현관에 놓인 그의 구두 속에다 소복이 담아놓았다.

다음 날 아침이었다. 예상대로 범수가 내게 시비를 걸어왔다. 구두 속의 장미부스러기가 그를 화나게 했다며, 뱉어낸 말들이 천박해지고 있었다.

"주제에, 객기 부렸던 거야? 장미가 얼마짜린지도 모름서?"

"객기 같은 소리 하지 마! 누가, 그깐 싸구려 꽃다발 사다 달랬어?"

"음, 그래서 너 같은 사람은 작은 선물도 받으면 병이 되구먼."

불만에 찬 범수의 날카로운 눈빛이 나를 노려보았다. 나도 말할 수 있는 입이 있어 다행이란 생각을 하며, 꽈배기처럼 비꼬기 시작했다.

"평생, 첨 받는 꽃다발이 왜 그리 떫지? 정성이 왕창 부족해선 가 봐!"

그의 표정에서 날 향한 미움이 두 볼 가득 부풀어 올랐다.

"뭐, 정성이 왕창 부족한 선물이라고?"

"확인 사살까지 해야 돼?"

"꽃다발 받고도 꼬인 여자와 사는 남자는 정말 얼마나 불행한지 알아? 내 다시 꽃을 사면 성을 간다, 성을……."

"누가 꽃 사 달래? 물 한 그릇 떠놓고라도 결혼식이나 올리지……."

"한 번 더 물으마. 금쪽같은 돈으로 사다 준 꽃다발 쓰레기로 만드니 속이 시원해?"

"팔자에 없는 꽃 선물 받고, 독이 되는 여자 맘 알기나 하냐구?"

"별나서겠지 뭐. 꽃이 왜, 독이 되냐 말야?"

"물 사발이나 떠놓고서라도 결혼식을 올리고 싶어서 그렇다, 왜?"

그 때, 벌떡 일어 선 범수가 팔을 허리춤에 척 걸치며, 고함을 질러댔다. "야! 결혼식은 왜 해? 꽃다발 사다 줬더니 쓰레기로 만드는 여자하고 사느니, 차라리 원점으로 돌아가고 싶어 몸살이 날판인데."

키가 작은 나도 범수를 빤히 올려다보며 깐죽거렸다.

"다발, 다발 하지 마셔! 누가 들으면 돈 다발이라도 안긴 줄 알겠네? 그깐 장미 몇 송이로 목에 힘주는 쫀쫀한 남자는 꼴 보기도 싫거든, 왜냐면."

"흐음……."

"한 술 더 떠 봐? 차라리 더 늦기 전에 확 찢어지자구! 가출한 지 8년쨈 데, 결혼식도 못 올린 채 허덕대고 사느니."

그 때, 허여멀건 범수의 낯빛이 우락부락 변하는 거였다. 기분이 최고조로 상했다는 의미였다.

"찢어지자는 그 말 진심이야? 아님, 광고용이야?"

우린 그 일로 싸우느라 아침나절을 다 허비했다. 결국 그가 결근을 했고, 나는 손가락 하나 까딱 하지 않은 채, 입 싸움하느라 용을 쓰다 지쳐버렸다. 그리하여 우리 둘은 개가 소 보듯, 소가 닭 보듯 하루를 보냈다.

다음 날, 꺼진 것 같던 싸움의 불씨가 다시 되살아났다. 우린 서로 상대의 취약한 부분은 물론, 부모의 결점까지 하나하나 들추어냈다. 그래도 한에 차지 않아서 서로 잡아먹을 듯, 까칠한 눈살을 쏘아댔다. 그 일이 기름질 친 게 되어 싸움의 불씨가 점점 더 거세어졌다. 결국, 우린 서로를 향해 자극적으로 찔러대고, 서로의 상처에다 소금을 치기 시작했다. 그러다 끝내는 법원에 가자는 말까지 나온 거였다.

법원 가는 길도 순탄하지가 못했다. 뭔가를 들이받을 듯 쑥 나아가다 획 돌아서 후퇴하느라 짧은 거린데 한 나절도 짧았다. 계속해서 왈가왈부 다투던 우린 법원에 도착해서도 서로 잡아먹을 것처럼 눈에 불을 켜고 으르렁거렸다. 뿐인가, 감정을 자제하려 커피나 한 모금 마시자던 그가 마지막 커피 방울을 삼키자마자 다시 시비걸기를 재탕하는 것이었다.

"그까짓 결혼식이 뭔데, 틈만 나면 남자를 달달 들볶아 대냐, 결혼식 대신 진즉 혼인신고를 마쳤는데, 이럴 줄 알았다면 혼인신고도 하지 말걸, 후회가 막급이다. 여자 거느리고 새끼 키우며 사바세계 사는 일이 이다지 멀미나고, 도 닦는 스님 되기보다 더 힘들 줄 예전엔 미처 몰랐다, 당장 머리 빡빡 깎고, 절간에나 가고 싶다, 중이 되고 싶단 말이다."

그 때, 집이 떠내려가도록 울며불며 엄마 따라간다고 내 치마꼬리를 붙잡고 따라 온 애 하나가 복부를 움켜 쥔 채 배가 아프다며, 법원 로비 바닥을 데굴데굴 구르는 것이었다. 아이 배를 쓰다듬어보니, 종일 곡기 섭취가 안 된 뱃가죽이 바람 빠진 풍선처럼 푹 꺼져 있었다. 서로의 입장만 주장하느라 그 사이 오후가 됐던 것이다. 구내식당의 음식 냄새가 바람을 타고 솔솔 날아오자 굶은 후각에 자극받은 아이가 참다못해 고픈 배를 아프다고 했던 것이다. 그 때까지 로비 벤치에 기대 석고상처럼 죽치고 앉아있던 범수가 아이를 번쩍 안더니, 내 등판에 척 붙이는 거였다. 그리곤 법원이 흔들릴 만큼 큰소리로 명령을 해댔다.

"죄 없는 새끼들 다 죽이겠다! 고래 싸움에 새우 등 터진다고, 못난 아비가 벌 받으마! 당장 집으로 돌아가자! 지금 내 말 안 듣고 미적대다 맘 변하면 그땐 나도 무슨 일 저지를지 장담 못해. 당장 일어 서!"

고래고래 떠들자 여기저기서 궁금해 하는 사람들이 동물원 원숭이 보듯 기웃거렸다. 그 때, 우리들 앞으로 헐레벌떡 쫓아오는 남자가 있었다.

"보세요! 기차화통 삶아 먹었수? 왜 그리 떠들어요? 남 생각도 해야죠?"

꽥꽥 떠든 범수를 나무라며, 쳐다보던 그가 한 마디를 더 덧붙였다.

"참 나 원, 엎어져 살다가 깨지고, 갈가리 찢어지는 인간들은 뭐가 달라도 다르다니깐."

범수가 불만 가득한 입으로 나를 향해서 무뚝뚝하게 내뱉었다.

"아무려면 결혼식을 미룬 내 속이, 보채는 당신보다 더 편하겠어?"

*   *

가출한 우리가 처음 구했던 거처는 빛바랜 슬래브 집들이 게딱지처럼 다닥다닥 엉겨 붙은, 변두리 달동네였다. 허술한 방 한 칸을 얻은, 그 집의 마당을 빙 둘러선 나직한 담장에 장미가 흐드러지게 피어 향이 넘쳐났다. 그에 반해 우리들은 기댈 울타리가 신통찮고, 피어나기도 전에 초라했다.

그 날 저녁, 우린 집 주인 할아버지를 찾아갔다. 넓은 동네에 일손을 필요로 하는 자리 하나 어디 없겠느냐고, 알아 봐 달라고 범수가 더듬더듬 청을 넣었다. 그런지 사흘 만이었다. 주인 할아버지는 마침 앞산 발치에 위치한 우주목장에서 일할 사람을 구한다는 정보를 들려주었다. 우주목장은 수많은 젖소들을 돌보는 이들이 몇 있는데, 젊은 청년 한 명이 군대 가고 빈자리가 생겼다는 것이다. 목장 주인을 만나면 혈기 팔팔한 범수를 반기리란 말까지 해주었다.

다음 날, 범수를 처음 접견한 목장 주인은 요즘 젊은이들은 속에 바람만 잔뜩 들고 끈기가 부족해서 탈탈 손 털고 나가버릴까 봐서 걱정이라며, 이틀이나 뜸들인 후에 범수를 불렀다.

나 역시, 없는 것만 빼고 모든 걸 다 파는 할인점에 일자리를 얻었다. 아침 여덟시에 출근해서 열 시간 일하고, 파트타임 하는 야간 담당자가 오면 퇴근하는 일터였다. 한 해 세 번, 보너스 받는 일자리가 수월한 것은 결코 아니었다. 그 때마다 나는 요즘 젊은이들 헛바람만 잔뜩 들었다는 나쁜 이미지를 씻기라도 하듯 나를 담금질 하였다. 할인점 주인이 빡세게 부려먹고, 손님이 사사건건 시비를 걸든지 아무리 피곤에 지쳐도 이를 악물고 버텨냈다. 그렇게 다람쥐 쳇바퀴 돌 듯 2년을 견디는 동안에 우리들 적금 통장의 돈도 차곡차곡 모였다. 들어 온 돈에 관한 한 소비하지 않고, 악바리로 저축한 덕이었다. 조금만 더 모으면 작은 아파트 전세를 구할 만한 액수였다.

그런데, 그런데 말이다. 눈을 떠도 감아도 하늘이 샛노래질 만큼 충격적인 일이 우리 앞에 터지고 말았다. 비빌 언덕조차 없어 간절한 목표를 향해 피 마르게 적립한, 피 같은 그 돈을 손에 만져보지도 못한 채 바람에 휴지처럼 날리고 만 것이다. 그것도 오지랖 넓고, 허우대 미끈한 풍쟁이 남자 범수 때문이었다.

믿거나 말거나 범수의 말인 즉 그랬다. 목장에는 월급 받는 이들이 몇 있고, 때에 따라 일용 날품을 파는 사람도 두엇 된다는 것이다. 일흔 중반의 장노인도 자기 집 일 보는 틈틈이 목장 일을 돕는 사람이라 했다. 그런데, 어느 날인가 알고 보니 장노인이 아주 딱한 사연을 품은 노인인 걸 범수가 알게 되었다는 것이다.

장노인의 구구절절한 내막은 이랬다. 귀한 핏줄로 독 씻어 단지 씻어 아들 하나가 있었다. 그런데, 그 아들이 장노인에게 짐을 지운 불효를 저질렀다는 것이다. 물 마른 자갈논이며, 푸성귀 심어먹던 텃밭을 팔아서 사업하러 객지를 떠돌던 아들이 한 땐 가난한 장노인의 희망이요, 등불이었다. 그러다 삼 년이 지난 어느 날, 빚에 깔려 죽겠다며, 부모 앞에 와 엎어져 울더라는 것이다. 그걸 보다 못해 장노인 내외가 거처하던 작은 집 판돈을 밑 빠진 독에 물 붓듯 아들 손에 쥐어 줬다. 그러나 결국 아들은 재산을 말아먹고, 사업마저 접은 채, 이혼까지 했던 처지라 가정도 날려버렸다. 인왕산 그늘이 강동 팔십 리라고, 아들의 이혼 파고가 늙은 장노인 내외 품에다 네 명의 손자들 양육 임무를 지게 만든 거였다. 이혼의 심각성을 체험하지 못한 장노인 입장에선 우선 귀여운 손자들을 실컷 볼 수 있어서 좋았다. 그런 장노인에게 생긴 근심은, 손자가 사랑스러운 만큼 쉬 잠들지 못하는 밤이 늘어가는 것이었다. 아들 때문에 거처조차 마땅찮은 장노인은 하도 답답해서 이웃에게 사정을 호소했고, 그들의 배려로 밭 귀퉁이에다 컨테이너 거소 두 칸을 만들 수 있었다. 비둘기 복통만한 공간에서 지그재그로 누운 손자들 때문에 노인들이 허리조차 못 편 채 긴 밤을 보낸다는 소문이 어느덧 목장까지 나돌았다. 외아들이라 손이 귀하니 식구라도 많이 불리라고 주문한 지난 날 자신의 입심 탓에 손자들을 바글바글 두게 된 장노인은 책임감에 짓눌려 말 못할 속만 곤쟁이젓이 되었다. 사면초가에 처한 장노인은 어린 손자들을 인간구실 하도록 키워야 할 일이 구만리처럼 아득하여 이따금 한숨만 푹푹 나온다는 거였다.

그런 장노인이 며칠 전부터는 일을 나오지 않았다. 늙은 아내가 당뇨병을 앓고 있다며, 아내의 상한 발을 절단해야 하는 근심에 차 있었다는 사연도 입에서 입으로 전해진 뒤였다. 장노인의 암울한 그 사연은 오지랖 넓은 범수의 동정심을 자극하고도 남았다. 범수의 끓는 동정심이 발동을 했고, 결국 어려운 이웃을 외면하는 건 죄악이라며, 우리의 가난한 적금 통장을 장노인 손에 슬며시 쥐어 주었던 것이다.

나는 처음 범수가 한 말이 농담인 줄 알았다. 처음엔 나도 장노인 처지가 눈물겹다는 동정 어린 말을 보탰던 것이다. 그렇지만 우리의 통장을 날린 범수의 짓이 사실로 밝혀지자 내 눈이 확 뒤집혀져 아무 것도 보이지 않았다. 나는 미친 듯이 범수를 붙들고 송사리처럼 팔딱팔딱 뛰다가 오지랖 넓게 왜 그랬느냐고, 이제 우린 희망 한 꼭지도 없이 어떻게 사느냐고, 그만 두 눈을 감고 세상 끝내버리고 싶은 맘뿐이라고, 온갖 자극적인 말로 숨차게 마구 따졌다. 그래도 미움만 쌓인 나는 펑펑 울면서 범수를 잡아먹을 듯 눈빛을 곤두세우며 노려보았다. 전에 그가 나와의 뜬소문을 흘릴 때, 그냥 칵 죽으라던 최여사의 말을 따르지 않은 게 뼈에 사무치고 후회가 되었다. 그 때 죽었더라면 이렇듯 허망하고도 맥 빠진 꼴을 보지는 않았을 것 아닌

가. 범수가 저지른 일이 괘씸하고 막막해서 기 쏟아 팔짝뛰며, 화를 쏟아냈던 나는 현기증이 나서 바닥에 픽 쓰러지고 말았다. 그러다 찬물을 얼굴에 확 끼얹은 범수 때문에 정신을 겨우 차린 나는 범수를 향해 횡설수설 퍼부었다.

"약삭빠른 고양이 밤 눈 어둡다더니, 딱 그 짝이네? 두 해를 닭 모이로 팔던 싸라기 싸다가 지은 푸석한 밥으로 허기 채우고, 편의점에서 팔다 남은 소시지 얻어와 구역질하며 배불리다 배탈 나서 뒹굴던 일들을 니 같은 인간이 짐작이나 했겠어? 계산하다 모자란 돈 갖은 욕설과 협박당하다 울며불며 물어줘 가며, 일 한 대가가 고작 이거냐 말이야? 멍텅구리야!"

"……."

"결혼식 올리고 싶어 하던 날보고 청첩장만 보면 결혼식 병이 도진다고 모진 소리나 팍팍 퍼부어댔지? 쫌팽이!"

범수는 내 앞에서 고개도 들지 않았다. 내 눈엔 눈물이 주르르 흘렀다.

"왜 그랬어? 왜 그랬어? 왜, 왜 그랬냔 말이야? 개 도랑에 처박아두고 지근지근 밟아도 분이 남을 주책, 웬수같은 화상아! 천하게 번 내 돈, 장마다 얼룩덜룩 피눈물 진 내 돈, 끌어안고 싶어 미치는 내 도온! 장 첨지 손에 쥐어 주고, 존일 해서 니는 좋겠다아? 밥 안 먹어도 배불러 터지겠네?"

"……."

"니 혼자 보람되고, 살 맛 나디? 신바람 나디? 어깨춤 덩실덩실 추고 싶어? 왜 말 못해? 왜 말 안 해? 한마디라도 해보란 말이다! 앙?"

"……."

"머저리 같은 밥통, 웬수야, 동해물과 백두산이 마르고 닳도록 니 혼자 자알 먹고, 자알 살아라! 난 세상만사 싫고, 니 꼴 보기도 인제 눈 아파 죽겠다! 엉엉엉!"

범수는 강물에라도 풍덩 뛰어 들까봐, 내 뒤를 졸졸 따라다녔다. 범수가 저지른 배신의 홍역에 멍든 나는 자다가도 벌떡 벌떡 일어나 앉았다. 그로부터 석 달이 넘게 나는 범수와 한 마디도 말을 섞지 않았다. 아니, 매일 밤마다 귀신도 모르게 내 숨이 멎기를 기도하며, 범수를 따라 나선 가출이 바보 같고, 후회돼서 무시로 부르르 몸을 떨다가 가슴팍을 퍽퍽 쳐댔다.

그러던 어느 날이다. 시련 끝에 행운의 끄나풀이 우릴 찾아온 것은. 낡아서 볼륨이 왔다 갔다 하던, 고물 텔레비전을 보던 범수가 미친 듯이 후닥닥 나를 덮쳐 와락 끌어안는 거였다. 나는 숨이 막혀버릴 것만 같았다.

"우와, 만세다 만세! 말숙씨, 거 봐! 내가 뭐랬어? 나쁜 끝은 없어도 좋은 끝은 있다고 했지?"

"……?"

"지난 번 병원 근처서 장노인 부인 문병 다녀오던 날, 버스카드 충전하면서 주택복권 두 장을 샀는데, 그게 오늘 한 장 당첨됐지 뭐야! 와우 기분 째진닷! 얏호!"

나는 석 달이 넘어 처음으로 범수한테 말문을 터뜨렸다.

"며, 며, 몇 등이야?"

"이, 이, 일등……. 이것 봐!"

주택은행에 당첨번호를 확인한 나는 범수 보다 더욱 미쳐서 날뛰었다.

"일등 맞다 맞아! 그, 그, 그걸로 우, 우리 집 꼭 사자, 집! 이제 그 돈, 절대로 남 주면 안 돼, 저, 절대로! 알았지?"

당첨된 복권과 맞바꾼 돈이 보통의 주택 한 채를 우리들에게 안겨 준 얼마 후였다. 돈 때문에 상처받은 내가, 돈 때문에 회복할 수 있었던 그 계절

끝에, 당뇨병을 앓던 장노인의 부인이 끝내 눈도 감지 못한 채 숨을 거두었다는 이야길 범수가 듣고 왔다.

＊　　　　　　＊

최초로 범수가 목장에 출근한 후, 나도 돈을 벌겠다고 가발 쓴 채 찻집 일을 나갔던 보름 만이었다. 이른 아침시간에 주인댁으로 어떤 사람이 나를 찾는 전화가 걸려 왔다. 그걸 본 범수가 가만있을 리 없었다. 다방일 치우지 않으면 당장 내 발에다 족쇄를 채우겠다고, 눈알을 부라렸다. 그러잖아도 줄창 다방으로 출근하는 낯선 남자가 더운 차는 이래야, 시원한 음료는 저래야 한다며 훈수를 두고, 툭하면 내 몸을 건드리고 싶어 안달하던 단골 남자가 보기 싫던 참이었다. 그럼에도 나는 짐짓 범수에게 조건을 달았다. 우리들 결혼식을 하루 빨리 올리겠다 약속해 주면 다방 일을 그만 두겠다고. 그러자, 범수가 겨우 고개를 끄덕거렸다.

"알았어, 그깐 결혼식 후딱 해치우지 뭐."

반년이 더 흘렀다. 범수는 우리 결혼식을 잊고 있었다. 서운하던 내 입에서 범수의 건망증을 꼬집는 말들이 벌레처럼 툭툭 튀어나왔다.

"그때, 가출하자고 왜 꼬드겼어? 치사하게 헛소문 내면서까지……."

"그게 알고 싶어? 그렇담 넌, 왜 날 따라왔어?"

"조류처럼 멍청했던 거지."

"그래? 지금도 늦지 않았어. 선택은 자유지만 책임이 따르거든."

"그래서?"

"누구든 손해보고야 살겠어? 아니다 싶음 온 길 되돌아가든가!"

"내가 유턴하면 후회 안 할 자신 있어?"

"선택은 자유야……."

"화장 실 갈 때와 나올 때가 저렇게 다르다니깐."

"그거완 다르지……."

"그럼, 자긴 왜 내가 결혼식 올리고 싶어 해도 외면했어?"

"결혼식은 형식이야, 언젠가 여유생기면 결혼식 하면 되잖아……."

"글쎄, 그 언젠가가 언제냐구?"

"자꾸 보채면, 결혼식은커녕 땅콩만한 널 소포로 돌려보낼 테니깐, 명심해!"

　결정적인 순간에 써먹는 그의 말이었다. 꼬셔서 데리고 도망 나와 함께 이불 덮고 산 나를 소포로 보내버린다는 범수의 협박을 듣자니 기분이 전에 없이 묘해졌다. 어떻든 나는 이왕 지각한 결혼식이라 좀 더 참고 기다리기로 맘을 고쳐먹었다. 그런데, 그 기다림이 이렇게 긴 시간이 걸릴 줄 짐작조차 못했던 것이다. 노란 새싹이 청잎 되고, 또르르 낙엽 진 가을도 강물처럼 출렁출렁 스물아홉 번을 흘러갔다. 아시안 게임과 붉은 악마를 탄생시킨 월드컵으로 잔치분위기 탄 호시절도 갔고, 서슬 퍼렇던 IMF가 나라경제 밑바닥을 까칠하게 훑은 시간도 멀어졌다. 솜털 송송하던 내가 어느 새 파마머리 중년아줌마로 변해있다. 혈기 팔팔하던 범수 역시 얼굴 가득 잔주름 덮인 중년 아저씨가 되었다. 그래도 나는 늦으나마 결혼식을 올린다 생각하니, 가슴속에서 한없는 설렘이 꿈틀거렸다. 그런데, 가는 날이 장날이라고, 지각 결혼식 올리기로 한 오늘, 하필 내 집에서 불이 날 게 뭔가 말이다. 그것도 결혼식 하러 떠난 텅 빈 집에서 뭉쳐 꽂혀진 전선 때문에. 내 눈에선 짓궂은 내 운명이 야속해서 삐죽삐죽 심술에다 자꾸만 눈물이 나왔다.

*　　　　　*

최여사는 막내딸을 임신시켰다며, 동네방네 헛소문을 퍼뜨린 범수를 날강도라고 흉보았다. 그리고 범수 따라 가출한 내가 들으란 듯 홀어머니가 애 키우는 건 세상에서 제일 힘들고 강한 형벌이라고, 몇 번씩 강조하는 것이었다.

"못된 송아지 엉덩이에 뿔난다더니, 말숙이 년이 딱 그 꼴이다. 열아홉 해 동안 밥 먹여 주고, 옷 입혀 공부 가르쳐 준 어미 보다 저 황당한 도둑놈이 그리 좋든? 그것도 통과형식 없이 사는 게 얼마나 힘든 일인지, 한 번 생각해 봤어? 형식이니 뭐니 무시하지 말고, 통과형식은 꼭 필요하더라! 에미 말 안 듣고 엇길로 가면, 용서 안 할 테다, 쫄딱 망할 년 같으니……."

통과형식이란 결혼식을 뜻함이었다. 최여사 역시 결혼식을 생략한 채 혼인신고면 충분하다며, 우리 남매들을 낳고 살다 한 눈 판 내 아버지 때문에 파경을 맞은 처지였다.

"장모님, 우리 장모님! 저를 도둑놈이라 취급하는 건 얼마든지 좋지만, 말숙씨 보고 쫄딱 망한다는 말씀은 좀 삼가 해주세요!"

"딸년 훔쳐간 도둑이 무슨 큰 소리야?"

"말숙이 복이 저의 복이라서요! 우린 이미 한 배를 탄 사람들입니다. 허허허!"

장모님, 장모님 하면서 상냥하게 구는 범수를 대하자 게거품 물고 욕질하던 최여사가 한결 너그러워졌다. 처음엔 망할 놈이라고 욕하며, 본 바 없는 집구석에 막내딸 주려니 뼈아프다면서도 웃는 낯에 침 뱉진 못했던 것이다. 범수를 아들 얻은 것 같이 든든하다며, 오히려 맘에 든 여자 얻고자 행동에 나선 범수의 배짱을 사내답다고, 그 점을 높이 산다는 칭찬까지 해주었다. 그 때, 최여사는 함박웃음을 터뜨리며, 일장 연설을 하였다. 개똥철

학에 빠져 머리조차 제대로 감을 줄 모르던 외삼촌 어깨 넘어 배운 문자들을 써먹는다면서.

"처자 총각 연애하다 집 나가면 욕 듣기 십상이지. 결혼 전에 동거를 해도 사회질서가 문란해지므로 지탄받을 일이거든. 그렇지만 그래도 죽을 죄는 아니다! 결혼은 평생 한 번인데, 돈 벌어서 가장 먼저 식을 올려라! 형식이라지만 결혼식은 그렇지 않다! 기쁘고 슬프거나 아플 때, 어떤 어려움이 닥치더라도 죽음이 두 사람을 갈라놓기 전까지 오직 한 사람 아내와 남편을 서로 아끼고 사랑하겠는가? 고, 다짐받는 주례말씀이 곧 염불인 게야! 그런 염불을 듣는 것과 듣지 못한 인생은 격부터가 다르거든!"

최여사가 신신 당부한 게 또 있었다. 지지고 볶고, 울다 웃다 갖은 굿에다 오두방정 다 떨며 동네 시끄럽게 쇼를 벌이더라도, 이혼하고 갈라서자는 그 말은 끝내 하면 안 된다고. 그것이 곧 입의 복이 혀의 복이요, 혼인생활에서 마지막이자 최후의 보루라고.

우린 그 날부터 가출에 대한 면죄부를 받은 셈이 됐다.

*　　　　*

진달래가 화사한 봄이었다. 내 몸에 신호가 왔다. 신 것이 당기며, 살살 춥다가 나른해진 임신이었다. 범수는 아버지가 된다며 싱글벙글 입이 함박만 해졌다. 그에 반해 엄마가 된다고 생각하니 나는 덜컥 겁이 났다. 범수가 위로하며, 내 맘을 안심시켜 주었다.

"사람은 죽으면 무덤이 생기고, 아기는 이름과 먹을 걸 타고난다는데, 걱정은 할 필요가 없을 것 같다."

입덧에 치인 어느 날, 범수와 둘이서 최여사 생일에 참석했다. 나는 망설이다가 최여사 앞에서 임신얘기를 꺼냈다. 아직 결혼식도 못한 처지라 유산할까보다고. 그런 나를 두고, 최여사가 심하게 나무라는 것이었다.

"아길 지우면 천 벌 받는다! 하늘이 주신 선물인데, 건강하게 낳아 이쁘게 키워야 한다. 아주 귀한 생명이 아니냐? 딸이건 아들이건 세상에 나오면 아마 철없는 부모라고, 너희들 교육을 시키고 싶다! 암튼 새끼를 낳아봐야 부모심정도 알고, 인생 공부가 될 것이다!"

뱃속의 태아가 움직인 날부터 나는 결혼식을 올리고 싶은 욕구가 더욱 간절해졌다. 연년생으로 둘째가 태어난 후, 이듬해 세 번째 아이를 보았다. 육아에 짓눌리면서 시간에 쫓겨 허둥거렸고, 돈도 바빴다. 그 탓에 우리들 결혼식이 다시 저만치 후순위로 밀려나버렸다. 나는 그저 섭섭한 마음이었다. 그렇지만 어쩌지 못한 채 참고, 정신없이 살 수밖에 없었다.

드디어 막내가 훌쩍 커서 대학생이 되었다. 그러자 결혼식에 대한 나의 불같은 욕구가 다시 도지는 거였다. 때때로 나는 그 문제를 아이들 앞에 털어놓으면서 닫아 둔 내 속을 한 꺼풀씩 벗겨나갔다. 그런 내 마음이 큰 딸애 심중에 전달됐던지, 삼수를 해서 이름께나 알려진 의상 디자인학과에 들어간 첫째가 명예를 걸고, 졸업 작품으로 나의 웨딩드레스를 만들어 바치겠다는 거였다. 겉으론 딸애한테 미안하다고 말했다. 그러나 내 속은 기쁜 나머지 밤마다 이불을 쓴 채 만세를 불렀다.

4년 후, 늦겨울이다. 저녁상을 물린 딸아이가 내 앞에서 하늘대는 웨딩드레스 보따리를 풀어 펼치는 거였다. 내가 입을 웨딩드레스를 한 땀 한 땀 신경 써서 만들었다더니, 졸업 작품 중 금상을 먹었다고 자랑하는 것이었다. 나는 기쁨에 차서 웨딩드레스를 만지려는데, 두손이 바들바들 떨렸다. 또한 땀으로도 끈적거렸다.

97년 가을에 IMF가 덜컥 왔다. 그 때, 나라를 걱정한 국민들이 금붙이를 모으고 있었다. 기업은 뼈를 깎는 구조조정에 나섰고, 그 회오리친 태풍을 맞은 직장인들이 일자리에서 우수수 떨어져나갔다. 목장을 떠나 옮긴, 범수가 다니던 중소기업 회사도 연쇄부도를 맞았다. 그러니 범수 역시 그 파고에 밀려 일손이 끊겨버렸다. 세상은 평생직장에 대한 고정관념들이 하나 둘씩 사라지고, 새 풍속도가 생겨나고 있었다. 아내가 돈 벌고, 남편이 집안 살림을 맡는 가정이 심심찮게 생겨난 것이다. 그 까닭에 맞벌이 가정의 아기를 봐주던 내 일자리도 하루아침에 날아가버렸다. 격동의 시대를 살면서 일자리 편승하기가 무척 힘이 들었다. 무엇보다 철없게도 가슴 아픈 것은 IMF가 내 결혼식에 대한 희망을 앗아간 점이었다. 그러다 뒤늦게 딸아이가 직접 만든 웨딩드레스를 입고 결혼식을 올리려 한 오늘, 하필 내 집에서 화재가 발생한 것이다. 기구하달까, 계란에 뼈가 생겼다는 황희 정승의 이야기가 떠오른 나는 눈시울을 붉혔다.

*   *

마흔 아홉 번째 내 생일 날 아침이다. 나는 미역국과 윤기가 자르르 흐르는 찰밥을 지어놓고, 햇살 넘치는 거실로 나왔다. 암만 봐도 싫지 않은 우리들 웨딩사진이 보고 싶어서다. 현관 우측 벽에는 지난 주 토요일에 갓 촬영한 따끈한 결혼식 사진이 커다랗게 걸려있다. 지각 결혼식을 올렸을지언정 나와 범수가 환히 웃고 있다. 그 아래엔 조그만 글씨로 쓴 쪽지 하나가 붙어있다.

〈 결혼은 인생의 꽃! 두 분의 지각 결혼을 백배 추카함다! 추카! 추카!〉
언젠가 이혼하러 법원을 행차한 우릴 따라 갔다가 로비에서 배 아파 죽는다고 나뒹굴던, 둘째의 미끈한 필체인 것이다. ㉣

뜨거운 습관

지글지글 끓는, 8월의 오후다. 가만 있어도 등에선 비지땀이 줄줄 흐른다. 주변에 널린 철판이 내뿜는 열기가 더위에 한 몫을 더한다. 더위와 싸움 중인 현장 직원들이 시원한 간식을 먹고 있다. 나 역시 얼음 조각 둥둥 뜬 수박화채 두 그릇을 후딱 비운 후, 용접봉을 잡았다. 그때, 등 뒤쪽에서 억센 목소리가 귓등을 때린다. 고갤 돌린 곳에 조장이 서 있다.

"이 쪽 에프라인 작업자 누군교? 연결부가 칭 지고, 각도까정 우툴두툴 어긋나삣는데, 불꽃 활활 타는 용접봉 움키잡고 장난쳐감서 논건지, 설렁 설렁 쭈무린건지. 나오소, 퍼뜩!"

연결시킨 용접부위가 거칠다고, 조장이 나무라고 있다.

"삼 디 일이라 꼬 무시해 삐고, 조장을 잡아 묵을라 카나? 배경 없어 평생(平生) 기 못 핀 내 모가지 댕강 짤리라꼬, 개판 친 사람 눈교, 없능교?"

민망한 내가 머리를 긁적이며, 기어드는 소리로 말한다.

"죄, 죄송합니다, 아직 서툴러서……."

"보소, 쫌! 댁 솜씨 증말 기가 차고 뫼가 참데! 용접 일이 암만 삼 다라 케도 그렇제, 뻔히 뵈는 이 까잇 것도 척척 몬 하모, 여기 말라꼬 와 갖꼬, 땀 냄시 푹푹 퍼날리믄서 설치대능교?"

나는 금방 얼굴이 확확 달아오른다. 천지사방을 뜨겁게 달군 삼복의 열기가 얼굴을 덮쳐서 그런 것만도 아니다. 그러나 내 입은 꽁꽁 얼어붙었다. 조장의 불만이 다시 허공을 가른다.

"암만 왕초보라 케도 글치, 비싼 밥 묵고 장난쳤는가베? 눈 뜬 장님이 아이다카믄 이따구 날라리로 땜질하겠는교? 볼수록 따까리 열릴라 케서 작업장 비잡아 죽겠심더! 집에 후딱 가뻬소, 짜징시러버서 못 보이까네……."

긴장감이 활시위처럼 팽팽해진 나는 입사한 지 열흘 정도의 신출내기다. 가시방석이 따로 없다. 그도 나처럼 더위에 익었는지, 얼굴이 발갛다. 나는 정물처럼 꼼짝 않고 얼어 있다.

"먹본교? 뭐라꼬 변명이라도 쫌 해보라카이! 전봇대 맨치로 뻣뻣하이 서 있으모, 언 놈 졸도하는 거 볼라카는교?"

"……."

"입 딱 붙어뻿능교? 나는 속 답답해 갖꼬 확 미칠라 카는데, 안즉도 꿀 묵은 벙어린지, 먹보 맨치로 아구 꾹 닫아물고, 어물쩡 넘겨 뿔 참인교?"

변명조차 못한다고, 채근을 당하고 보니 심장부터 쿵쾅거린다. 손도 떨린다. 그런데, 참으로 놀라운 건 내 입에서 거친 말이 용수철처럼 튀어나온 거였다.

"거 참, 듣자 듣자하니 심하지 않소? 먹보며, 아구는 또 뭐요? 인분 처먹은 똥개도 아니고, 쪽팔리게 시리……."

돌발적인 내 언행에 조장의 표정이 놀란 토끼 상이다.

"바, 방금 나보고 머라 캤능교? 인분이모 또, 똥 아이가 또옹! 그카믄 지끔 내 입이 똥 묵은 개새끼 맨치로 더럽다, 그 말이제?"

고개를 몇 번 갸웃거린 그가 대추씨 같은 눈으로 나를 쩨려본다. 열흘 전, 나의 입사 환영자리에서, 을미(乙未)년생 양띠라고 했던 그의 말이 떠올랐다. 나 보다 한 살 아랜데, 아무리 상사라도 그렇지 오뉴월 하루 볕이 어디라고, 인생 선배의 약점을 콕콕 찔러대나 말이다.

"그럼, 험한 말 쏟아낸 입이 똥 먹은 개 아니면 걸레 쪼가리요?"

"홍! 시방, 내 입이 똥묵은 개 맨치로 더럽다꼬? 땜질 한 뽈떼기도 지대로 몬하믄서 그래도 존심은 있는 갑대이! 일 몬한다카는 소리 듣기 싫으모, 맡은 일 척척 해내던 동, 귓구녕을 솜으로 꽝 막던 동."

"그런 자세가 바로 문제요! 조장님은 옛날 올챙이 시절도 없었소? 어머니 뱃속에서부터 용접했느냐고, 요?"

어머니 뱃속에서부터 용접했느냐는 내 말에 주위 사람들이 키득거리며 웃는다. 조장의 입언저리 근육이 실룩거린다.

"어쭈구리! 경칩 지난 깨구락지 아구 팡 터져삣네! 먹보 행세 해쌌더마는, 꼬랑지 단 올챙이가 무신 벼실인 줄 착각하는 가베?"

그의 입가에 조소의 거품이 뽀글뽀글 매달린다. 나는 얼굴이 확확 달아오르다 머리까지 띵하게 아파 온다. 드디어 내 입에서는 압력 받은 풍선이 터지듯 반말이 펑펑 쏟아졌다.

"꼬리 달린 올챙이 적 없는 개구리가 어딨어? 똥개처럼 마구 짖어대면 장땡이야? 인정미라곤 씨알도 없이, 초보 신세 서럽고 눈물 나서 이따위

땜장이 질도 더는 못해먹겠다! 모래밭에 혀 꼴아 박고 죽어도……."

입으로 독을 내뿜자, 속에서 끓는 화가 위로 더욱 치솟는다. 나는 손에 낀 보호용 면장갑을 벗어 둘둘 뭉쳐서 조장의 발에다 휙 던졌다.

"머시라꼬? 비렁내 포, 폴 풍기는 쫄 뱅 주제에, 시방 상사 말에 또, 똥개가 짖는다 캤나? 흐, 흐흐흐, 흐흐흐……."

"그렇게 함부로 입 놀리면 욕사발 돌아오지! 지저분하고 걸쭉한 입 공업용 미싱으로 촘촘히 박아버리기 전에 조심해서!"

나는 턱을 높이 치켜들며, 그의 앞으로 다가선다. 이어, 배를 상대의 배꼽 가까이로 바짝 들이밀었다. 순간, 뭉툭한 그의 주먹이 내 얼굴을 잽싸게 치는 게 아닌가. 콧등에도 억세게 한 대가 더 날아와 꽂힌다. 콧마루가 얼얼하고, 찌릿하다. 손을 대자 끈적끈적 코피가 묻어났다.

"어억, 사람 쳤어? 조, 조폭이야?"

"……."

"오냐, 이자 보태서 갚아주마!"

화가 치민 나는 꿈틀꿈틀 혈관 불거진 주먹에 힘을 가한다. 조장의 면상을 한 대 올려붙일 참이다. 그 때, 뒤쪽에서 누가 나를 와락 끌어안았다. 부르르 떨던 내 주먹에선 휙휙 빈 바람 소리가 났다.

"우와, 문디자슥, 소가지 들다 뷔는 개수작 하지마라카이. 꾸역꾸역 밥만 축내는 밥통새끼! 메칠잰데 아직 까정 땜질하나도 지대로 몬함서, 실한 밥줄 맺답시고, 모가지에 힘주는 기가, 시방?"

조장의 입에서 '밥통새끼' 란 말이 나온 순간, 나는 머리꼭지에 더운물을 확 뒤집어 쓴 느낌이었다. 그러나 이상하게도 얼굴에선 싸늘한 기운이 돈다.

"뭐, 밥 토옹? 당신은 시커먼 기차 불통이다! 기차불통 혼자 떠들고, 통

반장 다 해라! 같잖고, 치사해서 내 여길 다시 오면 성을 간다, 퉤, 퉤……."

부글부글 끓는 화를 강하게 배설했더니 기분이 조금 풀렸다. 그런데, 몸에선 스멀스멀 기운이 빠져나갔다. 우릴 지켜보던 주변 사람들이 허허 웃고, 더러는 작업방해 한다며 혀를 쯧쯧 찼다. 나는 피 묻은 얼굴을 씻으러 화장실로 향했다. 화장실을 나오며, 나는 망설이던 걸음을 집 방향으로 돌려버렸다.

다음 날, 배 깔고 방을 뒹구는데, 조장으로부터 전화가 걸려왔다.

"보소, 박동근씨! 무신 배짱으로 맘대로 결근 하능교? 우짜든지 싸움은 끝장을 봐야 사내답지……. 배포 큰 남자끼리 쪼까 다퉜기로 합바지 방구새는 거 맨치로 일손 팍 던져삐고, 꽁무이 실실 내 빼믄, 누가 월급 준다 카던교? 오후 퇴근 때, 회사 앞 〈진주집〉으로 나오쇼! 할 말 있으이까네……."

"조언은 됐고요, 오후 약속이나 꼭 지키쇼!"

나무토막같이 뚝뚝한 내 말투엔 그의 뜻에 동조함이 묻어 있다.

〈진주집〉은 실내 포장마차다. 우린 구석진 자리를 잡았다. 조장이 마담을 향해 인사하고 있다.

"마담, 그 새 양귀비 맨치로 이뻐졌네 예!"

웃는 마담의 금속 치아가 번쩍거린다.

"나를 양귀비로 봐 준 오빠, 물 한 잔 공짜로 잡수이소, 호호호!"

입을 가려 웃던 그녀가 우리 테이블 위로 술병을 갖다 놓는다. 오이 몇 쪽 담긴 접시랑 유리잔도 민첩하게 날라 온다. 너풀대는 그녀 머리카락에서 언뜻 언뜻 아카시아 샴푸 향내가 풍긴다.

조장과 마주 앉자 우린 서로 데면데면했다. 그가 큰소리로 주문을 한다.

"이 집서 젤 맛난 안주 갖고 오이소! 둘이 묵다 하나가 죽어도 모리구로……."

마담이 삶은 홍합 뚝배기를 가져온다. 홍합 국물을 떠먹은 조장이 감탄사를 쏟아내고 있다.

"이열치열이라 카더이만, 조개 꾹은 뜨거바도 시원~하대이!"

조장이 홍합그릇을 내 앞에 들이민 사이, 마담이 볶은 닭똥집 안주를 가져온다.

"박형! 우리, 원 샷 하입시더! 어제는 쌈질해서 쪽팔렸다 케도, 오늘은 쌓인 것 다 털어 내야 될 거 아인교!"

나는 놀라서 그를 쳐다보았다. 불독처럼 버럭버럭 대들던 조장한테서 숨은 인간성을 처음 발견한 것이다.

"피장파장 모기장이지요 뭐. 우리, 폼 나게 러브 샷이나 하죠!"

오이 조각을 와작와작 씹던 조장이 갑자기 진지한 표정을 지었다.

"근데 박 형! 이전에 무신 일 했던교?"

나는 건성으로 말했다.

"음, 자동차 회사요! 외환위기 전까지……."

97년 하반기부터가 내 인생의 격동기였다. 나라에 외환위기가 들이닥친 것이다. 말 그대로 국가의 금고에 외화가 바닥난 환란이었다. 여염 집 쌀독의 양식도 아니고, 국가 금고에 외화가 동났으니 대한민국 경제에 그만한 충격이 또 있을까. 나라경제 위기 운운하며, 방송과 신문이 연일 정신 없이 떠들어댔다. 보통 사람들은 금붙이 모으기에 나섰다. 필부필부의 결혼패물에서부터 유행이 지나 장롱밑바닥에서 긴 세월 잠자던 액세서리나 아기 돌반지를 가지고 나온 인간 띠가 끝없이 구불구불 이어졌다. 국민들의 열정적인 그 모습이 외국의 방송을 타고, 신문에도 실렸다. 또, 사회 곳곳에서는 물자와 에너지 절약 운동이 펼쳐지고 있었다. 국가가 그런 판에 기업이라고 달랐겠는가.

기업체 역시 곳곳마다 죽는 소리를 내질렀다. 날만 새면 어수선한 분위기에 젖어든 직원들을 대상으로 구조조정 해야 살아남는다고, 앵무새처럼 외쳐대며 직원들 사기를 팍팍 꺾었다. 당시 내가 몸담았던 자동차회사도 그 범주를 벗어나지 못했다. 달러 값이 치솟고, 수출입 채산성이 악화돼 경영에 빨간 불이 켜졌다며, 직원들 목 자르기에 돌입했던 것이다. 사회엔 생존자의 신드롬이라는 말이 유행어처럼 떠돌았다. 실물경기는 꽁꽁 얼어붙었고, 사람들 관심은 오직 돈, 돈이 최고의 존재로 부각되었다. 뿐인가, 국가에선 부실덩어리로 변해버린 시중 은행들을 살리려 응급환자에게 수혈하듯 공적자금을 펑펑 쏟아 부었다. 한편, 돈이 귀한 금융권에선 높은 이자를 주면서 고객의 예금을 단기로 유도했다. 돈 다발을 은행에 맡긴 부자들은 높은 이자를 척척 받으니, 돈이 돈을 번 셈이다. 따라서 가진 자들의 재산이 눈덩이처럼 불어났다. 그들은 위기의 시대를 살면서도 자산을 톡톡히 키웠고, 돈 많은 어떤 사모님은 표정을 관리한다는 소문까지 돌았다. 반면, 한국사회를 지탱하던 중산층이 한순간 모래성처럼 와르르 무너졌다. 빈부도 극과 극으로 치달았다. 거북한 정승은 계란에도 뼈가 생긴다고, 내가 그 IMF 불똥을 맞을 줄은 꿈에도 짐작 못한 일이었다.

나의 월급은 다달이 꼬박꼬박 부모형제가 사는 고향집으로 부쳐졌다. 그래봤자 깊은 웅덩이에 돌 하나 퐁당 던진 격이었다. 여섯 동생들 학비 때문에 내가 보낸 돈으로 살림을 꾸리는 집안 사정은 언제나 젖 부족으로 칭얼 대는 아기신세였다. 그런 걸 훤히 아는지라 매해 여섯 번이나 받는 상여금 마저 내 몫으로 챙겨 둘 수가 없었으니, 따라서 나도 빈손이었다. 내 처지를 알면서도 어머니는 곧잘 내 앞에서 돈타령을 하는 것이었다. 심지어 돈벼 락 한 번 맞는 게 소원이란 말까지 하였다. 언젠가 한 번은 족집게로 소문난 무당 허씨를 불렀으면 했다. 재물 좀 펑펑 들어오게 해달라고, 질펀한 굿판 을 벌이고 싶다는 뜻이었다. 그러다 속만 끓이고 만 것은 굿하는데 들일 여 유 돈이 없어서였다. 어머니의 그런 모습을 본 후, 내게는 귀신도 모르게 붙 어버린, 뜨거운 습관 하나가 생겼다. 빈 종이만 보면 무턱대고 '돈벼락' 이 란 단어를 써 갈기는 것이다. '돈벼락' 단어로 백지가 까매지면 나는 다시 새로운 종이를 찾아 나섰다.

소처럼 순한 아버지는 우직하게 소를 키우며 비탈진 박토를 일군 농부 다. 바글대는 칠 남매가 아버지의 가난을 더욱 차지게 만든 것이었다. 할머 니는 며느리의 다산을 동네방네 자랑하고 다녔다. 턱 밑에 오글대는 손자 들만 보면 굶어도 배가 부르다고 했다. 칠 남매 키우는 일에 치어 태산처럼 버거운 아들의 삶보다 인간 욕심이 더 컸던 노인네다.

할머니는 가문의 대를 이을 장손이라며, 나를 뜨겁게 사랑하였다. 그새 내 나이 서른이 훌쩍 넘었다. 수염에 가지 칠만한 노총각이 됐다. 할머니가 돌아가시자 누구 한사람 늦은 내 결혼에 대해 신경을 써주거나, 걱정해주 는 이가 없었다. 중이 제 머리 못 깎는다지만 나는 나이가 차서인지 총각딱 지 떼려고, 기회를 엿보고 있었다. 하루는 아는 이의 소개로 맞선을 보러갔 다. 그런데 말도 몇 마디 못 섞고, 퇴짜를 맞았다. 키 작은 남자는 대면하는 것조차 싫다며, 코앞에서 무안을 주고 돌아섰다.

두 번째는, 못생긴 남자는 용서해도 키 작은 남자는 용서가 안 된다던 아가씨를 만났다. 나는 당장 달러 빚을 팍팍 내서라도 키 크는 약만 있다면 사먹고 싶었다. 실패의 잔이 어찌 두 번뿐일까. 셋째 번 선보기도 실패로 끝이 났다. 돈 즉, 재물 탓이었다. 빈손이란 내 말에, 키 작고 못생긴 남자는 봐 줄 수 있지만, 돈 없는 남자는 죄라던 아가씨도 나를 퇴짜 놓았던 것이다.

넷째 번 여성은 몸에 관해 별 조건을 달지 않았다. 그녀 역시 영악했다. 노총각이 간 크게 집 마련도 못한 채, 결혼하는 건 주제파악 못하는 푼수라는 거였다. 등짝에 애 매단 아내를 앞세워 집 구하러 다니는 남자는 부모덕이 없거나 무능한 사내라고, 단정지었다. 나는 지체하기 싫어서 내 집을 전세 주었다고 뻥을 치고, 돌아서 와버렸다. 기분이 더럽게 찜찜했다.

다섯째 번에 만난 여자는 제 눈에 안경이라고, 수더분한 인상이 좋았다. 그런데 그녀는 일곱 남매의 너무 원시적 패밀리의 단점을 내 탓인 양 못마땅해 하였다. 죽었다 깨나도 복작거리며 사는 건 딱 질색이라며, 절레절레 고개를 젓던 그녀의 속뜻도 가난이 싫은 눈치였다. 그러다 지금의 아내를 만나고선 쥐 발에 소 잡힐 운이 온 날로 여겨졌다. 산골마을에서 약초를 캐며, 순수하게 살고 있는 부모 보다 명산 아래 박힌 고향을 더 자랑하던 무남독녀였다. 그녀가 콩 한 쪽씩이라도 나눠 먹을 수 있는 형제 많은 가족이 부럽다며, 나를 선택해 준 것이었다. 부부의 룰만 지키면 검은 머리 파뿌리 되도록 한 이불 덮겠다는 말을 낯붉히며 들려준 아가씨다. 그런데, 산 넘어 산이라더니 나의 결혼문제가 어머니 선에서 딱 막힐 줄은 정말이지 상상조차 못했다. 쥔 것 없는 노총각한테 시집 와 줄 여자가 생겼다고 말씀드리자, 어머니의 표정이 백 팔십 도로 확 변하는 게 아닌가. 남자 나이 서른이 넘어도 고작 불알 두 쪽뿐인 처지에 무슨 결혼이냐고, 어머니가 내 앞에서 짝 눈을 휘휘 굴릴 줄은 정녕코 짐작조차 못한 날벼락이었다. 빈손에 몸뚱이 널 집 한 칸 없는 처지에 결혼이 무슨 철부지 애들 장난이냐며, 못마땅해서 나를 닦아세울 땐 흡사 계모같이 멀게만 느껴졌다. 물론 어머니의 걱정도 무리는 아니었다. 하지만, 그래도 불쾌한 감정이 내 전신을 옥죄어 왔다. 그 누가 전능해서 인생의 정답을 찾겠는가. 나는 갑자기 어머니가 낯설게 느껴져 부르르 몸을 떨었다. 어머니 말마따나 늙은 노총각이 가난 때문에 결혼을 못한다면, 그건 비극이다. 가슴 속엔 말 못할 원망이 구름처럼 솟았다. 나는 기어코 불쾌감을 누르지 못해 어머니께 대들었다.

"저요, 꺾인 칠십의 반 편 같은 사냅니다. 수염이 가지를 친……."

도전적인 내가 놀랍던지 어머니가 멈칫거렸다. 그러다 냉정히 쏴붙이는 거였다.

"쉬고 물러서 없어지는 것도 아닌디, 숨 깔딱대듯 결혼을 급허게 서둘면 뭣헌디야? 흰떡에는 고물 없어도 된디야? 가깝은 대소 댁 식솔하고 하객들 헌티 진수성찬 대접은 못혀도 신술 잔이라도 돌려야 될 거인디, 그럴라믄 돈, 돈이 있어야 되는디, 그것도 워디 한두 푼 들간디?"

어머니의 핑계는 틈이 안보였다. 노총각 아들이 장가들 기회에 돈타령으로 초를 치는 어머니가 세상에 또 있을까. 궁핍한 살림살이에 치인 까닭일까. 봄이면 이 산 저 산 능선을 타며 산나물 캐서 시장에 내다 팔고, 여름엔 국도 변에서 검둥이 피부처럼 까맣게 수박 장사하는 것도 알고 있다. 가을엔, 다람쥐 밥인 도토리를 한 톨 한 톨 주워서 묵을 쑤어 잔돈푼 만지는 피곤한 삶을 아들인 내가 모르면 누가 알겠는가.

아버지에 관한 이야기도 터놓으면 끝이 없다. 고향에서 젖 떨어진 송아지를 키우는데 아버지만한 전문가도 없을 터이다. 육우에 종사하면서 돈들인 사료는 전혀 몰랐다. 부지런히 풀을 베서 소를 키우는 열성을 가진, 우직한 성품의 소유자이다. 송아지가 크면 팔아서 자식들 학비를 대주는 아버지야말로 법 없어도 살, 어진 남자다. 그러나 우리에겐 어진 아버지보다 능력 있는 아버지가 더 필요한 칠 남매 집이었다. 그렇듯 많은 애들을 키우느라 사는 게 팍팍하던 부모는 얼마나 힘에 벅찼을까. 그러나 아무리 숱한 사연들이 산처럼 가로막는다 해도 어머니가 장남 결혼에 초치는 처사는 어불성설이 아닌가. 내 가슴속은 월급 타서 고향집에 따박 따박 보낸 그 일이 차라리 불효였다는 회한의 파도가 출렁거렸다. 서러움이 밀려왔다. 나는 체면불구하고, 울먹거렸다.

"돈이요? 남들만큼 일했는데……. 이제 와보니 빈손인 걸, 나, 난들 어떡해요?"

"오냐, 아덜! 그 점은 이 에미도 눈물나고 가슴 따갑은 일인디, 옛말에 수저 두벌로 작수 성례한다는 말도 있다만……. 후유, 와 이리 입이 빼짝 마른디야, 막내 동말아, 여기 냉수 한 대접 떠 와 봐라!"

"……."

"아덜도 물 한 모금 축이고, 느긋이 생각 좀 혀 봐! 니가 전문핵교 댕길 때도 숨 깔락깔락한 집안사정 땜시 비온 날 진흙땅 바닥 기듯 월매나 쩔쩔 맸는지, 생각나쟈? 좀만 틈이 보여도 워치게 해 볼 거인디, 용뺄 재주 없어 에미는 속만 푹푹 태웠디야! 안즉도 큰 밥 받은 누에매양 한창 바글바글 커가는 동생들도 그렇고, 헐떡헐떡 숨 맥히는 살림도 곤한디, 좀만 더 돈 번담에 장가들면 안 된 디야? 응, 니가 집 좀 봐주면 안 되야?"

"집을 봐요?"

"겨, 결혼은 영천장 가는 말(馬)같디야, 잘 달리는 망새이나 못 가는 망새이나 영천장만 가면 되는 거인디."

"시답잖은 말은 마시구요. 결혼은 없이 시작해야 한대요. 숟가락 몽댕이라도 모을려면 일찍 결혼해야 된단 이야기 듣지도 못했어요, 어머닌?"

강력한 나의 대거리에 어머니 얼굴이 붉어졌다.

"가진 것 없이 맨 손에 홀쩍 결혼부터 혀봐야! 그 날로 백 가지 일이 다 니를 꽉 옭아맬 족쇈디! 없는 남자가 결혼해서 워치게 사는지, 당장 니 아부지 부텀 잘 보란 말여!"

"아버지가 어떻다고 그러세요? 애들이 많아서 힘들긴 해도, 그 때문에 더 의욕이 솟는다고 하시던데요? 아버지가 결혼도 못했어 봐요. 수염에 가지 친 홀아비라고, 누가 표창장 준답디까?"

"암튼, 남자 여자 뭉쳐서 결혼만 헌다고 능사가 아녀! 냄비 한 개 수저 두 벌로 신접살림 전부일 것 같지야? 덜컥 새끼라도 생겨 봐야, 핏덩이 눈뜨고 꼬물락거리믄 천지사방에 고것 보담 더 무서운 건 없는 뱁인디! 내 배는 등짝에 붙어도 새끼 목구녕에 풀쑨 거라도 떠 넣어야 된단 말여."

어머니한테 밀린다는 게 싫어서 나는 덜컥 공표를 해버렸다.

"사람은 누구나 지 먹을 걸 타고 난다던데, 설마 산 입에 거미줄 치겠어요? 우선, 등 긁어 줄 사람부터 데려오고 봐야겠어요."

그 때부터 어머니의 파워가 더 팽팽해진 건 갈라진 목소리로 가늠되었다.

"이 늠아, 여자헌티 미쳐서 눈깔이 확 뒤집혔디야? 니는 할 일이 없어서, 장가가 전부디야? 그라고, 억센 니 콧대를 보믄 처가가 재벌이라도 된댜?"

"어머닌 그걸 바라세요? 부자 처가면, 저를 두 번 다시 못 볼걸요 아마!"

"저 드웅신, 하나만 알고 둘은 모르는 저 맹헌 놈 보소! 따박 따박 말 대거리에 범 물어 갈 놈, 증말 입 아퍼 죽겄디야! 천만 번을 말혀도 결혼은 녹녹한 신선놀음이 아인디, 촐삭촐삭 서둘지 말고 찬찬히 생각 좀 혀 봐야!"

어머니가 내 월급인 돈줄을 한사코 놓기 싫어서인 줄로 나는 진즉 훤히 꿰뚫었다. 그 후, 몇 번 더 내 결혼을 두고 어머니와 해법 찾기 절충을 시도해봤다. 계속 어머니의 고집은 숙어질 줄 몰랐다. 반발심에 찬 나는 우리들 혼인신고를 후딱 해치웠다. 배구시합의 시간차 공격 같은 의미였다. 어머니께 우리가 동거를 시작했다며, 전화로 알린 건 다음 날이었다.

자식 이길 부모는 세상에 없으리란 똥배짱으로 동거에 든 두 달 후였다. 무늬만 신혼인 우리의 썰렁한 둥지로 어머니가 찾아왔다. 어머니는 댓돌에 나란히 놓인 신발 네 짝을 손에 잡히는 대로 허공을 향해 홱홱 집어던졌다. 숨을 헐떡대며 뱉어낸, 벼락같은 고함 실력도 여전했다.

"오매, 범 물어갈 드응신! 멍석말이를 해도 시원찮을 놈이 안즉도 살아 있었디야? 시상 부끄럽게 이 무신 꼴이랴? 그 깐 여자 하나땜시 홀라당 미쳐서 간도 쓸개도 엇다 빼 났디야? 없는 돈 허덕거림서 이 집 저 집 부조해 났는디, 한 푼 못 건지고. 어휴, 내 팔자야, 저런 시러배 놈을 새끼라고, 창대기 맞붙도록 배 골믄서 뼛골 모지라지게 길렀단 말이시……."

어머니의 저주 같은 넋두리를 듣자니 지난번 도토리 엎은 일이 떠올랐다. 묵 끓일 도토리를 맷돌에 갈던 어머니가 보란 듯 나는 소나기 틈에 내린 우박처럼 도토리 열매를 맷돌 방석에다 와르르 쏟아버렸다. 그 때, 어머니는 입으로 아들 결혼을 반대하면서도 맷돌을 쉼 없이 돌돌 돌리며 계속 일에만 열중하고 있었고, 나는 그런 어머니가 심통이 났다. 그래서 분풀이할 겸 도토리 바가지를 냅다 뒤엎은 것이었다. 어머니가 쏟아진 도토리를 줌 가득 주워 내 머리통을 향해서 탁탁 마구 던지며, 앙살을 부렸다.

"새끼도 뭣도 싫디야! 돈도 금도 다아 싫디야……."

　우리들 동거환경은 비좁고 누추했다. 시시때때로 키운 건 돈 안 드는 꿈이었다. 개미처럼 열심히 일하고, 자린고비보다 아껴 쓰고, 능력이 되면 둥지를 짓는 것이다. 그러나 꿈만 키우며 남녀가 뭉쳐 살기엔 현실이 너무 많은 난제 뭉치란 걸 시나브로 깨닫지 않을 수 없었다. 삶이 그렇듯 새파랗게 양날을 지닌 칼일 줄이야…….

　동거하는 우리들에게 새 생명이 왔다. 따라서 생활에도 큰 변화가 생겼다. 현실은 돈을 집어삼키는 하마가 되었다. 이듬해, 둘째 아이가 생기자 하마가 공룡으로 변했다. 고향집 송금이 그만큼 여위었다. 여윈다는 건 줄어듦이고, 내핍이었다. 궁핍도 내핍도 만만찮은 난제뭉치였다.

　우리들의 세 번째 생명이 생겼다. 그러나 새 생명이 축복받지 못한 건 주거문제에서 부딪혔다. 우린 좀 더 넓은 집이 필요했다. 나는 주말마다 아내와 애들을 동행하여, 이 마을 저 마을을 누볐다. 그러나 집주인으로부터 번번이 거절당하기에 바빴다. 아이가 많다는 이유다. 셋방을 얻는 건지, 애 많은 걸 괄시받으러 다니는지 알 수 없었다. 삼칠일 된 아내가 피곤에 지친 모습이 가슴아팠다.

　그 날 밤, 우린 졸린 눈을 비비며 주거문제 해법 찾기에 몰입해 갔다. 자정이 넘을 무렵에야 막다른 데 쫓긴 고양이 앞의 쥐처럼 간 큰 짓 한 번 저지르자고, 범죄 모의 하듯 우리들은 눈빛을 서로 끔벅거렸다. 미리 눈여겨본, 등기 연도가 오래된 빌라 하나가 맘에 찍혔다. 값싼 매력에 끌려서다. 셋방은 애가 많아서 못 주지만 팔 수 있다는 그 집을 몇 번 더 뻔질나게 답사한 후, 망설였던 그 빌라를 얼른 계약해버렸다. 또 다른 경쟁자가 그 집을 보러 온 것 때문이다. 얇은 적금을 깨고, 장기 저리융자를 내서 해결한다는 게 최선의 구상이었다. 형편상으론 스무 여덟 평이 가당찮은 집이지만, 동거 8년만의 간이 땡땡 부은 짓인 것이다. 애들을 등 뒤로 숨긴 채 셋방 찾는 일을 졸업했다는 생각에 우리들 기분은 한마디로 감격시대였다. 그 일로 생겨난 태풍의, 회오리 같은 현실만 없었다면 말이다.

집들이에 온 어머니가 저녁에 조용히 나를 불렀다. 나더러, 통 크게 집도 마련했겠다, 이제 장손이 제사를 맡으면 어떻겠느냐고, 넌지시 물어 왔다. 나는 장남으로서 당연하다 여긴 터라 아내 의사를 들어보기도 전에 어머니 뜻대로 하시라고 얼버무렸다. 귀신이 과일 한 쪽, 술 한 잔, 물 한 모금도 축 낼 일 없는데, 기일에 딱 딱 맞추어 제사 지내는 일쯤이야 식은 죽 먹기일 걸로 쉽게 생각한 것이다. 그리곤 까마귀 고기 먹은 것처럼 그 일을 깡그리 잊고 지냈다. 그런데, 그것이 내 인생의 바다에서 엄청난 갈등으로 출렁대는 파도가 될 줄 상상이나 했던가.

견우직녀의 전설이 담긴 칠월 칠석이 왕 할머니 제사 날이다. 나물보따리 하나 달랑 든 어머니가 예고 없이 우리 집으로 들이닥쳤다. 우리가 왕 할머니 제사를 지내는 줄 알고, 내쳐 온 거였다. 아버지가 동행 못한 것은 소를 거둬야하기 때문이라고, 어머니가 둘러댔다. 하지만 나는 아버지가 왕 할머니 제사에 참석 못한 확실한 이유를 알고 있다. 소 거두는 일이야 하루 저녁뿐인데 옆집에 부탁해도 되겠지만, 고속버스 차비마저 아껴야만 하는, 가난한 주머니 속사정 탓이란 걸. 그런데, 제사 참석 차 우리 집에 온 어머니가 옷끈도 풀기 전에 되돌아가리라곤 짐작조차 못한 일이 생겼다. 아내는 어머니가 온 뜻을 알고 기막혀 하며, 벌어진 입을 다물지 못했다. 나 역시 놀랐지만, 코앞에 닥친 왕 할머니 제사부터 준비하라고, 아내한테 일렀다. 앞 뒤 사정이야 어찌됐든 아들네 집이라고 먼 길 온 어머니도 그렇고, 무엇보다 왕 할머니 제사란 발등의 불부터 급했던 것이다. 그러나 제수 준비는커녕 아내 표정이 점점 더 굳어지는 거였다. 그러다 갑자기 날카로운 아내의 목소리가 허공을 찢어발기는 것이었다.

"당신, 정말 그러긴가요? 장남으로서 집안을 위해 희생하는 건 알지만, 조상 제례를 맡는 일이면 나랑 한 마디 상의라도 하는 게 우선 아녜요? 그게 부부간의 도리고 예윈데, 이 무슨 뜬금 없이 할머니 제사라니요?"

따지는 아내가 놀라왔다. 아니, 무서웠다. 아내 뜻에 휘둘리면 어머니 앞에서 장남 체면만 구겨질 게 뻔했다. 나는 먼저 꽥 고함부터 질렀다.

"제사 모심이 잘못된 거야? 당신, 내가 장남인 것도 모르고 시집왔어?"

그런데, 그 것이 화약을 지고 불 속으로 뛰어든 꼴이었다. 불쾌해하던 아내가 얼음판에 미끄러진 황소처럼 두 눈을 허옇게 치떴다. 날이 선 목소리는 모든 관계를 싹둑 잘라버릴 기세였다.

"상황판단 제대로 하세욧! 장남이 제사 지내는 게 잘못이 아니라, 아내를 무시하는 당신의 태도가 문제란 걸!"

"내가 언제 당신을 무시했다고 그래? 난 그런 적 없어……."

"말로만? 조상 제사 지내는 일 혼자 결정하고, 그럼 난 이 집에서 뭐죠?"

아내가 얼굴을 붉히며 바락바락 대들었다. 그러다 훌쩍훌쩍 눈물까지 찍어냈다. 나는 아내의 기를 꺾으려고, 기를 썼다.

"남세스럽게 떠들 거야? 맏며느리면 조상 제사 지내는 것쯤 당연지사지!"

내 목소리가 거침없이 리듬을 탔다. 난처해진 어머니의 기를 살리고 싶었다. 그리고 아무 의논 없이 내가 저지른 말실수에 대한 수습도 필요했다.

남편으로서 기선제압 하려는데, 눈물 짜던 아내도 지지 않았다.

"와, 정말 웃긴다, 박동근씨! 맏며느리가 제사 지내는 것쯤 당연하다고? 그럼 이것 좀 물어 봅시다……."

나는 일부러 소리를 질렀다. 아내를 꺾기 전에 내가 먼저 지칠 판이었다.

"무얼, 물어?"

"죽은 당신네 조상 제사 지내는 건 당연하고, 찢어지게 사느라 피 마르는 여편네 사정 좁쌀만치라도 살펴주면 시퍼런 하늘에서 천둥벼락이라도 내리친답디까?"

마음 한구석이 찔리면서도 나는 콩닥콩닥 말대답하는 아내가 짜증났다. 부창부수라는데, 다소곳이 남편 뜻 따라주면 하늘이 무너지나? 아내가 긴 혀로 바짝 마른 자기의 입술을 훔치고 있었다.

"박동근씨! 나는요, 대접은 원한 적도 없어요! 하지만 무시하는 남자하고는 더 이상 살 수가 없네요!"

아내의 말은 서릿발 같았다. 나 역시 혀끝의 비수를 휙 날리고 말았다.

"살 수 없으면 끝내버려! 누가 말려?"

"그것 참 잘 됐네, 끝내면 좋~지!"

내 입에서 끝내자는 말이 먼저 나오길 아내가 유도했나 의심이 들었다. 끝내자던 아내 입술이 파르르 떨렸다. 그 때, 어머니가 블라우스를 걸치며 집으로 간다고 나가버렸다. 다급히 붙잡아도 막무가내로 뿌리친 어머니를 보자 나는 화가 머리끝으로 뻗쳤다. 그래서 씩씩거리며 주방으로 걸어가는 아내를 확 잡아 세웠다. 서슴없이 뺨 한대를 세게 올려붙였다.

"당장 끝내버려! 누가 말려?"

아내를 때린 내 손이 덜덜 떨렸다. 눈물 글썽이는 아내가 쇳소리를 냈다.

"왜 때려? 내가 동네북이야? 찢어지는 마당에, 나도 한 마디 해야겠어! 지긋지긋한 가난, 제발 새끼들한테 대물림하지 마! 무서운 죄악이야!"

"그만, 그만 해!"

"모진 년 자식 패고, 못난 놈 마누라 친다더니, 월급봉투 한 번 줘 봤어? 곰보 째보 다 치른 결혼식을 올렸어? 못 죽어 산 년한테 손찌검은 왜 해?"

나는 오금이 저려왔다. 그래도 마음과 달리 입으론 독설을 팍팍 뿜었다.

"끝낸다면서, 아직도 미련이 남았어?"

밤중에 아내가 집을 나가버렸다. 아이들에게 몇 자 적힌 쪽지를 거울에 붙여놓고, 가출한 것이다. 아내의 항의는 뻔했다. 가난에 치인 서러움에다 제사문제를 나 혼자 결정한데 대한 소외감, 손찌검 당한 반발심일 것이었다.

난 백치 같이 멍해졌다. 작년 이맘 때 힘들게 끊었던 담배를 다시 입에 걸쳐 물었다. 우리의 일상이 삼켜버린 돈처럼 아릿한 냄새만 남긴 담배연기가 사르르 허공 속으로 사라져갔다.

어머니는 가난에 치여 주렁주렁 달린 자식들 키우기에 멀미가 났을 것이다. 그래서 장남인 나를 큰 기둥인 양 기대고 싶었을 터이다. 아내 쪽에선 월급을 시댁에 부친 후 남은 걸로 힘들게 사는 형편에 제사를 아들한테 넘겨준 시어머니의 사정을 속속들이 몰랐을 게 뻔했다. 그렇지만 나는 가출한 아내를 이해하지 못했다. 부부싸움은 칼로 물 베기라는데, 뉴스로만 듣던, 성격 차로 갈라선 부부사연이 내게 닥칠 줄 상상이나 했던가. 가슴이 답답했다. 섭섭함도 밀려왔다. 맏며느리는 하늘이 내린다는데 저렇게 밴댕이 속이라니, 무엇보다 애를 셋씩 낳은 여자가 가출하는 건 무슨 똥배짱이냐, 나는 정신병 환자처럼 혼자 중얼대며, 원망을 끓였다. 그러다 아내를 겨우 이해한 것은 스승 역할을 해 준 아이 때문이었다.

철 없는 막내가 닭똥 같은 눈물을 주르르 흘리며 엄마를 찾았다. 어제만 해도 혼자서 잘 놀다가 밤새 열이 펄펄 끓었다. 아프면서 큰다고, 나는 아이를 예사로 보았다. 밥만 잘 먹으면 낫겠거니 여겨 병원 가기도 미뤘다.

다음 날, 열이 더욱 올라 벌벌 떨던 아이가 꼴깍 기절을 해버렸다. 엄마 정을 굶은 채, 휴식이 필요한 목감기에 제대로 섭생을 못한 까닭이란 걸 겉도는 아비라고 왜 모를까. 나는 망치로 맞은 듯 정신이 번쩍 들었다. 아내와 힘겨루기 하던 내 눈에 축 처진 아이가 보였다. 자식 셋을 키우면서 모든 걸 아내한테만 미뤘다. 그런데, 막상 열에 떠서 끙끙 앓는 아이를 대하니 더럭 겁부터 났다. 고래싸움에 새우 등 터진 꼴의 아픈 애를 부랴부랴 입원시켰다.

아이가 사흘 만에 차도를 보였다. 부은 목이 가라앉은 아이 입에 죽을 떠넣으며, 나는 불현듯 아내를 떠올렸다. 빈털터리인 남편 뜻을 따르며, 헌신한 여자. 정월 초하루부터 섣달 그믐까지 오직 날 위해 기원하고 정성 쏟은 사람. 그리고 또⋯⋯.

그런데, 나는 아내의 말대답이 거슬린다고 언어폭력으로 짓뭉갰다. 더한 건, 우리들 싸움 때문에 어머니가 집을 나간 거라 여겨 화를 내고, 뺨을 때린 모진 남자다. 어머니와 아내, 내 운명 한복판의 두 여자를 위해 나는 새롭게 태어날 필요를 느꼈다. 그러려면 무엇보다 무겁게 내리누르는 장남 역할의 무게부터 줄일 필요가 있지 않겠는가. 나는 오직 생존한 부모를 최우선의 효 대상으로 삼고 싶었다. 돌아가신 조상은 주과포혜(酒果脯醯)로 제사상을 차려도 족할 터였다. 생활조차 벅찬 형편에 조상 제사문제로 갈등하면 그 분들도 원하지 않을 것이다. 나는 자신을 후회했다. 전신에 꽉 차 있는 남자란 우월주의와 허세를 훌훌 벗어 던지려고 작정했다. 가출한 아내가 칙칙한 삶의 허물을 벗고 돌아온 것은 아이가 퇴원한 며칠 후였다.

할아버지 입제일이 이틀이나 지났다. 비 쏟아지는 내리막 길에서 과속한 내 차가 사고를 내고 말았다. 급제동한 순간, 방방 뛰던 차가 가로수며 도로 경계석을 들이받은 거였다. 앞 범퍼에 금이 가고, 오른 쪽이 깨졌다. 몸은 다치지 않았지만 순간, 나는 대뜸 할아버지 제사상을 평소 우리가 먹는 음식으로 술 한 병 받아와 차린 것 때문이 아닐까 싶었다. 말하자면 도둑이 제 발저린 꼴이었다.

나흘 뒤, 이웃의 명수 아버지도 교통사고를 냈다. 소주 몇 잔 마신 걸 무시한 채 운전하다가 변을 당한 모양이었다. 경주 남산 발치의 논들을 넉넉하게 물려받은 명수 아버지는 4대 종손이면서 제사 모시는 지극정성을 따를 자가 없다. 정갈한 제수를 제기에 착착 쌓아 올려 별이 빛나는 자정 무렵, 향 피우며 제례를 올린다. 그런 명수 아버지가 음주운전하다 사고를 냈고, 목뼈를 다쳤다. 그 후, 불행히 아직도 몇 년 째 후유증에 시달리고 있다. 그때부터 내 인식에 변화가 왔다. 교통사고는 정성 부족한 제사 탓 보다 운전습관에 달렸다는 걸 깨달은 것이다.

"박형, 잔 앞에 두고, 묵념 올리능교?"

조장의 채근에 정신이 번쩍 든 나는 잔을 쳐들고, 술을 톡 털어 넣었다. 다시 그가 취조하듯 캐묻고 있다.

"명퇴했던교? 이 회사로 오기 전에……."

명퇴란 말을 불시에 들은 나는 마신 술이 목에 걸려 캑캑 기침이 나왔다.

"몇 군데 기웃대다, 돈 벌기 참 녹녹하지 않다는 걸 체득했죠, 뭐……."

그가 다시 내 잔을 채우며 맞장구친다.

"하모 예, 돈벌이가 녹녹타카믄 인생고뇌 끝이제……. 내가 볼라치믄 세상만사 모든기 다 글타 말임더! 특히, 부부간에는 녹녹하란 법이 더욱 없심더!

비 온 휴일, 대낮에 술 퍼 묵고 낮잠 자다 잠꼬대 한 마디 잘 몬 씨부렁거린 죄로 덜컥 이혼 당해뿔고, 홀애비로 늙어가는 놈이 바로 납니더! 변명 같지만도, 그 후부텀 내가 소심하다 보이까네, 밴댕이 소갈딱지로 돼뿟네예……."

"예? 그런. 안타까운 사연이……. 미처 몰랐네요."

"뭐, 그 까이꺼는 녹녹잖구로 내삐두고, 우리 술이나 기분 좋게 마십시더! 자, 이 잔 받고, 어제 속상한 거는 싹 잊어 뿔고, 오늘까정 산 이바구나 들리 주이소……."

봄이 더딘, 쌀쌀한 이월 그믐께의 아침이다. 출근 사인을 하는데, 눈이 부리부리한 금붕어란 별명의 부장이 나를 불렀다. 직감한대로 명예퇴직에 관한 소식이었다. 나는 둔탁하게 걸어 가 부장 앞에 섰다. 심장이 먼저 쿵쾅거렸다.

부장이 먼저 내 시선을 피했다. 손발이 척척 맞아서 환상 조라 칭하는 우리 설계부에서 둘이 명퇴하는 인원에 내가 포함됐다고, 자기가 무능해서 박동근씨 같이 유능한 직원을 붙잡지 못해 정말 면목 없다고, 부리부리한 눈동자를 내리깔았다. 사측에선 명퇴자 선정으로 맞벌이하는 가정을 포함시킨 거라 했다. 명퇴자 영순위인 나는 아내가 미장원을 운영한 때문이었다. 이름뿐, 아내의 미장원 수입은 현상유지하기에도 바빴는데 말이다.

아내는 막내를 입학시킨 후, 벼르던 미용기술을 배우러 다녔다. 미용기술을 습득한 후에는 동거한 날 끼워줬던 금반지까지 팔아 보태서 미용실 개업을 했던 것이다. 개업만하면 돈방석에 앉고, 모든 영화를 한 몸에 누릴 것처럼 염불했던 일인데, 그러나 막상 미용실 운영 결과 그 수입은 기대치와 달랐다. 인구에 비해 미용실이 많은 탓이었다. 서로 나눠먹는 형편이었던 것이다. 무엇보다 협정요금인 줄 뻔히 알면서 가위 하나로 원가 안 먹는 커트 비용이 비싸네요, 사장님은 혼자 독식하려고 보조도 두지 않네요, 돈지갑 펑펑 열려고 머리손질 맡기려니 기다림에 지쳐 멍이 드네요, 등등 불평을 쏟아 냈다.

아내가 그들의 요구에 따라 보조직원 두 명을 채용했다. 그러나 그만큼 수입이 늘지 않으니 울며 제살 뜯어 먹기였다. 게다가 형편이 꼬이려고, 개업 몇 달 만에 덜컥 IMF가 터졌다. 그 환란 탓에 내가 명퇴자로 된 것이었다.

나는 직장을 손 털자 낮 밤 구분 없이 잠만 오고, 그 잠이 새끼를 쳤다. 그런데, 달포가 지나고부터는 말똥말똥 잠이 없어졌다. 그 때부터 상사의 눈치와 긴장감 넘치던 일터가 그리웠다. 꼭, 돈 때문만은 아니었다.

그러나 내 몸은 낮 선 일터에 적응하는 속도가 더뎠다. 업무도 사람에 따라 궁합이 있는지, 초심과 달리 곧잘 손을 털고 나섰다. 아마 육체가 따라주지 못했다는 게 더 정확한 표현이다. 힘들게 구한 일자리를 반년도 못 채운 채 들락거리기를 몇 번, 나를 지켜본 아내가 잔소리를 늘어놓았다.

"남자가 진득한 뚝심이 그리도 없어? 어디 가면 놀리고 월급 주겠어? 요새는 평생직장이 없다지만 견디기 나름이지, 괜히 여기저기 쑤셔대며 들락날락 촐싹대는 모습은 자식들 교육에도 나쁘고……."

어느 날, 나는 새 각오로 한 유통회사에 발을 들여놓았다. 낮에 상품을 팔고, 밤에 쓰레기를 치우는 곳이었다. 쓰레기는 지하층에 있고, 공기가 엄청 탁해서 혹사당하는 건 호흡기였다. 코 속에서 검은 먼지가 뭉텅이로 나왔다. 현기증, 어질어질 멀미난 현기증이 몸 속 에너지를 싹 거두어가고, 지친 내 몸이 무리란 신호를 보내온 것이었다. 언젠가 부터는 가슴에 말할 수 없는 통증이 밀려왔다. 그 밤, 내 몸은 진통제 덕분에 견뎌냈다.

다음 날, 우울한 기분으로 병원을 찾았다. 담당의가 수월하게 진단한다 싶었다. 내 몸은 생체 리듬이 깨지면서 병이 온 거라던 그가 회복을 위한 수칙 조건 두 가지를 특별당부 하는 게 아닌가. 약물치료 석 달, 휴식 석 달을 꼭 지켜야 완쾌할 수 있다는 거였다.

선박회사는 낮 근무란 조건에 주저 없이 선택한 일터다. 무엇보다 안전교육장의 식사는 무척 매력적이었다. 신선한 야채와 생선, 질 좋은 육 고기와 후식으로 당도 높은 과일들이 푸짐하게 나왔던 것이다. 그에 비해 무슨 까닭인지 새내기 직원들이 일터를 떠나는 경우가 많았다. 처음엔 의아하게 생각했었다. 그런데 내가 그 곳에 일하게 되다보니 갓 입은 작업복에 먼지도 묻기 전에 일자리를 박차버리는 그들을 이해하지 않을 수 없었다. 널린 철판들이 열기를 펄펄 뿜고, 위에서 부품 조각들마저 쿵쿵 떨어졌다. 도료의 역한 화학냄새가 불나방처럼 찾아 꼬인 구직자의 청각과 후각을 자극했던 것이다.

조장의 속내도 다르지 않았나 보다.

"암만 삼디 업종이니 뭐니 케사도, 우리 선박회사 용접은 오차 제로를 추구하는 민감한 작업이 아니겠능교? 그리고, 쪼매 먼저 용접 일에 발 담군 선배로서 한 마디 덧붙인다 카믄, 접합 부위의 견고성이 기본이고, 매끄러브야 만이 땜장이기술 대접 지대로 받는 깁니더! 그래서 말임더마는, 작업 할당량 채우기나 속도가 쪼매 더디다 케도, 우짜든지 접합부위가 튼실하고 매끄러브야 되는 기 기본입니더!"

"……"

"지끔도, 연수시절 용접분야 산업명장의 강의가 기억남더! 용접은 고독한 작업이다, 작업 중 옆 사람과 대화도 할 수 없다, 명심할 건 뜨겁게 내뿜는 용접불꽃 열기를 혼자서 참아내야 한다, 그 따문에 삼디 업종이라 칸다고예!"

"예, 선박제조공정에서 핵심작업이 용접이라던 명장의 말은 연수시간 대부분을 차지했죠. 그렇지만 영 재능이 없어서요, 나는……."

"사실 용접이 힘들기 땜에 삼디 업종 아인교. 그라고, 어제 일은 암만 케도 내가 쪼매 과한 흥분을 했던 것 같심더! 상사가 돼 가이고, 부하사람 잘 지도하지 못한 불찰이 부끄러버서 통, 몸 둘 데가 없네예! 고함 치고, 욕하고, 삿대질한 못난 조장을 널븐 맴으로 이해해주이소! 내, 찰랑찰랑 딸군 술 한 잔 권할테이까네……."

조장이 잔을 들고, 내 잔에다 짠 부딪는다.

"박 형, 욕 쌈질하고 코피 까정 터졌으니까네, 우리는 정이 퍼뜩 들깁니더!"

테이블에는 빈 술병들이 늘어서있다. 자동차 회사 회식 때면 술맛이 달았다. 승진이다, 우수설계 공로 차 접대 받는 자린지라 술맛이 혀끝에 착착 감겼다. 그 날, 명퇴 송별회 때 쓴 술맛 생각에 나는 횡설수설 하고 있다.

"정들자 이별이라……."

닭똥집 안주를 집은 조장이 뜨악하게 나를 쳐다본다.

"바, 방금 뭐라 캤능교?"

"음, 다른 일 찾아볼까 해서요."

"그라 모 박 형, 낼부텀 출근하기 싫다, 그 말잉교?"

"원, 솜씨고 감각이고 여간 무뎌야지요, 글쎄……."

"잠깐만! 세상 살다 보믄, 별별 희한한 일 다 겪심더! 고만한 일로 삐쳐서

일자리 떠나가삐믄 후회한다, 그 말임더! 나쁜 거 다 잊으삐고, 화 푸이소!'

안주 대신 오이를 우적우적 씹던 내가 벽시계를 쳐다본다. 아홉 시다. 주객이 하나 둘 자릴 뜬다. 우리도 휘청거리며, 털고 일어섰다.

밖은 먹물처럼 깜깜하다. 내일 보자며, 손들어 인사를 건넨 조장이 어둠 속으로 비틀비틀 사라져 갔다. 취기로 다리가 풀린 나는 도전하듯 버스에 올랐다. 차창 밖을 내다본 내 기억은 벌써 고향 산천에 가 있었다.

군복을 갓 벗은 내가 귀향한 것은 바야흐로 3월이었다. 나는 첫 솜씨로 비탈 밭 가득히 감자를 심었다. 숟가락이 열 개인 우리 집 식량에 큰 보탬을 주는 작물로 감자만한 것도 드물었던 것이다. 그런데, 며칠 후부터 하늘에서 구멍이 뚫린 듯 주룩주룩 봄비가 쏟아졌다. 속담에 며느리 손 큰 것 봄비 잦은 것은 쓸데가 없다더니, 파종한 감자가 띄엄띄엄 싹을 보였다. 밭고랑이 깊어서 씨감자가 습하게 묻혔고, 몽땅 썩어버린 것이다. 군대 살이 잔뜩 오른 팔팔한 혈기로 가사에 봉사한답시고 주제넘게 감자를 심었다가 왕창 실패한 나는, 가족 대할 면목이 없어졌다. 삑 하면 농사나 짓지 뭐 하고, 내 뱉은 말들이 염치없음을 깨달은 채 기가 팍 죽어지낸 어느 날인가. 무료하던 나는 갑자기 두 귀를 쫑긋 세웠다. 낡아서 찍찍거린 라디오를 킨 채 방바닥을 뒹굴던 중에 자동차 회사에서 구인 광고가 나온 것이다. 순간, 미친 듯이 발딱 일어난 나는 마당 빨래 줄에 널린 단벌 봄 점퍼를 걷었다. 축축했지만 그걸 걸친 채, 집을 나선 그 계기로 자동차회사 녹을 먹게 되었다.

동터오는 새벽, 청색 작업복의 산업 전사들이 바글바글 모여드는 출근시간이다. 지난 밤 불면으로 눈에 핏발 선 나도 회사 출입문을 들어섰다. 간

밤 잠 못 들고 뒤챌 때의 아내 말이 떠오른다.

"잠이 안 와? 처음 하는 일이라 몸에 안 붙지? 칠십에 능참봉이라고, 전에 건설현장 일 볼 때, 이삿짐센터 나갈 때, 몸이 말을 안 듣는다 했잖아?"

"시간만 죽이는 거지, 뭐……."

"남의 돈을 내 주머니로 건너오게 하는 일은 흡사 죽음과 똑같대!"

"힘들다는 뜻이겠지……."

"돈을 벌려면 간도 쓸개도 빼버려야 한다는데, 간과 쓸개가 없어도 되나? 얼마 전, 미용실에 손님이 왔어. 라면 파마를 해 달래. 막상 머리카락이 꼬불꼬불 잘 나오자 글쎄, 거울에 비친 자기가 꼴사납다면서, 다시 펴 달래."

"……."

"손님과 다퉈봤자 미용실 이미지만 나빠질 테고, 똥물이 올라와도 다시 약을 발라서 쫙 펴줬다! 그 때문에 중화 제 시간 놓친 다른 손님이 머리카락 다 부서졌다고, 바락바락 화내면서 파마 값 못주니까 도로 물러 달라 하데."

"……?"

"허파가 뒤집혀서, 문 닫아걸었지 뭐! 나 혼자 훌쩍 바다 보러 간, 그날……."

"난 또, 당신 가출병이 도졌나 했지."

"근데 여보, 정말 간사해지대. 노을 물든 바다를 보다가, 문득 돈을 벌려면 간과 쓸개를 빼버려야 한다는 그 말이 생각나서 부리나케 돌아왔거든."

"오죽하면, 음식물 넘기는 목구멍을 포도청이라 했을라고."

그 날 이후, 내게는 돈벼락 단어를 쓸 때처럼 매일 밤마다 아내가 번 미용실 돈을 매끈하게 다림질하는 뜨거운 습관 하나가 더 생겼다. ㉣

세월의 뒤편

건물이 하늘 쪽으로 올라갈수록 세상이 개인화될 거라던, 전 남편 친구 경수의 말이 문득 떠올랐다. 아파트 지어 돈 벌자며 친구들을 불러 모았던 경수는 벌써 이 세상 사람이 아니다. 사업 구상을 처음 발의했던 경수도 그렇지만, 아파트 짓는 일에 자신의 미래를 걸어보겠다던 준호 역시 안부를 알 수 없기는 마찬가지다. 좁은 나라에서 아파트 짓는 일이 다가올 주거문제를 해결하게 될 거란 말을 주고받으며 사업 구상을 할 때만 해도, 그들 죽마고우는 등 뒤를 쫓아오는 태산 같은 풍파를 아무도 예측하지 못했다. 작은 빌라 한 채 지은 경험을 기술적 밑천이라 생각하며 아파트 사업에 본격적으로 뛰어들 때까지도 그들에겐 별 근심거리가 없었던 것이다. 일이 진척되려고 그랬는지, 우연하게도 근처 중개인이 시세보다 엄청 싼 땅이 나와 있다고, 열렬히 홍보를 해온 것이었다. 당시 금융자산이 얄팍했던 그들은 마침 찾아온 기회를 놓칠 새라 아파트 부지를 담보 넣고, 건축할 땅을 구입했다. 그럼에도 조금 더 부족한 것은 각자 농사지어 먹던 텃밭이나 전답을 담보로 해결을 하였다.

개토제(開土祭)를 올리면서 그들이 계획했던 사업은 순풍에 돛을 달았다. 그런데 기초 터파기 공사에서 뜻밖의 암초를 만나고 말았다. 곳곳에서 낡은 기왓장과 골동품 조각들이 나왔던 것이다. 그 사실을 안 문화재 관리 당국은 '유물 보존'이 우선이라며, 공사를 중지시켜버렸다. 공사는 중단됐지만 그런 와중에도 대출받은 남의 돈은 세포가 분열하듯 새끼를 쳐갔다. 그것은 빚진 자들 어깨를 무거운 짐으로 내리 누르는 일이었다. 처음 얼마간은 제때 착착 이자를 넣었다. 그러다 연체가 되자 대출해 준 은행 측에서 담보물건을 경매로 넣어버렸다. 이래저래 출발이 꼬이고 있었다.

경매시장에 던져진 담보 물건마저 마음먹은 대로 손쉽게 처분되지 않았다. 아파트 부지에 유물이 묻혀있다는 소문이 돌자 경매시장은 쌩쌩 찬바람만 돌았던 것이다. 잡식성인 토지전문 꾼들마저 외면했을 만큼.

그들은 눈앞이 캄캄해졌다. 긴긴 세월 부모가 일궈 오던 전답들이 살벌한 경매시장에서 바람 앞의 종잇조각처럼 후딱 날아가버린 날은 말 못하는 속이 거멓게 타들어갔다. 미칠 지경이었다. 그린벨트 밭이 얄팍한 감정가로 낙찰돼버리자 면목 없다며, 아파트 짓자고 먼저 제의한 경수가 자기네 경매 넘어간 밭 감나무에 목을 매었다. 이웃이 발견했을 땐 이미 이 세상 사람이 아니었다. 조부님이 머슴살이해서 사들인 문전옥답이 경쟁자 세 명 중 한 사람에게로 낙찰되었다는 이야길 듣고, 준호마저 자취 없이 증발해버렸다. 돈 벌기 전에는 죽어도 고향을 찾지 않겠다는 말만 남긴 채, 입은 옷 그대로 사라진 것이었다. 비쩍 말라서 휘청거리던 그의 아내는 울고불고 야단치다가 꿀깍 기절을 해버렸다.

　승택 역시 이만저만 충격 받은 게 아니었다. 부자 신드롬에 눈 먼 자신 때문에 강변 뽕나무밭을 허공으로 날렸다 싶어 괴로운 심정이었다. 부모에게 효도는 못하고 집안을 폭삭 엎어지게 만든 자신이 밉고 싫었다. 그는 벽에 머리를 쿵쿵 쳐박고, 가슴을 퍽퍽 쳐대며, 자신을 학대하였다. 세상을 하직하는 것만이 속죄하는 길이라고 혼자 중얼거렸다. 가난한 살림에 소금을 쳐놓았다는 자책감은 며칠 동안 물 한 모금조차 넘길 수 없게 만들었다. 얼굴이 누렇게 뜬 호박꽃으로 변했고, 입술은 꽈리처럼 땅땅 부어 터졌다. 그는 살아 갈 의욕도 없을뿐더러 매사가 귀찮았다. 꿀 먹은 벙어리 마냥 입이 붙어버렸다. 아파트 지어 돈 벌자던 친구들을 탓하기엔 자신의 귀가 대창처럼 너무 얇았던 것을 가슴 치며 후회할 뿐이었다. 큰 꿈을 갖고 불나방처럼 뛰어든 자신을 뉘우쳤다. 하지만, 이미 때는 늦었다. 모진 목숨 끝내버리면 깨끗할 것 같았다. 그래서 채소밭에 뿌리다 남은 살충제를 마시고 인생 문을 닫고 싶었다. 그러나 막상 농약 병 뚜껑을 열려니 영 용기가 나질 않았다. 애를 낳은 족족 잃고, 여섯 번 만에 겨우 건진 아들이라는 자기를 쥐면 꺼질새라 놓으면 날아 갈새라 키운 부모님 처지가 눈물겹게 떠올랐던 것이다. 그는 잡념을 잊고자 술을 찾았고, 밤 낮 없이 술, 술, 술만 퍼마셨다. 그러나 무작정 술만 들이부은 그의 속인들 온전하겠는가. 홀짝홀짝 마신 술이 목구멍으로 웩웩 되넘어 왔다. 기어코 며칠 만에 식음을 끊더니, 몸져 누웠다.

　아내 술남과 어머니 청도댁이 그에게 울면서 매달렸다. 과거를 털고 새 출발하자며, 틈이 날 때마다 애타게 설득하고 이해를 시켰다. 어려서부터 부릉부릉 발동기 소리를 흉내 내던 아들을 기억한 그의 어머니는 아들더러

버스운전을 배우라고 권유하면서도 그렁그렁 눈물이 고였다. 아들이 버스 운전만 배우면 잃어버린 밭이나 이전의 아들모습을 찾을 것 같은 착각마저 들었다. 술남도 우선 남편을 살려놓고 볼 참이었다. 그래서 그들 고부는 번갈아 승택을 구슬렸다. 돈은 있다가도 없는 것, 상심하지 말고 건강만 찾으면 된다고 했다. 그리하여 승택이 운전기사로 태어나게 된 것이었다.

실패의 좌절을 딛고 승택이 버스회사에 취직한 날이었다. 기사 부인이 된 소감을 묻던 승택의 농담을 떠올린 순간, 술남의 휴대폰이 지르르 울린다. 종만이다.

"어머니! 종만이예요! 어머니 계신 곳에 거의 다 왔어요!"

스무 해 만이니, 종만의 키가 얼마나 컸을까? 앞니가 빠져서 개오쥐라 놀림 받던 치열이 제자릴 잡았는지, 그리고 무엇보다 선생님이 되겠다던 그 꿈은 이뤘는지, 술남 뇌리엔 종만을 향한 궁금증으로 꽉 차있다.

잠시 후, 갈색 승용차 한 대가 술남 앞으로 와서 스르르 멈춰 선다. 차에서 내린 사람은 키가 훤칠한 청년, 종만이다. 그가 술남 앞으로 성큼성큼 걸어온다. 술남 앞에서 구십 도로 허리를 꺾어 정중하게 인사하고 있다. 균형 잡힌 검정 눈썹하며 긴 콧대가 어릴 때 얼굴로 기억을 되살려주었다. 그 동안 그립고 속 타던 마음은 어디 갔는지, 말없이 우뚝 멈추어 선 술남의 자세는 장승같다.

키 큰 종만을 감격스레 쳐다보던 술남이 종만을 와락 끌어안는다. 아니, 키 큰 종만의 품에 키 작은 술남이 안긴 모습이다. 콧마루가 시큰한 술남이 왈칵 눈물을 쏟는데, 주르르 볼을 타고 있다. 종만의 볼에도 두 줄기 눈물이 흘러내린다. 한데 얼려 정물처럼 서있는 그들을 침묵이 에워싼다. 손바닥으로 더듬더듬 종만의 등을 쓰다듬던 술남 목소리가 떨리고 있다.

"보고 싶었다, 아들! 정말 보고 싶었다, 흑흑!"

종만의 목소리도 울먹인다.

"저도요 어머니, 무지무지 보고 싶었어요, 흑흑흑!"

술남을 끌어안은 종만이 다시 어깨를 들썩이며 흐느낀다. 술남 가슴도 쿵쿵 뛰었다. 속 깊이 묻혀있던 모성애가 모정(母情)을 후끈 달구자 술남 어깨가 들썩이며 격정의 파도를 타고 있다. 그들은 깨어나기 싫은 꿈을 꾸는 것처럼 그대로 영원했으면 싶었다. 끓던 감정이 가라앉을 즈음, 종만의 목소리가 침묵을 깬다.

"어머니, 먼 길 오시느라 피곤하시죠? 집으로 가세요!"

종만의 뜻에 말없이 동조한 술남은 갈색 차에 동승을 한다. 그녀는 세 시간 넘게 고속버스 좌석에 앉아있을 때만 해도 종만을 만난 후 금방 되돌아설 참이었다.

술남의 시선이 흘러가는 차창 바깥으로 가 꽂힌다. 잠시 후, 미끄러지듯 달린 종만의 차가 본동 마을에 진입하고 있다.

변두리 마을이던 본동 오른 편으로 새로 생긴 마을이 편입돼 있다. 본동엔 후줄근하니 낡은 집 몇 채가 띄엄띄엄 눈에 뜨인다. 술남은 넓게 뚫린 도로를 바라보면서 땅도 사람처럼 팔자가 존재하는가 싶었다. 그들이 탄 차가 붉은 벽돌담을 휘돌아 기역자로 꺾어 돈다. 덩굴장미에 둘러싸인 하얀 조립식 건물을 지난다. 낮고 흰 울타리가 빙 둘러 처진, 동화 같은 주택이 뒤로 밀려난다. 승용차 모형을 본 딴 카페 건물이 재미있다 싶은데, 나직한 청대문 앞으로 종만의 차가 스르르 닿는다.

옛날을 회상하는 술남이 대문을 올려다보며 감회에 젖는다. 그녀는 이어 찬찬히 주변을 훑기 시작한다. 대문 밖 팽나무가 5월 바람을 타고 싱그러운 잎들을 일렁이고 있다. 종만을 얻은 이듬해 봄, 승택이 기념으로 심은 나무였다. 술남이 재혼해서 떠나던 그땐 코흘리개 종만처럼 나무가 어렸다. 종만이 자랐듯 이제 팽나무도 그 그늘을 품을 만큼 거목이 된 것이다.

대문을 밀며 들어서자 낡고 초라해진 사랑채가 흘러버린 시간을 말해준다. 술남이 시집오던 해, 시아버지와 남편 승택이 합작으로 지은 본채 건물은 이제 기미 낀 술남 얼굴처럼 우중충해져 있다. 건물도 사람처럼 후줄근히 늙는다는 걸 새삼 느낀다.

종만은 제대 후, 취직해서 혼자 살고 있다. 몇 년 전, 조부모 내외를 노환으로 잃었다며 쓸쓸한 표정을 짓는다. 마당 가 빨랫줄에 널린 옷가지가 바람에 일렁인다. 술남 시선이 청바지께로 가서 머문다. 종만과 헤어진 세월의 길이를 가늠해 본다. 손바닥 만하던 종만의 옷이 몇 배의 길이로 커져 있다. 잃게 하는 능력과 새로움을 제공하는 시간의 양면성을 느끼는 순간, 멀어져 간 섣달 어느 날 밤의 아련한 기억이 술남의 뇌리에서 맴돈다.

눈이 희끗희끗 날리던 겨울밤, 승택이 막차 손님이 내린 빈 버스를 차고에 대려던 참이었다. 버스 저 안 쪽에 커다란 가방 하나가 보였다. 뭘까 궁금하여 가방 지퍼를 조심조심 열어 본 순간, 깜짝 놀랐다. 물컹한 것이 손끝 감촉에 묻어왔던 것이다. 긴장된 승택은 숨을 몇 번이나 몰아쉬었다. 아기인데, 모포로 돌돌 말려 있었던 것이다. 승택의 가슴은 무엇을 훔친 것처럼 심하게 쿵쾅거렸다. 어린 생명이 버려진 사실부터 놀라웠고, 그 생명을 얻은 뜻밖의 기쁨이기도 했다.

아기를 대하자 그는 먼저 아내 얼굴부터 떠올랐다. 결혼 7년째, 그들 부부는 아기가 없었다. 그래서 은근히 아기를 기다리던 중이었다. 돈은 팔자에 없어도 아이는 있어야 된다며, 아내가 염불처럼 외우던 그 말이 귓가에 메아리가 되어 윙윙거렸다. 깊은 밤중에 뜻밖의 아기를 얻은 승택 얼굴에선 설레는 미소가 어둠 속으로 녹아들었다.

청도댁은 심야 아기 출현에 놀랐다. 그러면서도 마치 며느리가 낳아온 것처럼 아기를 따뜻한 아랫목에 뉘고 이불을 다독였다. 승택 부친과 술남 역시 당황하면서도 관심의 시선은 아래쪽에서 고추 살피기에 바빴다. 그리곤 쥐눈이 콩 같은 아기 눈을 맞추느라 잠 묻은 눈동자를 빙빙 굴렸다.

어느새 청도댁 입에서 '업둥이'란 말이 묻어 나왔다. 업둥이는 무조건 키워야 한다며, 천식 기로 푸석해진 목소리에 힘을 주는 것이었다. 청도댁 속으론 남모르게 다가오는 강렬한 기쁨이 있었다. 아들이 어릴 때 심한 홍역 후유증으로 불임이 될 거라던 한의원 황 노인 목소리가 귓가에 박혀 있었던 때문이다.

청도댁은 며느리 몸에 태기가 없는 아들 결혼생활 내내 남몰래 마음고생 중이었다. 그래서 아기를 만난 행운을 누가 눈치 챌까봐 조심하고 또 조심했다. 손에서 내려놓기 싫을 정도로 소중한 아기가 볼수록 귀여웠다.

술남은 그런 시어머니가 의아했다. 결혼생활 내내 배태조차 못한 채 불임인 며느리에 대해 한 마디 이렇다 말이 없지 않았던가. 또 다른 발견은 미역국에서도 시어머니의 정이 엄청 뜨거웠던 것이다.

청도댁은 아기를 얻은 다음 날부터 며느리에게 미역국을 먹게 하였다. 애 어멈이 미역국을 먹어야 아기를 잘 키운다며 삼칠일 동안 부지런히 미역국을 끓여 주었다. 엄마가 된 며느리에게 미역국 먹는 산모의 경험을 만들어 주고 싶었던 것이다. 그리고 손을 쪽쪽 빠는 아기 젖먹일 시간이면 꼭 며느리를 불렀다.

"에미야! 우리 강아지 젖 주어라!'

아기가 우유 먹는 시간이나마 며느리의 휴식을 배려해 주는 일도 정이
넘쳐 칠칠맞은 청도댁 몫이었다.

"애 어멈은, 새끼 젖먹일 시간에 쉬느니라."

청도댁이 정을 두텁게 베풀수록 술남은 눈시울이 시큰해졌다. 그 동안
태기 없는 자신더러 한 마디나마 상처 주지 않던 시어머니를 봐서라도 육
아에 충실하기로 맘먹었다. 청도댁은 아기 이름을 종만 이라 지었다.

술남은 종만을 자기 새끼처럼 핥고 빨았다. 남편 월급 날, 열 일 제쳐두고
아기분유를 먼저 사들였다. 옷은 새로 구입한 것도 있지만, 가끔은 이웃에
게서 물려받아 입혔다. 군것질도 손수 만들어 주었다. 꼬물꼬물 커 가는 종
만을 품에 안고, 아기에게서 풍긴 젖비린내를 코를 벌름거리며 흠흠 맡았
다. 엄마로서 행복을 느꼈다. 그 정에 취하는 동안 종만은 일곱 살이 됐다.

그런 술남 모자에게 이별의 풍파가 용트림한 것은 승택의 갑작스런 교통
사고로 사별을 하게 되었다. 아니, 어쩌면 술남이 허우대 좋은 남자 최대로
와 재혼을 생각하면서부터 그 조짐이 싹텄는지 몰랐다. 아이를 떼 놓고 와
주길 바라는 최대로의 은근한 압박주문도 그 중 하나였던 것이다. 술남은
사실 종만을 떼어 둘 바에는 재혼하지 말까도 싶었다.

청도댁은 나름대로 염두에 둔 며느리 재혼계획을 조금씩 진행시키고 있
었다. 그러던 중, 재혼을 쉬 허락할 것 같지 않던 며느리한테 숱한 설득의
공을 들이붓고 있는 자신을 발견하고, 움찔 놀랐다.

'효자 아들 열 보다 악처가 낫다' 는 말부터 꺼냈다. 그리곤 며느리 마음
을 두드려 보았다. 그러나 며느리는 속 마음을 쉬 열어놓지를 않았다. 그 얼
마 후엔 혹시 마음에 품어둔 사람이라도 있나 싶어, 넌지시 떠보았다. 며느

리는 단호했다. 무슨 천벌을 받을 소리냐고, 펄쩍 뛰었다. 그럴수록 남의 귀한 딸을 혼자 늙히는가 싶은 청도댁은 밤낮 며느리 재혼궁리의 고삐를 늦추지 않고 있었다.

청도댁 내외가 마을 단체 관광을 떠나간 날 밤이었다. 문단속을 잘해오다가 하필 잊어버린 그 밤에 술남의 처소로 누군가 침입해 온 것이었다. 어둠 속의 사내는 건장한 체구였다. 술남은 침입자를 물리치려 깜깜한 허공을 향해 머리맡에 상비해 둔 호신용 막대기를 휘둘렀다. 침입자의 억센 손아귀가 막대기를 뺏으며 술남의 입을 틀어막았다. 몸도 이리저리 더듬는 거였다. 뒤 이어 사내가 와락 덮치는 찰나, 술남은 젖 먹던 힘까지 다해서 손끝에 겨우 잡힌 운동기구 쌍절곤을 휘둘렀다. 악 내지른 소리가 침입자 입에서 내뱉어진 것을 들은 순간, 후닥닥 문 밖으로 도망치는 소리가 들렸다. 그녀는 긴박한 가슴을 쓸어 내렸다. 예상 못한 한밤 침입자를 물리친 것은 남편 생존 시 운동하던 쌍절곤을 미리 머리맡에다 대비해 둔 덕이었다.

다음 날, 술남의 입술에는 물 잡힌 꽈리가 생겼다. 침입자로부터 몸을 지켜내느라 몸살이 났던 것이다. 끔찍한 그 사실을 혼자 가슴에 품고 있자니 그녀는 서럽고, 미칠 지경이었다. 억울하면서 분했다. 이가 갈렸다. 미망인들이 혼자 살려 해도 오지랖 넓은 주변 사람들이 가만 두지 않는다는 옛날 어른들의 이야기가 떠올랐다.

며칠 후, 술남은 자리끼 물을 가져가서 조용히 시어머니에게 털어놓았다. 눈에선 어떤 억울함이 물줄기로 펑펑 쏟아져 내렸다.

며느리를 재혼시키고 싶었던 청도댁은 이 때를 기다린 것처럼 주저 없이 얼른 술남에게 재혼을 권했다.

"본디 임자 없는 여자는 서러운 법이다, 그러니 짝이 필요한 것 아니냐? 무엇보다 서러움을 갚아주려면 재혼해서 보란 듯이 행복하게 사는 것일 게다……."

청도댁의 조언 덕분인지 종만을 키우며 혼자 살겠다던 술남 마음이 재혼 쪽으로 기울어졌다.

시어머니로부터 등 떼밀리다시피 재혼한 술남 마음은 하루에도 몇 번씩 두고 온 종만을 향해 달려가고 있었다. 철없는 종만이 건강한지, 학교에는 잘 다니는지, 그립고도 애타게 보고 싶었다. 그러던 중, 엄마만 찾던 종만이 식욕을 잃고 축 늘어졌다는 소식을 풍문에 들었다. 그 날, 술남은 실성한 여자처럼 안절부절못한 채, 집 안을 왔다갔다 서성거렸다. 어린 가슴에 깊은 상처를 심어 준 것 같아 속이 아팠다. 종일 밥맛도 없고, 속이 아렸다. 모든 것을 걷어치우고, 종만을 향해 달려가고 싶었다.

술남은 아담한 마당을 지나 댓돌 위로 올라선다. 시어머니의 안방 미닫이를 드르륵 열고있다. 시어머니가 썼던, 거뭇거뭇 먹이 든 감나무 장롱에 세월의 때가 앉아 우중충하다. 벽에 걸린, 청도댁 사진을 쳐다본다. 금방이라도 술남더러 재혼의 재미가 괜찮았느냐고, 궁금한 말을 붙일 것만 같아 눈시울이 시큰거린다.

술남의 재혼은 떡 팔자를 닮았다. 처음 쪄서 설익은 떡은 다시 쪄도 설익는다는 속담처럼 말이다. 전처소생 문수가 처음부터 새 엄마를 거부하는 것이었다. 정이 안 생겨서인지 아이는 힐끗힐끗 눈치를 살폈다. 서로 겉도는 물과 기름처럼 한 발 근접하면 두 발 물러서는 문수를 볼 때마다 안타깝고, 어린 종만을 버린 죄인가 여겨졌다.

어느 날 밤, 여섯 살 문수가 이불에다 오줌을 지렸다. 이불을 마당에 내 걸며, 술남이 아이에게 위로 삼아 말을 건넸다.

"문수, 지난 밤 고단했나 보구나? 오줌 지린 걸 보니……."

"아줌만 상관 마세요! 쳇……."

문수의 정서가 불안해 보였다. 정에 굶주려 보이는 동심에 엄마의 자리를 채워주고 싶었다. 아이와 좀 더 친해지기 위해 오줌 싸는 것부터 고쳐주는 역할이 새엄마로서 할 일 같았다. 그래서 뻣뻣한 문수를 자분자분 구슬려 시장 2층의 한방 병원을 찾아갔다. 한의사 선생은 풀 죽은 아이를 이리저리 살피며, 문진을 했다. 그러다 몸이 허해서 밤에 소변을 지리는 거라고, 설명해 주었다. 그러면서 기 도울 약을 먹이면 야뇨증이 씻은 듯이 치료된다는 거였다. 퇴근한 남편한테 술남은 그 이야길 그대로 전했다. 그러나 그는 아내의 말을 단 칼로 잘라버렸다.

"애들은 오줌 싸면서 크는데, 꼭 그렇게 과민반응 해야겠어?"

"밤에 오줌 싸는 건, 병이라는데요? 기가 허한……."

"너, 오줌 빨래가 싫지? 지 배 아파 난 애 아니라고, 티내는 거야?"

술남은 말문이 막혔다. 태평하면서 무관심한 애 아버지의 태도가 이해되지 않았다. 한 마디로 안타까웠다. 가슴 한 곳에 커다란 바위를 눌러놓은 것처럼 마음이 무거웠다. 그 날 밤, 잠자리에 들면서 문수의 오줌 싸는 병을 어찌할 건지 재차 물었다. 그러나 그는 삶은 호박에 손톱도 들어가지 않았다.

"말 많긴! 나도 어릴 때 오줌 지렸어! 혹시 꼬불쳐 둔 돈 많아?"

새 남편이 돈 드는 거라면 아주 싫어하는 사람인 줄 그 때 처음 알았다.

일 년은 길고도 짧았다. 술남은 늘 두고 온 종만 생각이 머리에서 떠나질 않았다. 그 때마다 전처소생의 코를 한 번 더 닦아주는 습관이 몸에 밸 즈음이다. 임신한 몸이 무거워 뒤뚱거리는데, 자정 무렵 술독에 빠진 것처럼 만취한 남편이 현관을 들어섰다. 그는 거실에 들어서기가 무섭게 금방 뻗는 거였다. 땀 냄새 절은 양말을 벗기려던 순간, 잠든 줄 알았던 남편이 술남을 와락 끌어안으며 입술을 덮쳤다. 술 냄새와 안주 냄새가 뒤섞여 텁텁하게 뿜어져 나왔다. 욱하고 올라올 것 같아 남편더러 우선 양치질부터 하라고 했다. 그런데, 그것이 화근이었다. 술남을 왈칵 밀어내며, 시비를 걸어왔다.

"왜? 새 서방이 맘에 안 드는가?"

하마터면 술남은 악 소리를 지를 뻔했다. 설마 그런 공격을 받을 줄 몰랐던 것이다. 등골에선 진땀이 솟고, 가슴이 벌렁거렸다. 다리마저 후들후들 떨렸다. 허옇게 눈을 부릅뜬 남편이 술남을 노려보며, 씩씩거렸다.

"비싸게 굴기는? 뒤웅박 팔자에……."

무슨 언짢은 일이 있는지 물으려는데, 그가 오른쪽 집게와 엄지로 술남의 옷자락을 잡아당겼다. 이어, 기상천외한 질문이 뒤통수를 치는 것이었다.

"이 잠옷, 그 남자와 잘 때 입었던 거지?"

술남은 온몸의 힘이 쫙 빠져나갔다. 몇 번 비틀거리다 그 자리에 털썩 주저앉고 말았다. 취기 돌던 남편의 눈빛이 질투로 이글거렸다. 그 때 술남은 청도댁이 며느리 혼수로 사다 준 레이스 달린 잠옷 가운을 입고 있었다. 청도 댁 눈높이에 맞춰 고른 은회색 바탕에 자잘한 꽃무늬 잠옷이 남편 눈에 후줄근하니 낡아 보인 모양이었다. 술남은 그 날 밤 머리를 움켜잡고 남몰래 소리 죽여 흐느꼈다.

파마머리만 해도 그랬다. 술남이 출산 예정 며칠 전, 몸 풀면 거추장스러울까봐 짧고 빠글거리게 파마를 한 날이었다. 꼬불꼬불한 술남 머리카락을 뚫어지게 훑어보던 남편이 한 마디를 툭 던졌다.

"그 남자 라면머리 좋아했어? 지금 고렇게 빠글빠글 볶은 머리말이야?"

갑자기 술남의 얼굴에 열이 확 올랐다. 너무 뜻밖이라 눈물부터 찔끔 나왔다. 뒤로 돌아서서 입술을 깨물며, 그게 무슨 뜻이냐고 되물었다.

"몰라? 눈치가 코치네!"

술남이 치렁한 생머리를 요구하는 새 남편의 뜻을 헤아리는 데는 그리 긴 시간이 걸리지 않았다. 그 후, 술남의 머리카락은 파마 약조차 구경하지 못한 채, 말 갈퀴처럼 늘어진 머리카락을 손수건으로 질끈 묶었다.

"시원한 것 드세요, 어머니!"

종만이 가져 온 유리컵에 음료수를 따른다. 음료수 컵 한 개를 술남에게 쥐어 주면서, 종만이 자기 컵을 갖다 대며 쨍 부딪는다.

"우리 건배해요! 어머니 행복을 위하여!"

"그래, 아들 행복도 위하여!"

술남은 종만이 유리잔을 부딪는대로 맞춰준다. 행복이란 단어를 정말 오랜만에 들어본 것 같았다. 재혼생활 중 그래도 한 가지 터득한 철학이 있다. 그것은 한 이불을 덮는 부부의 인연이야말로 흡사 걸음마 배우는 아기가 손에 쥔 유리그릇의 운명처럼 아슬아슬한 거란 점이었다.

술남의 재혼 이야기가 나돌던 날, 분위기를 읽은 어린 종만의 눈에서 닭 똥 같은 눈물이 뚝뚝 흘렀다. 아이 키에 맞춰 허리를 구부린 술남이 엄지로 종만의 눈물방울을 지우듯 밀어 닦았다. 철부지 작은 가슴에 이별의 아픔을 너무 일찍 던져주는가 싶어 자꾸만 가슴이 아팠던 것이다.

"나도 엄마 따라 갈래!"

모자관계 인연의 끝이 온 것을 벌써 종만이 눈치를 챘다. 다음 날부터 종만이 엄마를 향해 저항해 온 것이었다. 밥도 굶고, 학교를 빼먹었다. 엄마의 화장품 병을 깨 놓았다. 치마도 가위로 군데군데 썰어버렸다. 승택에게서 마지막으로 선물 받은 감청색 양가죽 구두마저 송곳으로 푹푹 찔러 폐품으로 만들어 놓았다. 스타킹 올이 지워졌고, 아끼던 스카프마저 가위질 당했다. 안타까운 동심은 엄마 소품을 망쳐서라도 모정을 붙들고 싶었다. 그런데 그들 모자가 알 수 없었던 것은, 청도댁이 이 사실을 알고 종만에게만 노발대발 야단을 쳤다는 점이다.

"종만이 너, 상놈 될래, 응?"

붉으락푸르락 노여움에 얼룩진 할머니 얼굴을 처음 본 종만은 놀랐다.

"밤톨만한 것이, 에미 갈 길을 훼방 놓아? 쯧쯧……."

보다 못한 술남이 청도댁을 진정시키려 들었다.

"아직 애가 철이 없어서 그런 걸요!"

할머니로부터 꾸중을 들은 종만은 서러움에 목이 메었다. 아직 그토록 혼난 적이 없었다. 밤낮 내 강아지 하면서 종만을 귀여워했고, 혹 잘못해도 애들은 말썽으로 큰다며, 너그럽게 다독여 주었던 것이다.

술남이 재혼해서 떠난 달포 뒤였다. 삶은 고구마 껍질을 벗겨먹던 종만이 청도댁한테 물었다.

"할머닌 안 섭섭해? 아저씨한테 가버린 엄마 말이예요……."

"으응, 왜?"

"난 엄마가 미워요! 이 담에 내가 커서 어른 되면 엄마 비행기도 태워주고, 맛있는 것 사다 주고 싶었는데……."

"왜, 엄마가 따로 살면 종만이 효도하기 싫으냐?"

"엄마가 내 손을 탁 뿌리치고 갔어요!"

"그래서 종만이 섭섭했구나?"

풀 죽은 종만이 청도댁을 바라보며, 고개만 끄덕거렸다.

"네 엄마한테 우리와 같이 살자고, 돌아오라 부를까?"

손자에게 농담처럼 대꾸한 청도댁은 아들 잃고 당초에는 며느리를 재혼시킬 마음이 없었다. 아들 죽은 빈자리가 휑하니 찬바람 나고 서럽기 그지없었다. 그래서 며느리더러 종만을 키우며 같이 늙자고, 누차 말했다. 입 무거운 술남은 침묵만 지켰다. 그래도 청도댁은 며느리가 혹시 한 눈을 팔까 싶어 살쾡이처럼 감시의 칼날을 휘둘렀다. 옷깃이 조금만 깊게 파이거나 치맛단 레이스가 치렁치렁한 것도 못 마땅하게 생각했다. 홀로 된 며느리가 아들이 아닌 타인을 위해 옷맵시를 낸다는 사실이 싫었던 것이다. 화사하게 화장을 하거나, 허물없이 웃는 며느리 표정을 볼 때도 신경이 송곳처럼 곤두섰다. 가끔 홀 며느리 학대하다 죄받을까봐 노파심을 자제하려해도 잘 되질 않았던 것이다.

쇠뿔도 녹인다는 삼복, 은하의 별들마저 졸던 깊은 밤이었다. 더위에 쉬 잠들지 못한 청도댁이 마당가를 서성거릴 때였다. 며느리 방 뒤편에서 사랑채 담 쪽으로 휙 몸을 숨기는 검은 그림자가 보였다. 도둑인가 하고 몇 발짝 쫓아 간 청도 댁은 침입자 손에 흉기라도 들려졌을까봐, 섬뜩한 생각이 들었다. 도둑을 뒤쫓더라도 개구멍을 봐 두어야 한다던 속담이 생각났다. 그래서 그림자 쫓던 발걸음을 남편이 거처하는 사랑채 쪽으로 옮기다 방

밖에서 어둠 속의 라디오 소리만 듣고는 처소로 되돌아왔다. 잠자리에 든 청도댁은 심란해서 몸만 이리 저리 뒤척거리다 새벽녘에야 겨우 눈을 붙였다.

　다음 날, 청도댁은 술남더러 밤에 문단속을 잘하라고 시켰다. 그 후로도 몇 번 더 한밤을 침입하는 그림자가 눈에 띄었다. 혼자 입 다물자니 마음이 켕긴 청도댁은 남편 강노인을 붙들고, 입을 열었다. 며느리 허파에 바람 들어서 집안에 회오리치기 전에, 시부모로서 대범하게 시집보내주자는 말부터 꺼냈다. 얼토당토 않다며 강노인은 한 마디로 딱 잘랐다. 드는 자리 보다 나는 자리가 더 크다고, 그러잖아도 아들 없는 집안이 텅 비고 허전한 걸 어찌 모르느냐고, 오히려 청도댁을 나무랐다. 뿐인가, 어린 손자가 엄마 품을 탈 텐데, 어찌 짝 잃은 며느리를 남에게 후딱 보내버리려 굳이 시어미 티를 내느냐고, 눈에 가시를 세웠다. 무엇보다 조신하게 살아가는 며느리를 의심하면 천벌 받는다는 남편 말에 청도댁은 마음이 움찔거려졌다. 그래서 하루 내내 생각에 잠겼다. 하지만, 며느리 치워버릴 생각만은 도저히 접을 수 없는 일이었다. 그래서 좀 더 남편을 다잡아 설득을 하려 들었다. 며느리를 딸처럼 생각하면 혼자 늙게 할 순 없다, 내 새끼도 떠나고 없는 마당에 홀 며느리 억지로 묶어두면 뭐에 쓸 거냐? 눈 딱 감고 짝 지워 보내 주자, 아무려면 하나 있는 손자를 겨우 예순 여덟인 할미가 못 키우겠느냐고, 주름진 입술 근육에 힘을 실었다. 흡사 웃는 것 같다가도 우는 것 같은 표정이었다. 나중엔 아까운 청춘 더 삭기 전에 며느리를 창살 없는 감옥에서 풀어 주는 것도 부처님 앞의 시주와 똑 같을 거라며, 진득하니 남편을 구워삶았다. 이날 이때까지 밥 먹고 똥만 쌌으니 이번에 좋은 일 한번 해볼 기회란 말까지 들먹였다. 게다가, 쫄깃한 걸 좋아하는 남편 군것질로 반 건조된 오징어를 구워 바치며 속이 느글거리게 비위를 맞추었다. 청도댁의 끈질긴 노력 끝에 겨우 며느리 재혼에 동의를 받아낸 날 밤이었다. 만물이 잠들어 이슥한 것도 개의치 않은 청도댁은 코가 비뚤어지도록 취해도 좋다며 미리 받아다 둔 막걸리로 남편 기분을 북돋우었다. 그리곤 남편더러 내리사랑 깊은 시아버지라 한껏 추켜세우며, 그다지 못하는 술을 홀짝홀짝 마셨다. 그러다 얼큰해지자 죽은 아들 생각에 눈물을 찔끔거리다 너스레를 떨다 날 새는 줄 몰랐다.

술남의 재혼에 가속이 붙은 계기는 가마솥더위가 꼬리를 내릴 무렵, 늦여름을 식히는 비가 오락가락 하던 밤이었다. 죽은 남편을 그리며 섧게 흐느끼는 며느리 울음이 청도댁의 귀를 자극했던 것이다. 그래서 며느리를 시집보내려던 청도댁 결심이 조금 더 앞당겨지고 있었다.

며느리가 아버지 생신이라고 친정 간 구월 초하루였다. 친목계 모임에 참석한 사람들을 대상으로 청도댁이 본격적으로 며느리 재혼 광고를 내고 있었다. 초혼 재혼은 상관없다, 착실한 남자면 소개시켜 달라고, 부탁한 청도댁의 목소리에는 남모를 애틋한 감정이 묻어있었다. 누가 며느리 중매를 서 준다면 사례하겠다는 말에서 사람들은 청도댁을 그윽한 눈으로 쳐다보며, 한 마디씩 침을 튀겼다.

"며느리가 죽은 서방 생각에 밤마다 보채? 아니면 시집가고 싶어 자기 허벅지라도 찔러대?"

상상들을 풍선처럼 부풀린 사람들한테 청도댁은 남의 얘기라고 너무 찧고 까불지 말라며, 주위를 가라앉혔다.

"홀 며느리 둔 시어미 뜻을 여러분들이 좀 이해하고, 도와주소!"

그때, 왼쪽 위 송곳니가 빠져서 엉성한 웃음을 흘리던 동전내기 화투 친구 공주댁이 관심을 보였다.

"어떻게요?"

청도댁 표정이 상기되었다.

"건강하고, 여자 한 몸 아껴 줄 심덕 좋은 남자면 돼요!"

청도댁 코앞에 바싹 다가앉은 공주댁이 다시 목소리를 가다듬었다.

"혹이 딸리면 안 되고?"

"없으면 더 좋지만……."

공주댁은 침을 꿀꺽 삼켰다. 애 하나를 낳고 파경 맞은, 친정 동생을 짝 지워주고 싶었던 일이 금방이라도 성사될 것만 같아 가슴이 두근거렸다. 골팬 눈 꼬리에 웃음을 달고 청도댁 눈치를 살피다, 궁금해서 다시 물었다.

"돈 많은 남자 찾는 거예요?"

짧은 호흡을 가다듬으며 청도댁이 대답했다.

"젊음도 재산이지!"

그 때부터 골다공중으로 등판이 구부정한 공주댁이 친정 막내 동생 최대로(崔大魯)를 술남에게 중매 서고자 문턱이 닳도록 들락거렸다.

최대로는 결혼 5년 만에 아내의 춤바람 때문에 파경을 맞았다. 사교춤 배우다던 아낙이 집집마다 남편을 팔고 다니며 돈을 챙겨 어느 날 훌쩍 증발해버렸던 것이다. 돈도 그렇지만, 엄마 품 찾는 어린 것을 버리고 떠난 처사가 괘씸해서, 아내 찾아 복수할 때까지 혼자 살겠다고 몇 년 째 버티던 중이었다. 그러던 때 마침 공주댁이 신접살림 마주 꾸릴 여자를 중매 서겠다며, 녹쓴 철문처럼 굳게 닫힌 동생의 마음을 두드리게 되었다. 떠난 여자 용서해 주고 새 장가들어 오순도순 살라며, 운을 뗴었다. '과부는 깨가 서 말, 홀아비는 이가서 말'이라고, 홀아비의 궁상스러운 생활을 끝내라고, 꼬박 이틀 동안 동생을 구워삶았던 것이다. 결국 동생을 설득한 끝에 최대로와 술남의 중매가 맺어진 날, 공주댁 보람은 이만저만이 아니었다.

며느리를 재혼시키려던 청도댁은 시시때때로 종아리에서 힘이 빠져나가는 걸 느꼈다. 며느리와 짝지어줄 남자 최대로를 선본 날 밤, 저승간 아들 생각에 눈이 퉁퉁 붓도록 울었다. 부모 앞에 먼저 떠난 불효 아들이 괘씸하면서도 간절히 보고 싶었다. 아들이 죽은 것보다 며느리 재가하는 뒷모습에 시어머니가 더 미친다던 옛 어른들 이야기가 실감이 났다.

공주댁의 동생과 혼자가 된 술남을 짝 지어주기로 결정 본 후, 청도댁은 오랜만에 며느리를 끼고 대중탕으로 갔다. 고부간에 등 밀어주며 벗은 몸을 부딪는 날이 또 오겠나 싶었던 것이다. 수건에 비누거품을 잔뜩 묻혀 등을 밀어주려고 며느리를 끌어 당겼다. 그때까지 아기에게 물려 본 적 없는 며느리의 통통하게 물오른 젖가슴 하며 뽀얀 속살을 만지고 보니, 순간 자기가 남자라도 된 듯 묘한 기분마저 들었다. 남의 가문으로 보내기로 한 며느리를 두고 아직도 청도댁 마음 한 구석에선 자꾸만 아깝다는 생각을 떨쳐버리지 못하고 있었다. 아까운 건 탄력 넘치는 며느리의 육체 뿐만이 아니었다. 교통사고로 죽은 외아들 목숨 대가로 탄 얼마의 보상금이나마 쪼개서 며느리의 혼수를 마련해 주려니 속이 쓰리고 아팠다. 한 평생 늘그막에 좋은 일 한 번 하려한 것이 이렇게 허전한 일이 될 줄 짐작이나 했던가 말이다. 청도댁은 잡념을 밀쳐내듯이 손아귀에 힘을 실어 며느리의 등을 죽죽 밀었다. 그러다 손길을 멈추며, 나직이 물었다.

"에미야, 최씨 그 사람 괜찮지? 키도 시원하고……."

한 길 사람 속, 겪어 보아야 안다고 생각한 술남한테 청도댁의 질문이 다시 이어졌다.

"기탄 없이 말해 보거라!"

맞선 본 남자가 좋은 사람이기를 바라던 술남 앞에 청도댁의 아픈 푸념이 쏟아졌다.

"휴, 내 죄가 많다! 늙어서도 네 손에 물 얻어먹으려 했는데⋯⋯."

"어머니⋯⋯."

"이따, 저녁에 풍수영감 오씨한테 날 받으러 갈란다! 이왕지사 좋은 날 택일되면 좋지!"

오 풍수 영감은 동짓달 초아흐렛날이 손 없는 날이라며, 술남의 혼인 날짜를 받아 주었다. 호화 결혼식은 아니더라도 홀아비 최대로와 술남이 합방할 날이 잡힌 것이다.

"에미야! 기왕 이렇게 된 거, 너 정말 잘 살아야 한다!"

처음에 아들과 결혼을 시킬 때 술남 앞에서 했던 말을 지금 똑 같이 되읊는 청도댁 마음은 못 견디게 허전한 감정의 파도를 타고 있었다.

"사내란 말이다, 들깨 서 말을 못 들어도, 오입은 한단다. 웬만하면 눈 딱 감아주고, 참고 살아야 한다!"

술남이 최대로에게로 떠나던 날은 하늘도 우중충하니 찌푸렸다. 돌아서는 며느리 뒷모습을 안보겠다고, 아침 일찍 경로당으로 출근한 남편보다 청도댁 마음은 훨씬 더 섭섭하면서 눈앞이 흐려져 왔다.

"에미야, 알콩 달콩 잘 살아라!"

그 한 마디 던지고, 방문을 쾅 닫아버린 청도댁은, 이번 늦가을이 아들 죽은 지 어느 새 3년째 된다는 걸 기억하고 있었다.

목선을 덮던 머리를 뒤로 감아 올려 청보석이 심으로 박힌 커다란 꽃 핀을 꽂은 술남은, 시누이 공주댁이 선물한 분홍색 한복 차림이었다. 그 때, 옆에 있던 종만이 엄마가 저를 버리고 간다며, 울고불고 야단이었다.

"할머니 말씀 잘 듣고, 공부 열심히 해서 꼭 훌륭한 사람 돼야한다! 우리 강아지 그 때 다시 만나자, 응?"

매달리는 종만을 토닥토닥 쓰다듬던 술남은 당부의 말을 몇 번이고 되풀이하다 보니 목이 메었다. 자기가 속을 썩여서 엄마가 떠나가는 줄 알던 종만이 눈물을 쏟으며, 찰거머리처럼 매달렸다.

"엄마, 가지 마! 나 말 잘 들을게! 응? 엄마, 가지 마!"

눈앞이 흐린 술남은 칡덩굴처럼 엉긴 인연의 끈을 끊어야 한다는 사실이 몹시 괴로웠다. 그러면서도 자기 몸에 감기는 고사리 같은 종만의 손을 얼음보다 차갑게 밀쳐내며, 이별은 원래 눈물 젖는 거라고, 속으로 외쳐댔다. 낙지처럼 달라붙던 종만의 손을 떨쳐냈던 그 날의 기억들이 술남을 괴롭게 파고든다. 그 때다.

"어머니 이 것 좀 끼워 보세요! 반지가 손가락에 맞을 지요!"

종만이 노란 금반지가 담긴 분홍 사각통을 연다. 빤짝거리는 반지를 꺼낸 종만이 술남의 왼손 약지에다 끼워 준다. 술남은 왈칵 감격의 목이 메었다. 반찬값이라도 만질까 하고, 소아마비 걸린 아이 뒷바라지 틈틈이 떡방앗간에서 시간제 일을 해온 거친 손이 떡 만진 술남을 대변하고 있다.

"내 손 밉지? 떡을 주물러서 이렇단다."

청도댁은 최대로가 짊어진 가난의 무게를 가늠하지 못했다. 술남보다 한 살 아래란 젊음만을 취해서 며느리를 재혼시킨 거였다. 공주댁 말을 듣고, 부농(富農)의 막내아들인 최대로의 살림을 등 따습고 배부른 줄로만 알았는데, 실상은 달랐다. 여기저기 전답이 많았으나 놀부처럼 욕심 많은 맏형이 다 거둬가고, 최대로는 빈손으로 분가를 했던 것이다. 그마저 전처가 춤바람이 나 돈 빌려 떠난 배신 때문에 속상한 걸 빌미로 그는 날마다 술을 퍼마시며 살고 있었다. 때문에 가구회사 월급이 바닥을 보이도록 매달 외상 술값으로 지출되었으니, 가난의 굴레가 그를 놓아 줄 리 없었다.

최대로는 좋지 못한 술버릇을 갖고 있었다. 처음 술남은 새 남편의 술버릇을 이해하려 애썼다. 여북 하면 장대 같은 키만큼 상처가 쌓였을까? 할 수 있다면 그의 속에 응어리진 상처를 어루만져 주려했었다. 그러나 시시때때로 취해서 흔들리는 최대로의 눈은 모든 대상을 적대시하는 거였다.

어느 날이었다. 새 남편이 인사불성 되도록 술에 취해 비틀거리며 겨우 집으로 들어 왔다. 술남이 가만가만 한 마디를 했다.

"문수 아빠, 건강 생각해서 대강 마셔요!"

그러자 최대로의 눈 꼬리가 날카롭게 휙 치켜세워져 올라갔다. 혀는 이미 꼬부라진 용수철로 변해 있었다.

"대강 마셔라? 흥, 남편이 술 먹는데 뭐 보태준 것 있어? 나이만 많음 다야?"

술남이 연상인 게 아주 못마땅한 모양이었다.

"늙은 여자 구제해 줬더니, 눈에 뵈는 게 없다 이거지? 제기랄!"

건방지게 굶는다며 옆에 있던 전화기를 휙 집어 던졌다. 술남은 아찔해서 눈을 감았다. 얼른 비켜섰기에 망정이지 하마터면 옆구리를 맞을 뻔하였다. 전에도 최대로의 취중에 몇 번이나 시달리던 전화기가 결국 방바닥에서 박살이 나버렸다.

재혼한 술남에게 두 번째 봄이 왔다. 아직 그녀 가슴엔 찬바람만 불고 있었다. 갈수록 정이 붙지 않는 새 남편 울타리를 벗어나고 싶었다. 원인은 술만 마셨다 하면 최대로가 온 밤을 고래고래 소리 지르고, 깐죽깐죽 따졌다. 거기다 했던 말 하고 또 하고, 되뇌는 녹음기가 된 남편이 거북스러워졌던 것이다. 뿐인가. 술이 깰 즈음이면 동녘 하늘에 먼동이 터 오곤 했다. 잠을 못 잔 입이 깔깔해서 아침상 받은 남편은 까탈을 부렸다. 콩나물국이 단골로 수난을 당했다.

"이게 국이냐? 말 오줌 같이 멀겋기는……. 옛 다, 너나 많이 처먹어라!"

휘젓던 국이 대접 언저리로 넘치자, 남편이 밥상을 냅다 엎어버렸다. 그런 투정을 한 달도 거르는 법이 없었다. 처음 공주댁이 중매를 하면서 동생이 애주가라고는 했지만, 최대로가 그토록 개망나니 같을 줄 짐작조차 못했던 것이다. 그는 술 마신 밤중 내내 임신한 여자처럼 웩웩 헛구역질을 하다가 새벽이면 속의 것을 토악질했다. 그걸 청소하다 보면 창자가 빠질 만큼 구역질이 났다. 술주정에다, 연상이라고 까탈부리는 거나, 돈의 노예 같은 새 남편의 존재가 나날이 힘들고, 답답할 뿐이었다.

흔적 없이 떠나버리기로 맘먹은 어느 날이었다. 밤새 주정하던 새 남편이 알코올 냄새를 푹푹 풍기며 구긴 표정으로 출근한 뒤, 술남은 젖먹이를 들쳐 업었다. 이 꼴 저 꼴 보기 싫어 미련 없이 도망을 가버릴 요량이었다. 기저귀 보따리를 옆구리에 끼고 정처 없이 차를 탔다. 그런데, 등에 업힌 아기가 밤부터 젖을 밀어내고 미열이 있더니 점점 체온이 오르는 게 아닌가. 아기를 내려 안고 보니 불순한 자기 탓인 것만 같아 술남은 더럭 겁이 났다. 쿵쾅대는 심장을 진정하려 애쓰며, 길을 되돌려 허겁지겁 소아과 병원으로 향했다. 벌써 아기 몸은 잎 풀어헤친 늦봄의 수양버들처럼 축 늘어졌다.

아기의 병은 소아마비로 진단이 나왔다. 치료는 받았으나 서둘 사이도 없이 어린 것 몸에 장애가 오고 만 것이다. 그걸 빌미로 남편의 불만은 더욱 늘어났다. 술을 더 자주 마셨고, 그 때마다 갖은 욕설로 온 밤을 할퀴었다. 더구나 소아마비 걸린 아기 치료비로 들어가는 돈 때문에, 최대로의 횡포는 갈수록 더해졌다.

"돈 벌써 다 썼어? 애도 못 키우는 바보가 손모가지만 커서, 쯧쯧……."

술남은 늘 무얼 먹고 체한 것처럼 속이 답답했다. 아기가 아픈 것도 종만을 버리고 온 것에 대한 죄인가 싶어 가슴 아리고 눈물이 났다.

"질질 짜기는……. 옛 서방 생각났어? 재수 없게 시리?"

푹푹 썩는 술남의 속이 확 치밀어 올라올 것같이 느글거렸다. 마음은 새 남편을 향해서 퍼붓고 있었다.

'쫌팽이 최대로! 너만 그러냐? 나도 재수 꽝이다! 이거 왜 이래?'

아픈 아기의 장래가 걱정스러웠다. 천하 술꾼 남자인 줄도 모른 채 최대로란 남자를 재혼 상대로 택한 자신의 운명이 야속하고, 저주스러웠다. 종만의 손을 뿌리친 죄로 술꾼 남편을 만난 것 같고, 아기가 소아마비에 걸린 것만 같아 재혼한 게 후회가 되었다.

최대로를 처음 다방에서 맞선 본 날, 홀아비에게 다가서는 일이 망설여진다는 딸 앞에서 친정 모친도 저녁 내내 술남의 재혼을 설득하느라 침이 말랐다. 종만을 예쁘게 키우며 살겠다는 딸한테 자극을 주고 있었다.

"너, 서방 죽고 없는데, 뭐 때문에 혼자 늙니? 배 아파 낳은 새끼가 있나? 그 간 남의 핏줄 키워서 무슨 영화 보겠다고……. 쓸데없는 일이다, 얘!'

"누가 영화 땜에 새끼를 키워요? 양육은 신성한 일인데요……."

"야가, 뭘 몰라. 뭐니 뭐니 해도 서방 품이 제일 낫다! 너, 한 살이라도 젊을 때 팔자 고쳐! 메뚜기도 여름 한철인데, 후회하면 늦는다!"

딸의 재혼문제에 그렇듯 적극성을 보인 친정엄마만 아니었다면 술남은 주정꾼 남편과의 재혼생활을 진작 끝내버렸을 것이다.

늦은 밤, 술남은 생전에 시어머니가 거처하던 방에서 몸을 뉘었다. 벽에 걸려 빛이 바랜 액자에 꽂힌, 때때로 그립던 전 남편이 이쪽을 내려다보고 있다. 술남의 눈동자가 촉촉해진다. 액자 속 전 남편 승택의 표정이 시무룩하다.

"종만 아빠! 옛날처럼 껄껄 웃어 봐요!"

그 옆으로 한복 입은 시어머니 사진이 꽂혀 있다. 표정이 없다. 늘 딸처럼 대해주던 허연 얼굴에 주근깨가 듬성듬성 박혀있던 기억이 난다. 그 옆에 얼굴 긴 시아버지 사진이 나란하다. 승택이 죽고, 무언지 모르게 내외 간 다툼이 잦던 시아버지도 표정이 없기는 마찬가지다.

술남의 뇌리에선 사진 속의 사람들과 동거했던 지난날이 주마등처럼 그립게 떠오른다. 이윽고 술남의 눈가에 물방울이 맺힌다. 종만을 정 쏟아 키우던 자기를 왜 등 떼밀어 재혼시켰는지, 시어머니의 속내가 새삼 궁금해진다. 긴 불면의 밤을 뒤척인 술남은 그 어느 여름밤에 그녀 방 옆을 지나치던 검은 그림자가 시아버지였다는 사실은 모르고 있다.

폭탄 돌리는 가족

나는, 이혼한 여자다. 아니, 숨이 넘어갈 만큼 기습적으로 이혼을 당한 아내다. 물론, 알토란같은 두 남매를 거느린 엄마이기도 하다. 거기에 딱 한 가지 덧붙여 둘 내용은 대한민국에서 대표가 될 만큼 폭탄 돌리기를 잘하는 가족의 일원이었다는 점이다.

그런데, 이혼 따위 그런 것쯤이야 보통 있을 법한, 알게 혹은 모르게 사회 저변에 깔린 흔한 일이 돼버린 요즘세태다. 하지만, 이혼도 정말이지 이혼 나름인 것이다. 그것은 남산(南山) 돌이라고 다 옥돌이 아니 듯이 이혼이라고 다 같지 않다는 그 사실 보다는 이혼당한 그 후에 나를 덮쳐 온 괴롭고 기구한 일들을 털어놓아 보려는 것이다.

나의 젊음이 탐스럽고 아름다운 한 축이 한창 펼쳐진 젊은 시절이다. 한 시절, 그러니까 하늘 땅 바다는 물론, 바지를 입은 많은 남자들이 시샘을 할 만큼 팔팔하게 생기 넘치던 그 때다.

새 봄에 청년 한 사람이 내가 다니던 직장으로 입사를 했다. 그 남자가 바로 나를 이혼하게 만든, 한때는 부부의 연을 맺고 살던 전남편 조현수다. 그는 첫 인상이 시시각각 호탕하였다. 개방적인 면도 있었다.

그는 처음부터 스스럼없이 나를 대하는 사람이었다. 얼마간의 탐색기랄 것도 없이 곧잘 터프한 자세로 내게 접근해 왔으니 말이다. 처음엔 꽃으로, 그 다음엔 반짝이는 장신구들을 구해 와서 나와의 관계를 맺어보려 했다.

그런데, 그가 이따금 민망하다 싶은 경우가 있었으니, 예의가 좀 없다는 점이었다. 그것은 딴 남자동료가 내게 말을 붙인다거나, 눈길 한 번 던지는 관심조차 못 봐 넘기는, 덜떨어진 그의 처세 때문이었다. 흡사 자기 여자라도 되듯 질투심을 불태웠던 것이다.

그런데, 참 이상한 건 그럴수록 나는 더욱 더 그 남자와의 거리를 멀리해야만 될 인물 같았다. 조현수의 그런 점 때문에 언제부턴가 나는 그가 보는 앞이면 모든 걸 무관심으로 일관하였다. 그 처신만이 매일 만나는 직장 남자동료로서 무난한 관계가 될 수 있지 않겠는가 싶어서다.

그 후, 언젠가부터는 그 스스로가 브레이크를 걸었나 싶었다. 사무실에서 나를 본척 만척하는 건 물론, 어떤 값싼 친절이나 느글느글 눙치던 잡담마저도 듣지 못했다. 따라서 꽃이나 물건 등속을 내 앞에 내미는 일도 없었다.

그런데, 참 묘한 게 사람의 심사인가 보았다. 나로선 참 묘한 기분 즉, 뭐랄까, 괜히 그 사람 일거수 일투족에 신경이 쓰이고 궁금해졌다고나 할까. 그것은 나를 대하는 그의 행동이나 언사가 평범하거나 관심 밖이기를 바란 것이었는데, 어인 일일까? 내가 생각해도 모를 일이었다. 그게 바로 나 자신의 아이러니요, 괜히 허투루 신경이 쓰이는 불편함이었다.

그리하여 뭔가 거북할 땐 거꾸로 사는 방법도 중심을 찾는 한 방법이라 생각한 어느 날이다. 나는 심드렁한 표정으로 퇴근하는 그를 붙잡았다. 그리곤 눈치껏 남의 시선을 피하여 술 한 잔만 하자고, 청을 넣었다. 그런 내 행동을 본 그는 적잖이 놀라는 표정이었다. 재밌는 건 운 좋게 미끼를 던지지도 않았는데, 낚시에 걸려 든 고기쯤으로 여겼던 것인지, 그가 내 뒤를 덜렁덜렁 따라오는 게 아닌가. 그러다 잠시 후부턴 걸음의 속도를 달리하는 것이었다. 황새처럼 긴 다리로 성큼성큼 나를 추격하여 앞서 걷는 것이었다. 여윈 엉덩이를 흔들흔들 거리거나 몇 개의 간판을 기웃대는 폼에선 흡사 세상 눈치라곤 모르는 사람 같았다. 얼마나 걸었을까, 그가 아는 곳인 듯 작은 가게로 들어가면서 내게는 손가락을 구부려 까딱까딱 따라 오라는 신호를 보냈다. 처음 가 본 카페였다.

사뿐사뿐, 가볍게 안으로 들어간 우리는 테이블 앞에 앉자마자 빈 속을 개의치 않고, 술부터 주문을 넣었다. 그런 다음 우린 업주가 날라다준 술병을 장난처럼 연속으로 몇 개씩 따기 시작했다. 테이블 위에는 목을 딴 술병들이 서로 키를 자랑하는 열병 같은 풍경을 자아내고 있었다. 그리곤 그게 전부였다. 우린 서로 말없는 벙어리처럼, 덤덤하게 바라만 보고 있었다. 아니, 동상이몽이랄까, 그냥 각기 행동을 취하기 시작했다. 그리고 그는 안주를 구물구물 건져먹고, 나는 그를 개의치 않은 채, 핸드백에서 다이어리 수첩을 꺼내 들여다보고 있었다. 얼마나 지났을까, 그 다음부터 우린 한 마디 언질도 없이 슬슬 그 가게의 문을 열고 나와버렸다. 나에 비해 그가 한 발 늦어진 것은 아마 계산을 한 것 때문일 것이었다. 그냥 그랬던 것일 뿐. 우리가 그렇듯 싱겁게 헤어져 돌아온 데는 별 다른 이유가 없다. 술이나 한잔 하자고 했던 나는 술을 전혀 못하는 체질이었고, 그는 내가 일어서서 나오니까 뒤따라 나왔으리란 짐작만 할뿐이다. 그런데, 그 때의 맞아떨어지지 않았던 우리들의 덜떨어진 그 행동이 둘 사이에 결코 넘을 수 없던 벽인 줄은 결혼생활 내내 각자 딴 생각을 품으며, 배신으로 인해 끝을 보게 된 전초전이었던 걸까?

술병만 따다 돌아 온 이후 그의 모습이 적잖이 달라지고 있었다. 그러나 그것은 한 때에 불과하였다. 다시 이전처럼 집요한 그의 본심이 내 영혼을 흔들어 대기 시작했으니 말이다. 그의 말투엔 뭔가 알 수 없는 어떤 자신감에 차있었다고나 할까.

"열 번 찍어서 안 넘어 갈 나무는 세상에 없다."

입에 달고 살던 그의 말이며 행동이 이전 보다 더 불안해 보였다. 아니, 역설적이게도 조금 더 느글거렸다. 그러니까, 알 수 없는 의타심 뭐, 그런 정도였다. 그것은 어쩜 허풍의 자신감으로 자신을 포장하는 것인지도 몰랐다.

이따금 그의 입에선 값싼 유머도 한 마디씩 튕겨져 나왔다. 주변의 시선과는 상관 없게 나를 향해 이유 없는 친절도 베푸는 것이었다. 말끝마다 애인이 생겼다고, 사람 일 모르는 거라고, 뻑 하면 떠들어댔던 것이다. 틈만 생기면 사랑하는 여자를 위해 한 평생 몸 바치고 싶다고, 구호처럼 외쳐댄 적도 있다. 당혹스러운 건, 나와 단 둘이 동석하는 공간이 되면 노골적으로 구애를 한다는 점이었다.

그의 행동에 반해 내 반응이 심드렁한 걸 느낀 걸까. 그가 정중한 자세로 프러포즈를 하겠다던 날, 결혼적령기의 자기가 가진 거라곤 불알 두 쪽만

찼다고, 스스로를 적나라하게 표현하는데, 나는 놀라워 입을 다물 수가 없었다.

한낮이면 철판 위에 계란도 프라이가 될 만큼 내리 끓던 삼복 중이었다. 그가 자기의 겉옷을 벗어젖힌 채, 어깨에 새긴 검정문신을 활짝 드러내는 게 아닌가. 그런 그의 모습에 같잖고 민망해진 나는 눈살이 절로 찌푸려졌다. 나는 한 박자 늦춰 숨을 고르며, 나이가 얼만데 주제파악 좀 하고 살라고, 쌀쌀맞게 쏴주었다. 나를 향해 심리전을 노렸다가 아니란 판단이 선 것일까. 그로서도 왔다갔다 중심을 잡지 못했던지, 때로는 외롭고 고독한 자기 삶이 싫어 한 번씩 문신을 들여다보며, 젊음의 열기를 함부로 쓴 것 같아 후회가 된다고도 했다. 그러니 쉽게 말해 자신을 도와주면 좋겠다는 거였다. 날더러 자신을 꽃피울 수 있게 인생의 길동무가 돼 달라는 청도 하였다. 나중에는 눈물을 다 질금질금 짜내는 게 아닌가. 배우의 기질이 꼭지로 뻗쳤던 모양이다. 나는 그와 정반대의 자세로, 나의 결혼보다 아직은 학교 다니는 동생들 학비 댈 일이 더 걱정된다는 말을 들려주었다. 그것이 사실이기도 했고.

그 후, 막바지 여름비가 줄기차던 날, 동시다발로 퇴근을 하면서다. 나를 끌다시피 데리고 카페에 들어간 그가 반강제로 술을 먹이는 것이었다. 본인도 홀짝홀짝 마시더니, 속마음이 따로 있는 듯 자기의 구애를 듣지 않으면 혼자 강물에 몸을 던져 죽으리란 말을 협박처럼 중얼거렸다. 그게 좀 약하다 싶었을까, 그는 간헐적으로 구애를 하는 건지 협박을 하는 건지, 내 앞에서 애매한 속내를 털어 놓곤 했다.

"영자씨, 나와 함께 결혼해 주십사는 의미에서 영자씨가 좋아한다는 안

개다발을 바칠게요. 부디 나를 믿고, 결혼해 주세요. 그렇게만 해준다면 청춘도 인생도 그대를 위해 활활 불태우겠습니다! 허허허……."

미리 계획을 했던 듯 그는 귀하게 구했다며, 붉은 포도주까지 내놓는 것이었다. 그러다 그걸 잔 두 개에 번갈아 채웠다. 나도 심산하여 그와 동시에 홀짝홀짝 마시며, 술잔을 비우며, 분위기에 휩쓸리고 만 것이었다. 그러곤 시간관념도 없이 무작정 취해갔다. 심연 같은 까만 밤에 기대어.

그런데, 그날 밤 밑바닥을 알 수 없던 그의 넉살에 밀리고 말았다. 나는 백지처럼 깨끗한 나의 순정을 그의 욕심에 따먹히게 됐던 것이다. 거기까지는 좋았다. 닥치지 않은 미래는 그 누구도 예측을 못하므로.

연습이 없던 우리의 결혼생활 10여년이 물같이 출렁출렁 흘렀다. 그러자 빈털터리로 시작한 우리들 결혼생활에도 어느 정도 기반이 잡혀가고 있었다. 알 수 없는 건, 그 때를 기점으로 한 배를 탄 우리들 결혼생활이 조금씩 흔들렸다는 점이다. 번번히, 나날이, 다달이, 흐르는 시간에 비례하여 남편의 본색이 알게 모르게 드러나고 있었다.

남편은 아주 딴사람이 되려고, 다리 저 편으로 건너간 것 같았다. 말은 그럴 듯 했다. 십년이면 강산이 변하는데, 사람이라고 어찌 변하지 말란 법이 있느냐는 것이었다. 옷도 젊은 풍으로, 차도 세련된 중형으로, 살던 집도 보다 넓고 부자들만 사는 동네로 바꿔야 한다고, 논리를 펼치는 거였다. 나는 밉살맞은 그의 옆구리를 찌르듯, 예사로운 언사로 가볍게 대꾸하였다.

"마누라도 바꾸지, 그래?"

입의 복이 혀의 복이라 했던가. 내가 한 그 말이 정말 실현이 되리란 걸 나는 미리 점치지 못한 거였다.

누가 뭐래도 우린 한 배를 탄 부부였다. 함께 탄 배가 요동치면, 우린 서로 자신을 희생하고라도 중심을 잡아야 할 의무가 있는 처지가 아닌가. 그렇지만, 손뼉도 마주 쳐야 소리가 나는 법, 나 혼자 애를 쓴다고, 나 혼자 동동거린다고, 가장의 바람이 잠재워 진다는 법은 없었다. 우린 서로를 향하여 가능한대로 사안의 구분도 없이 할퀴고, 상처주기에 바빴다. 그러나 입살 만큼 잘 들어맞는 경우도 드문 일인가 보다. 그럴수록 우리 부부의 바다는 격랑의 폭풍만 일었고, 거센 파도로 출렁거렸으니 말이다. 그는 가정이란 울타리를 벗어나려 했다. 나는 가정이란 울타리 안으로 그를 끌어들이려고 몸부림을 쳤다. 가정을 지켜내기 위해서다.

반대급부로 그는 자신의 향락을 쫓아 가정의 평화를 팔았다. 무엇보다 14년 결혼생활 중 내게 가장 흔하게 썼던 남편의 대표적인 말은 한 마디로 쪽팔리는 언사 즉, 그 말이었다. '밴댕이 소갈딱지' 가 그 대표적 언어였으니까. 그 말을 툭툭 뱉어낸 남편은 아무렇지 않은 표정이었다. 하지만, 나는 끔찍한 그 단어를 듣기만 해도 신물 나고, 소름끼치게 분노가 일었다. 딴 여자와 외박을 하고 온 다음날, 그 내막을 궁금해 한 내 앞에서도 그랬고, 출장 간다고 007가방에 속옷가지 잔뜩 챙겨 떠난 사람이 도심 속 모텔에서 구겨진 차림으로 흔들흔들 걸어 나오다 내 눈에 띄었을 때도, 내게 했던 그의 말은 변함 없이 '밴댕이 소갈딱지' 였다.

가장이 돼 가지고 자신의 약점이 노출되면 얼굴빛은 물론, 인간성마저 확 바뀌는 일이 잦아지자 내 가정은 혼란스러움 그 자체였다. 그런 판에 아내인 나라고 어찌 잔잔한 일상을 연출해낼 재간이 있겠는가. 칼에는 칼로, 돌에는 돌로 대응하는 자세는 나도 원한 바 없다. 다만, 팔자에도 없는 '밴댕이'란 별호를 내게 붙여준 조현수가 무정하다는 생각뿐. 애초부터 잘 못 엮인 인간관계였다는 생각에 나는 머리가 터질듯이 아팠다. 입지가 그러니 인생사 모두가 심드렁해졌다. 그러나 인간인 이상 아니, 아내의 자리를 지켜야 하는 이상 참는 데는 한계가 있는 법이었다. 성장해 가는 아이들이 걱정스러웠다. 좋은 모습만 보여 주고, 착한 일만 알게 해줘도 모자란 게 자녀 키우기가 아니겠는가. 그런데 우린 정말 나쁜 부모였다. 대화가 아닌, 시비하는 부모였고, 무슨 문제가 생기면 뜻을 모으고, 지혜를 짜내야 할 시점에서 서로 상대방 탓하기에만 잔뜩 열을 올리는데 이골이 나있었으니 말이다.

나는 결국 결혼생활을 접어야할 처지가 되었다. 아니 결혼이란 게임에서 룰을 어겨버린 조현수로부터 밀려나야 했던 것이다. 그 충격이 나를 몸져 눕혔다. 육체든 정신이든 아픔에 견딜 능력에는 한도가 있었으니까.

"나를 너무 믿은, 너의 죄야!"

남편 아니, 조현수란 남자의 저돌적인 그 한 마디 끝에 나는 이혼을 당했다. 그러니까, 맑은 하늘에 날벼락을 맞듯 이혼을 당하고 만 것이다. 좀 더 정확하게는 이혼을 당했다기보다 버려졌다는 게 더 옳은 표현이다.

내가 버림을 당한, 이혼 후의 덤은 말로 다 하자면 입이 아픈 게 아니라 도도한 오만이 될까 오히려 겁이 난다. 여자 인생 뒤웅박 인생이란 걸 그 때 나는 처음 깨달았던 것이다. 그렇듯 피동의 내 삶을 졸업하는 일과 맞닥뜨리는 게 정말 벅찼다.

이혼이란 그런 거였다. 썰물 뒤의 낙조 깔린 갯벌처럼 황량하고도 쓸쓸한 가슴이 되리란 것은 진즉 각오를 했다. 하지만, 내 뱃속에서 뽑아낸 새끼들과 단절할 수 없는 피폐해진 현실이 나를 기다리고 있었으니, 내 속이 뭉개질 판이었다. 까짓 거 남편으로부터 이혼 한 번 당했다고, 아니 남자에게서 배신 한 번 당한 걸 가지고 뭘 그리 나쁜 단어를 꼴사납게 써가며, 부득부득 이를 갈아대느냐 고, 나무랄 사람도 있을 것이다. 만약 그렇다면 나는 아주 많이 섭섭해지고 만다. 아니, 눈물을 펑펑 흘릴 일이다. 우리들 사는 세상에 쌓이는 건 낙엽만이 아닌, 서럽고 아픈 것도 쌓이면 사연이 되고, 사연은 슬프니 말이다.

온천지가 꽁꽁 언 겨울, 방이 냉골이다. 불기운을 언제 맛본 지 모를 만큼 썰렁하다 못해 뼛골마저 시린 섣달그믐날,도 부엌 바닥에서 혼자 훌쩍훌쩍 독한 술을 퍼마시고 쓰러지곤 했다. 그런, 나사가 빠진 나의 일상이 되풀이 되었다. 청소한 기억도 없이 얼음장 같은 거실 바닥에 엎어져 수면제를 먹는 일도 이젠 심드렁해질 즈음이다. 지지리 맛없는 그 수면제를 한 줌씩 집어 삼키며, 비몽사몽 잠들어 가는 습관도 어느 새 한 달 건너 두 달이 훌쩍 흘렀다. 마음에 병이 들면 몸도 그 증세를 받아들이기 마련인가 보다. 그러나 한 번 오염된 환경의 취약점은 쉬 원상복귀 되기가 어려운 게 문제였다.

지난 밤에도 예외없이 나는 수면제를 털어 넣고 잠이 들었다. 먹물같이 어둔 밤이 지나고, 날이 훤하게 샌 다음, 겨우 정신을 차리려 할 때나. 바닥에 죽은 듯 널브러져 있던 내게, 여섯 살 어린 딸 미라가 내 곁에 기대서 등판을 쓰다듬고 흔들어대며, 말하는 것이었다.

"엄마, 내가 좋아? 수면제가 더 좋아? 엄만 수면제가 맛있어?"

나는 뒤통수를 한 대 얻어맞은 듯 정신이 번쩍 들었다.

"아니야, 엄만 미라가 좋아, 맛없어 수면제……."

움직이려니, 찬 기운에 시달린 온 몸이 뻐근하고 아팠다. 몇 번이나 이를 악물던 나는 자리에서 벌떡 일어났다. 그리곤 귀신처럼 뒤엉켜진 머리카락을 손가락으로 빗겨 쓸어 넘기며, 떠듬떠듬 말을 이었다.

"미라는 엄마가 밉지?"

"아, 아니……. 쫌도 안 미워!"

"우리 미라, 이 담에 크면, 엄마를 이해할 거야……."

"이해가 모야?"

"으응? 그, 그런 게 있어……. 우리 미라, 배 많이 고프겠다."

나는 휘청거리는 동작으로 눈앞에 보이는 수면제 병을 치웠다. 그런 다음엔 기운 없이 내 곁을 지킨 미라의 배를 손으로 만져보았다. 손끝 감촉이 허전할 만큼 얇았다. 그 얇은 아이 배를 채워 줄 뭔가를 찾기 위해 나는 헐렁한 매무새로 구물구물 일어섰다.

그런데, 내가 중심이 돼야할 공간엔 썰렁할 뿐, 제자리에 있는 게 없다. 텅텅 빈 건 그래도 약과였다. 세상을 거꾸로 돌리는 것들이 보였다. 밥통에 묻은 밥알에는 무서운 곰팡이가 퍼렇게 슬어있고, 언젠가 먹다 남은 빵에도 누렇고 푸른 곰팡이가 진을 둘러친 채, 세력을 키우는 중이었다. 내 입에선 한 숨만 푸우~ 흘러 나왔다.

물을 한 모금 마시려고, 냉장고 문을 휘익 열었다. 시큼한 김치냄새가 후각을 압도했다. 언젠가 쓰다 남겨 둔 치즈 조각 역시 돌처럼 딱딱하게 굳어진 채였다. 나는 한 동안 정물처럼 그 자리에 붙어버렸다.

눈물이 핑 돌았다. 내 손에선 곰팡이 쓴 빵조각이 너덜너덜 뜯겨져나가기 시작했다. 불쌍한 것들, 아비가 아이를 맡아 데려가겠다는 말도 없었지만, 엄마가 키우겠다고 부둥켜 안아버린 금쪽같은 나의 보물을 내가 굶기고 있다니……. 나는, 아까운 내 새끼들 뱃속을 채울 게 없다는 사실에 온 몸에서 후끈한 열감이 일었다. 육신의 아픔이 도를 넘어서면 마음에서 독이 피어날까. 갑자기 자신에게 실망하다보니 본능적으로 눈시울이 축축해졌다.

진하게 흘리는 눈물은 변화를 위한 약이 돼 준다. 덕분에 나는 아주 딴사람으로 바뀌어져갈 조짐을 포착하였다. 울분에 지친 나의 정체성이 자꾸만 처지려는 내 의식을 일깨우고 있었던 것이다. 새끼가 존재하는 한 , 나는 나를 맘대로 할 수 없는 빚쟁이인 것이다.

그런데, 그런데 말이다, 그런 지옥 같은 나의 생활을 복제라도 한 듯 아들 지훈이 똑 같이 반복할 줄 상상이나 했던가.

아들 지훈은 벙어리처럼 말이 없는 편이다. 할아버지를 닮은 큰 키 때문에 성숙해 뵈는 건 표면상의 지식이다. 열네 살에다 중학교 일 학년, 과묵하고 보챔이라곤 모르는 아이다. 말하자면 내성적이라 잠잠한 성격은 깊은 물처럼 차분하였다. 웬만한 일에는 쉽게 동요하거나 눈 하나 깜짝거리지 않는 당찬 면도 가진. 그러나 그건, 어디까지나 표면적일 뿐. 내가 아들을 의식하고 안다고 여긴 건, 아주 빈약한 것이었다.

그것은 금쪽같은 내 새끼가, 참빗 같이 야문 내 아들이, 말썽꾸러기 폭탄으로 변해버렸던 까닭이다. 폭탄이 돼버린 지훈은 중심을 놓아버린 엄마를 향해 아픈 가시를 푹푹 찔러대기 시작했다.

지훈이 폭탄처럼 된 발단을 짚어보면, 내가 이혼을 당한 시점과 딱 맞아떨어진다. 과부를 만드는 틀이라고, 사람들이 무서워하는 오토바이. 그 오토바이를 가지고 지훈이 곡예를 하는 걸로 하루를 허비하는 망나니가 돼있었던 것이다. 아마도 내가 이혼당한 걸 본 지훈은 충격을 받은 나머지 오토바이를 씽씽 타는 걸로 스트레스를 날리려 한 모양이었다. 나는 미안해서 지훈을 볼 낯이 없었다.

나는 이혼을 당한 뒤, 그저 내 상처만 추켜들고 살았던 것이다. 아들의 심성에 강하게 박혔을 아픈 충격 따위는 관심조차 없었으니까. 그러면서도 그런 내가 엄마의 자리만을 연연했을까. 매일 밤 빠짐없이 달고 온 아들얼굴의 상처를 두고 친구들과 싸우지 말라고, 인간끼리 서로 싸우면 동물과 똑같으니 싹수가 없다고 눈살을 꼿꼿이 세우며, 얼마나 나무라기 선수였던가. 나중엔 못난 아비의 핏줄 탓이라고, 이혼한 남편까지 싸잡아 퍼부어 댔다. 그것은 눈치가 코치를 넘어 한참 뒤떨어진 엄마니까, 가능했던 것이다.

지훈은 언제부턴가 또 다른 스릴을 찾아 나선 걸까. 그 때부턴 길 위를 핑핑 날아다니는 기동성의 대명사인 자동차 놀음에 빠져든 모양이었다. 자동차는 광속의 현시대를 쫓아 걸맞게 편리함을 갖춘 필요악의 기계다. 그런데, 암만 그렇다 해도 그것이 면허증 없는 사람의, 특히 철없는 청소년인 내 아들 손에 맡겨지면 그 땐 몹쓸 무기요, 살상의 죄를 낳는 흉기가 아닌가 말이다. 그런 자동차가 무면허인 내 아들에 의해서 종횡무진 길 위를 미친 듯이 내달렸다는 사실에 나는 전율했다. 그 사실을 안 것만으로도 내게는 까무러칠 충격이었다.

나는 처음으로 이혼할 때 부렸던 내 욕심을 미치도록 후회하였다. 그러면서 뒤늦게 깨달았다. 이혼하던 중, 남편이 8년 동안 썼던 낡은 차를 내가 쓴다고 억지로 뺏다시피 받아뒀던 그 욕심이 소름끼치게 미웠던 것이다. 또한 부끄러웠다. 진즉 물욕에 치인 나를 다스리지 못한 내가 뼈저리게 후회되었다. 눈앞의 물욕만큼 인간을 피폐하게 만드는 것도 없다 싶었다.

이혼의 상처 때문에 죄 없는 세상에 대고 저주를 퍼붓던 어느 날이다. 내게 한 통의 전화가 걸려왔다. 그것도 경찰서라는 거였다. 아들이 자동차 사고를 냈다는 경찰의 말에 나는 피가 거꾸로 솟는 기분이었다. 이혼 후, 암담한 내게 있어 등대 불같은 존재인 아들이 차를 가지고 사고를 낸 것도 그렇고, 무엇보다 치안의 현주소인 경찰서에 아들이 가 있다는 사실에 경악을 금치 못했다. 무서웠다. 처지가 처지인지라 어느 쪽도 만만한 가능성은 찾을 수 없이 올 것이 왔구나 싶었다. 온갖 꾀를 짜내도 앞은 흐릿하고, 불안함 뿐이었다.

그러나, 그나마 담당 경찰한테서 아들이 저지른 잘못을 듣고는 차라리 잠시나마 가슴을 쓸어내렸다. 아들의 차 사고가 로터리를 돌면서 길 한복판을 점령한, 그 죄목이었던 까닭이다. 즉, 연료가 바닥나서 로터리 바닥에 퍼져있던 차를 교통순경이 발견했고, 그 때 길바닥에 깔린 건 멈춰선 차들 뿐이더라 했다. 무단히 로터리 교통이 막혔던 것이고, 그 원인을 지훈이 제공한 이치였기에 운전면허가 없던 지훈이 경찰서로 넘겨졌다는 것이다.

지훈을 보자마자 나는 뺨부터 먼저 세게 한 대 올려붙였다. 그리곤 째지는 목소리로 앙살을 퍼부어댔다.

"이 새꺄 너, 미쳤어? 사내 덕 없는 년은 자식 덕도 없다더니……. 그 차, 네 놈 꺼야? 에미한테 고물차 한 대 있는 게 그렇게도 배가 아프니?"

나는, 깊은 자학에 빠져들 만큼 지지리 못난 내 팔자에 치를 떨었다.

*　　　　*

성웅, 뽕뽕, 현란한 그 장면은 보거나 듣기만 해도 어지럼증에 걸리는 오락게임이다. 그 현란한 오락게임에 지훈이 푹 빠져든 것이었다. 학생 신분으로 날밤을, 아니 배움으로 채워야 할 시간들을 무작위로 펑펑, 허비하면서 말이다. 이혼의 충격으로 엄마인 내가 정신 줄을 놔버린 그 사이 지훈의 정서에 나쁜 바이러스가 차례로 휩쓸었을까. 그렇지만, 누구를 원망할 것인가. 지훈의 악몽 뒤에는 이혼한 부모들이 만든 업보의 십자가가 있는데.

나는 나를 바꾸고 싶었다. 아니, 이혼을 당한 속죄의 틀 속에서 바락바락 마지막 몸부림을 쳤다는 게 옳았다. 그것은 새끼를 둔 엄마란 자격이 아니면 절대로 나올 수 없는 행동이었다.

나는 자아를 포기했다. 마음은 이미 때와 장소를 가리지 않고 무릎이라도 꿇을 준비가 돼있었다. 각오는 마음먹기에 따른 것이다. 나는 엄마란 자리를 벗어놓고, 갑갑하던 내 속을 지훈 앞에 주절주절 털어놓았다. 삶은 사람을 참으로 지치게 하는 마법 같다고 하소연한 건 아들이기 보다 내 속을 받아 줄 열린 귀가 있다는 사실이 내겐 더 감동이었다. 효과는 상대적인 걸까. 지훈도 자기가 저지른 모든 걸 내게 털어놓았다. 평소 자제해 왔던 오락게임이 미치도록 재미있었다는 것에서, 재미에 푹 빠져서 놀다 나중엔 다른 학생들과 내기게임을 했다는 거였다. 무엇보다 게임에 이긴 걸 으스대며, 오락에 빠진 애들 앞에서 악마의 탈로 굴었다는 것이다. 더욱 놀라운건 100만원이란 돈을 받아낸 사실도 털어놓았다. 내기게임에 이겨서 우격다짐으로 뺏다시피 받아낸 그 돈의 행방이 궁금해서 좀이 쑤실 때 쯤, 지훈의 대답이 나를 쓰러뜨렸다. 한 푼도 남김없이 모두 써버렸다는 거였다. 일부는 술집 출입으로 날렸고, 일부는 성인오락장을 드나들며 다 날렸다는 것이다. 그나마 위안적인 거라면 지훈이 고개를 숙이며 잘못에 대한 뉘우침으로 용서를 구해왔다는 점이다. 그나마 불행 중 다행이랄까. 실낱같은 희망을 보았던 것이다. 그것이 바로 보호자 즉, 알고도 속고 모르고도 속아주는 사람이 곧 엄마니까.

나는 피해 본 학생의 부모를 찾아갔다. 어린 영혼을 건지고자 나의 자세를 한껏 낮출 필요가 있었다. 그렇기에 엄마로서 게임내기로 돈을 빼앗긴 아이 부모들 앞에서 눈물로 호소할 수 있었다. 나쁜 짓한 내 아들을 한 번만 용서해 달라고 전후 사정을 털어놓았다. 그리고 철없는 아들을 둔 지지리 부족한 엄마지만 앞으로 착한 아들이 되도록 지도하겠다고, 넓은 마음으로 용서해 달라고 빌었다.

그것은 또한, 새로운 나의 발견이기도 했다. 나를 낮춤으로써 가슴 가득 뭔가가 채워진 느낌이었던 것이다. 가정이란 울타리를 지켜내지 못해서 이혼한 내 잘못도 있어서다. 이혼한 후에 내가 맡아 온 아이들을 다독거리지 못한 죄 역시 스스로 짊어진 멍에가 아니던가. 내 삶의 굴레, 그것은 누가 뭐래도 부정할 수 없는 내 몫인 게 기정사실 이니까.

나는 이따금 내 인생이 야속해 쓴 웃음을 지었다. 죽을 힘을 다해서 지켜 내도 부족한 게 가족애(家族愛)란 걸, 그때 처음 깨달았던 것이다. 그래도 몸을 낮춰 잘못을 빌거나, 눈물을 펑펑 흘리는 일은 감당할 만했다. 나는 엄마니까.

그런데, 그 놈의 배상금이란 문제와 맞닥뜨린 나는 아주 지레 죽을 맛이었다. 돈 없이 배상문제를 논할 수 없으니 곤경이요, 아무리 뼈를 깎는 정성도 손해배상문제 앞에선 맥을 못 추는 고통이었다. 무엇보다 내 아들이 남의 재물에 손해를 입혔으니, 엄마를 짓누르는 무서운 벌이었다. 물론, 남의 아들 몸에 상처를 냈을 때도 마찬가지다. 가난한 이혼녀에겐 남의 재물 손괴를 보상하는 무게만큼 못 견딜 중량의 죄도 없지 싶었다. 그렇듯 벅찬 멍에를 짊어진 것이 곧, 가난한 이혼녀의 본 모습이요, 벗어날 수 없는 멍에였다.

객기 넘친 아들의 문제는 잊을 만하면 수시로 터지기 일쑤였다. 괴로운 것은 전혀 어떤 언질이나 예고가 없다는 점이었다. 진즉 아끼기도 전에 달랑달랑한 이혼녀의 재정 따위는 변명의 여지조차 없었다. 그럴 때마다 한심한 나를 보는 게 더 괴로웠다. 그러나 바보처럼 당한 나의 이혼을 원망해댈 뿐, 방도를 찾지는 못했다. 이혼 때 내가 받았던 얇은 위자료가 가시처럼 내 목에 딱 걸려, 목숨을 내놓고서라도 합당하게 우려내지 못한 상처니 말이다.

이혼은 남편으로부터 일방적으로 밀리면 바보가 될 수밖에 없었다. 한 이불을 덮고, 살을 맞대고 살 때 보다 더 냉혹하게 저울질해야 하는 게 이혼인 줄 알면, 그 땐 이미 지각인 것이다.

처음엔 남편이 밉다는 이유로 이혼을 생각했다. 그 다음으로 내가 당차다는 걸 내세우기 위한 시험이 이혼이라 변명을 하고 있다. 적어도 나의 경우에선 그렇다. 뒤늦게 실패한 이혼인 걸 자책하려니 내 양심이 썩어 뭉개진다. 겉으로만 억센 것이지 내면엔 너무도 물러 터진 자신이다. 결혼생활에서 남편을 이기는 일이나, 이혼하면서 승리를 꿈꾼다면 그것은 눈을 뻔히 뜬 장님과 같은 꼴이다. 언제 어떤 경우든 후회만 남을 뿐이다.

이혼 후, 내가 최초로 깨달은 것은 그거다. 매달 꼬박꼬박 점포 세가 잘 나오던 상가 수입을 남편 주머니에 착착 들어가게 방치했다는 문제점이다. 쪽팔리게 당한, 나의 알량한 욕심 탓일까. 집을 살 때, 남편 명의로 등기를 올린 것도 특허를 받을 바보짓이고, 새끼를 키운다는 일이 돈을 녹여 없애는 일인 줄 미처 몰랐던 것 역시 멍청한 나의 소치다. 어쨌든, 이혼이란 주사위는 이미 던져졌고, 물은 엎질러져버렸다. 그나저나, 단순한 그것만이면 얼마나 좋을까.

미혼 시절에 알뜰히 모아 두었던 내 돈이 나를 아픈 과거 속으로 밀어 넣고 있다. 결혼과 동시에 사표내고 받은 퇴직금의 일부로 나는 친정 부모를 위해 해외여행을 보내드렸다. 그런 다음 고급 옷 한 벌씩을 해드렸다. 그리고 남은 건 비상금으로 소지한 채, 결혼을 했다. 쉬운 말로 지참금을 가지고 결혼했던 셈이다.

결혼을 하자마자 독립을 선언한 남편이 개업을 하게 되었다. 그 때 개업 비용이 부족한 터라 내 돈으로 비용을 충당하였다. 말이 보태 준 것이지, 절반 넘게 부담한 거액이었다. 그 뿐만도 아니다.

승용차가 없던 시절, 상가건물 짓던 중 모자라는 자금을 구하러 친정이며 사촌 형부 댁에 돈 빌러 갔던 기억도 낙인처럼 찍혀있다. 왜 그랬을까? 그 이유는 너무도 뻔했다. 그러나 참으로 애매하다. 궁극적으론 우리 가정이 윤택해지기 위함이었지만, 결과적으론 내 가슴에 후회란 상처만 남겼다. 무엇보다, 젖먹이 애를 등짝에 업고, 공사의 진척도를 살피려 현장을 힘들게 헉헉대며 오르내렸던 그 일이 바보짓이었다는 데 핵심이 있는 것이다. 안 입고 못 먹은 채, 누굴 위해 발발 떨었던가. 뿐인가, 시댁 가족이며 경조사 챙기는 일에는 또 얼마나 모범적이었던가 말이다.

또 있다. 직장 나간 시누이가 벗어둔 빨래를 해주었다. 시부모 내외의 용돈도 따박 따박 규칙적으로 챙겼다. 철마다 닥친 명절에 대소댁 선물꾸러미도 시시콜콜 돌렸고, 기타 등등 다 읊으려면 날밤을 새도 모자랄 지경이다.

그렇지만, 그렇다고 어느 누가 내 편에 서줄까. 억울하고 가난하게 이혼 당한 내 처지를 위로해줄까. 그게 곧, 가난하게 쫓겨난 이혼녀의 현주소인 걸.

결과적으로 그랬다. 남편을 아니, 한 인간을 너무 믿었다는 것이 그토록 큰 죄였던 것이다. 철저하게 믿은 인간도 배신할 수 있고, 헤어짐의 엄청난 비극도 예측을 못하는 게 우리들 인생사다. 다만, 모든 건 부질없다는 것이다. 땅을 치며 목 놓아 울거나 때늦은 후회도 무가치한 건 똑같으니까.

＊　　　　＊

저녁 무렵, 마트에서 교대근무를 끝내고, 허둥지둥 귀가하였다. 앞치마를 두르고, 저녁밥을 짓는데, 식탁에 수저를 놓던 아홉 살 미라가 말하는 것이었다.

"이젠, 오빠도 착해진 거 같아. 그 봐, 엄마가 용서해 주길 잘 했지?"

나는 2년 전, 미라의 손에 이끌려 오토바이 피해자를 찾아 나선 기억을 떠올렸다. 그리곤, 그들 가족들 앞에서 죄인이 돼서 무릎을 꿇었던 일도.

"아들을 잘 못 가르친 죄 가슴 깊이 뉘우치고 있습니다. 그러니 이번 한 번만 너그러이 봐 주세요. 면목 없지만, 한 번만 용서해 주시면 제 아들을 잘 알아듣도록 타이르겠습니다. 정말 면목 없습니다."

그 땐, 어린 미라도 내 옆에서 함께 나란히 무릎을 꿇어 주었다. 피해자 가족들 앞에서 고개를 숙여 훌쩍훌쩍 울면서, 얇은 손으로 빌었다.

"우리 오빠를 용서해 주세요, 딱 한번만 오빠를 용서해 주면, 미라가 오빠를 착한 사람이 되게 한다고, 약속도 할 수 있어요."

그 때, 미라는 옆에서 뻣뻣이 서 있는 오빠를 붙잡고 채근하였다.

"오빠도 빌어! 용서해 달라고, 어서 빌란 말이야……."

철없게만 보아 온 어린 미라가 어른처럼 듬직하게 여겨진 나는 그 때, 눈물이 줄줄 흘러도 닦지 않았다.

그 후, 아들의 바다에도 거셌던 풍랑이 시나브로 잦아들었다. 우리 모녀를 두 눈으로 지켜 본 아들이 그 시간을 정점으로 변화의 싹을 틔운 것이었다. 봄은 겨울의 끝에서 오듯이…….

　시간은 양면성을 지녔다. 음지가 양지로, 또 양지는 음지가 되게도 하니 말이다. 우리 모녀가 지극정성으로 오빠와 아들의 잘못을 눈물 흘리며 빌던 그 후부터 지훈의 말썽은 조금씩 잠재워지고 있었다. 면허도 없이 맘대로 차를 거리로 몰고 나가던 무지한 습관도 손을 씻은 모양이었다. 더욱 반가운 건 밥숟갈만 놓으면 내 눈을 속이고, 게임하러 오락장으로 향하던 발길도 뜸해졌다. 고등학생 신분에 충실하려는 눈치였다.

　그런 만큼, 도서관으로 공부하러 가는 장면이 눈에 띄게 늘어났다. 예전의 아들 모습을 다시 보게 된 것이다. 운이 좋아서인지, 정성으로 기도한 덕분인지, 지훈은 그 사이 키며 마음이며 훌쩍 자라고 있었다.

　고3에 올라간 어느 날, 지훈은 돌처럼 무거운 입을 내 앞에서 열었다.

　"엄마, 난 의사가 되고 싶어요."

　지훈의 말 끝에 나는 당장 남편이 괘씸했다. 이혼 후에 애들을 전혀 돌보지 않았던 것이다. 그것도 내 쥔가 싶어 나는 날 버린 남편에게 두 번 다시 연락을 취하지 않았다. 아버지라면 어린 자식과 조국의 하늘 아래서 산다는 것쯤은 기본 상식일 테니 말이다. 그러나 조현수는 그 기본상식마저 없었던 모양이다.

　"아들, 우린 돈도 없는데? 뒷바라지가 걱정이네?"

　"4년뿐인데요?"

　"4년만에, 의사가 되겠니?"

　"물론이죠, 동물의 병을 고칠 건데……."

　좁은 내 뇌리에는 보편적 의사란 개념만 들어차 있었나 보다.

　"수의사라고 만만할까?"

"머리 싸매고, 노력할 거예요."

그나마 기특한 건 내게 도시락 주문을 다 해왔다는 점이다.

"엄마, 내일부터 도시락 부탁해요."

"도시락은 왜?"

나는 짐짓 알면서도 물어보았다. 돈을 절약하기 위한 아들의 대답은 짐작한 대로였다.

"엄마도 차암, 밖에서 사먹는 것 보다 절약되고, 영양도 낫잖아요?"

아들 입에서 다음 말이 나오기 전에 나는 얼른 알았다고 대답했다.

아들의 습관도 차츰 명품으로 발돋움해가고 있었다. 밥을 먹으면서도 책을 손에 들고 있었다. 뿐인가, 화장실 갈 때도 옆구리에 책을 끼고 갔다. 열성으로 공부하는 모습도 그렇지만, 자기의 포부를 위해 집중하는 자세가 든든하고 미더웠다.

학원은 단과강의를 신청하였다. 모자란 수학과목만 보충하기 위해서다. 한 푼이 아쉬운 집 형편을 제대로 읽어 준 아들이 고마웠다. 무엇보다, 다시보게 된 아들의 착한 모습에 가슴 속 상처도 엷어진 느낌이었다.

그런데, 그런데 말이다. 남편으로부터 왕창 배신을 당하고 이혼까지 당해버린 내가, 문출네 복처럼 박복한 내가, 또 다른 폭풍 속으로 휩쓸리게 될 줄은 꿈에도 몰랐다. 정말 상상조차 할 수 없는 일이 생긴 것이다.

*　　　　　*

의사 선생은 내 몸의 암을 귀신같이 잘도 진단해 냈다. 내 몸에 암세포가 생겼다니깐, 힘들었던 순간들이 흘러가는 영상처럼 떠올랐다. 피곤하고, 기운이 떨어졌지만 환경 탓이려니 여겼다. 내겐 운이 없을까. 복이 없는 탓일까.

의사는 내게 당장 수술을 권해왔다. 그것도 시간이 촉박하다면서, 긴급하게 서두르라고 종용하였다. 암세포가 뼈 속에 박혀있어서라고 했다.

몸에 칼을 대는 일에 나는 덜컥 겁부터 났다. 그렇지만, 병의 성질상 선택은 필수였다.

암 덩이를 박박 긁어내는 수술을 받고 보니, 통증에 몸서리가 쳐졌다. 그렇지만, 그래도 살아야겠기에 항암 치료까지 받았다.

입맛도 하루 아침에 싹 끊어졌다. 이혼 후에 잃어버렸던 입맛을, 몇 년 만에 겨우 되찾은 그 입맛을 다시 내게서 거두어 가버린 병이 야속했다. 역시 신은 불공평한 존재였다. 있는 곳에만 보태는 신의 작태라 생각한 내 눈에선 뜨거운 슬픔이 흘러내렸다. 난 눈물을 닦고 다시 닦았다. 건강을 되찾고 싶었다. 난 금쪽같은 내 아이들을 반듯하고 착하게 키워야할 엄마였던 것이다.

수의과 공부에 뛰어든 지훈은 매순간 힘들어 했다. 중간에 학비를 버느라 일 년간 쉰 적도 있다. 그렇지만, 투잡에 몸을 던진 나의 수입이 조금 더 두터웠던 덕으로 지훈은 시간도 돈도 벅찬 학부의 고통을 이겨내고 있었다.

지훈이 목장의 일자리를 얻었다. 내가 이혼한 후, 열두 번째 되던 해였다. 수의사 자격에 도전한 지훈이 늠름한 자격증을 받아 쥐었던 것이다.

아침을 먹던 지훈이 내게 멋진 한 마디를 걸어왔다.

"엄마, 오늘 처음으로 월급 타요. 이따 퇴근 때, 미라와 함께 나오세요. 엄마의 예전 입맛도 찾고 오늘, 외식이나 합시다……."

지훈의 입에선 흥얼흥얼 휘파람이 흘러나왔다. 콧노래 부르며 출근하는 지훈의 뒤태를 보던 나는 감격적인 그 광경에 잠시 넋을 놓았다.

간호조무사인 미라도 지훈의 퇴근에 맞춰 불러냈다. 미라와 나는 아침에 지훈이 일러준 식당으로 찾아갔다. 지훈이 먼저 와 있었다. 최신 모드로 꾸며진 식당은 분위기부터가 으리으리하였다. 조명도 밝다 못해 눈이 부셨다.

운동장 같이 넓은 식당 홀엔 손님들이 모닥모닥 앉아있다. 우린 참으로 오랜만의 외식에 기분이 들떠있었다. 이혼을 당한 후론 처음이다.

우린 사각 테이블을 끼고 마주 앉았다. 지훈이 좋아하는 해물찌개를 시켰다. 찌개가 끓는 동안 마음속의 평화가 구미를 당겼다.

지훈이 포도주를 시켰다. 유리컵에 찰랑찰랑 채워진 보라색 액체를 두고, 우리들은 여섯 개의 눈으로 동시에 감상하기 시작했다. 그 때, 지훈이 갑자기 선전포고할 말이 있다는 거였다. 물론, 싱글벙글 웃는 표정에 익살까지 섞어서.

나는 지훈의 선전포고가 뭘까, 설레기도 하고 걱정되기도 하였다. 자라 등 보고 놀란 가슴 솥뚜껑 보고도 놀란다더니 이혼 후, 계속 나쁜 일들만 이어졌던 탓에 불길한 예감부터 생긴 것이다.

긴장을 풀고 싶은 나는 눈으로 먹던 포도주를 입안에 한 모금 털어 넣었다. 목을 타고 흘러내려가자마자 몸에 도는지 얼굴이 달아올랐다.

그 때, 지훈의 힘찬 목소리가 허공을 찔렀다.

"엄마 우리, 부라보 해요!"

미라가 맞장구를 쳤다.

"부라보, 그거 좋겠다! 호호호!"

"엄마도 한 말씀하세요."

"나는 빌고 있다, 오늘의 이 기쁨이 영원하도록!"

그 때다. 지훈의 통통 튀는 목소리가 우리들 귀청을 행복감으로 채웠다.

"사랑하는 우리 엄마, 동생 미라야, 이젠 우리 가족들 폭탄돌리기는 다 끝났어! 앞으로는 행복하면 되는거야! 브라보!"

나는 주책없이 눈시울이 촉촉해졌다.

며칠 후, 휴일 낮. 쉬는 날 자원 봉사하러 간다던 미라가 아침을 먹자마자 집을 나섰다. 쉴 겸 거실 텔레비전 앞에서 긴장을 놓았던 나는 졸음이 밀려왔다. 잠시 눈을 붙였다.

얼마나 지났을까, 전화기에서 신호음이 강하게 울었다. 얼른 수화기를 잡았다. 전화선 저쪽에서 낯선 목소리가 들리는 것이었다.

"조미라씨 댁인가요? 여긴 팔팔병원 응급실입니다!"

병원응급실이라는 소리에 놀란 나는 미친 듯이 연거푸 질문을 해댔다.

"누, 누, 누가 다, 다, 다쳤나요?"

"크게 다친 건 아니고요, 오늘 봉사자 클럽에서 이동하던 차가 휘어진 국도변을 돌다가 길 아래로 미끄러졌대요……."

놀란 나는 다급해졌다. 그래서 목청껏 외쳐댔다.

"미라야! 미라야, 엄마 금방 갈게!"

나는 얼른 아들에게 전화를 걸었다. 그런 다음 팔팔병원 응급실을 향해서 숨차게 달려갔다.

그러나 아무리 찾아봐도 병원응급실이 보이지 않았다. 나는 큰소리로 딸 이름을 불러댔다. 그 때, 누군가 나를 불렀다.

"엄마, 나 여기 있어! 쭈그리고 낮잠 자는 거야? 방에 들어가서 편히 자요! 봉사를 갔다가 자꾸만 몸이 처져서 나만 먼저 쉬려고 왔어!"

참으로 달콤한 낮 꿈이었다.

*　　　　　*

마지막 주 휴일 낮, 야간을 이용한 파트타임이 끝나고 집에서 쉬는 중이었다. 그 때, 마침 나를 찾는 전화가 걸려왔다. 그런데 상대의 목소리가 많이 익은 듯했다.

"누굴 찾으세요?"

"나요, 나!"

"누구시죠?"

"나라니까, 조현수……."

이 넓은 세상에, 조현수라니……. 그것도 헌신짝처럼 버린 나를 찾다니……. 나는 내 귀를 의심했다. 너무 뜻밖이라 어리둥절하여 말문이 다 막혔다.

'망할 놈의 조현수.'

가족들을 버리고 떠나간 전 남편이었다. 나는 부글부글 속이 끓었다. 무엇보다 입을 섞어 말하기도 싫었다.

"조현순지 도둑놈인지, 전화 잘 못 걸었소……."

나는 허겁지겁 수화기를 놓아버렸다.

다시 전화벨이 울렸다. 나는 전화를 받지 않았다. 그런데도 계속해서 전화벨이 울었다. 난 참다 못해 전화질 하지 말라고, 나무랄 요령으로 수화기를 다시 잡았다. 그런데, 이번엔 목소리가 달랐다.

"여보세요! 올케, 나야, 훈이 고모……. 그 동안 잘 지냈어?"

나는 속이 후들후들 떨렸다. 심장도 쿵쾅거렸다. 우리가 이혼한 데 일조를 한 사람 즉, 여우같은 시누이가 아닌가. 배신하고 이혼한 남편도 미웠지만, 좋은 사람과 살아 볼 자유를 오빠에게 줘야한다며, 맏오빠 내외인 우리들의 이혼을 부추겼던 그녀가 나는 더 여우처럼 무섭고, 야속했다.

언젠가, 아들 지훈이 오토바이 사고를 냈을 당시 합의금이 모자라 시누이 댁을 찾았다. 그 때, 그녀는 문도 열지 않은 채, 인터폰을 빌어 정말 야무진 소리로 내게 말했다.

"우리 사이에 아직 끝나지 않은 계산이 남았나요?"

까만 어둠 속에서 발에 쥐가 나도록 기다린 나를 문전박대하느라 그녀는 문도 열어주지 않았던 것이다.

받은 만큼 돌려주는데 있어 예의 따윈 허영이었다.

"훈이 고모라뇨? 첨 듣는 사람이네요? 전화 끊읍시다……."

나는 숨이 넘어가듯 수화기를 놓으려 했다. 저 쪽에선 급한 소리로 외쳐대는 것이었다.

"잠깐, 잠깐만요 올케, 꼭 한마디만 할게요! 올케를 그리도 사랑하던 우리 엄마가 편찮으셔요!'

"……."

"오빠가 이혼한 후에 밥도 굶고, 당신이 하루 빨리 죽어야 한다면서 지청구 하시더니, 결국 치매에 걸렸지 뭐예요……."

나는 시어머니가 아프다는 말에 속으로 값싸나마 동정을 보냈다. 이혼을 외쳐댄 아들을 말리느라 도둑놈이라 욕을 퍼부으며, 내 편을 들어준 시어머니가 아닌가. 그렇지만 미운 파리를 치면 고운 파리도 치이는 법이었다. 이혼한 마당에 나는 조씨 가문의 며느리 자격이 없는 처지가 아닌가. 그래도 나는 시어머니가 편찮다는 소리에 하마터면 금방 댁으로 찾아간다고 말할 뻔 했다. 금방 현실로 돌아온 나는, 전에 시누이가 내게 들려 준 말을 똑같이 갚아주고 있었다.

"우리 사이에 아직 끝나지 않은 계산이 남았나요?"

전화를 끊은 내 입에선 중얼대듯 한마디가 튀어나왔다.

"폭탄 돌리는 가족은 역시 다르구먼……." 卍

본전 찾기 게임 중

물먹은 도로가 우중충한 새벽, 낡아서 퍼석한 내 차가 내리막길을 달릴 때만 해도 나는 기름칠한 것처럼 미끄러울 줄 예상을 못했다. 그런데, 길 방향 앞쪽 저만치서 어떤 물체가 내 시야로 들어온 건 그 때였다. 순간, 내 오른쪽 평발이 본능적으로 강한 힘을 발휘하여 급브레이크 페달을 밟았다. 뒤이어 급한 제동의 소음이 허공을 발기발기 찢어발기며, 차는 갑자기 야생마처럼 펄쩍펄쩍 뛰기 시작하는 것이었다. 그러다 몸통을 휙 비튼 채, 인도를 걸쳐서 덜컥 멈추어 서버렸다. 미숙한 나의 운전 실력을 깨달았을 땐, 이미 엎질러진 물이었다. 겁에 질린 내 가슴이 쿵쾅거렸다. 나는 상체가 꼬꾸라지게 운전대에 털썩 엎어졌다. 정신이 혼미해졌다. 그 때, 누가 내 차문을 톡톡 치는 것이었다.

"아주머니! 아주머니!"

웅크린 나는 멍하니 고개를 든 채, 차창 밖을 내다보았다. 거기엔 장대한 몸집의 한 남자가 서 있었고, 계속 날 부르며 차를 두드려 댔다.

"여보세요! 차 문 좀 열어봐요! 여보세요!"

그때, 내 옆의 영아가 물에 빠진 소리를 해댔다.

"어, 엄마! 사, 사곤가 봐! 우, 우리 이제 어떡해? 엄마아?"

나는 얼른 눈썹이 새까만, 붕어빵 같은 외딸 영아 어깨를 민첩하게 끌어안았다. 그러면서 영아 등을 토닥거렸더니 안정을 찾은 듯 금방 잠잠해졌다.

나는 느림보처럼 꾸물꾸물 차 문을 열고 밖으로 내렸다. 그가 나를 부축해 주면서, 명성자동차정비회사 로고가 찍힌 하늘색 명함을 내 앞에 내밀었다. 금박 글씨로 적힌 이름은 김대수, 과장이란 직함이었다. 늘씬한 키만큼 상냥한 그는, 친절했다. 오늘처럼 궂은 날은 명성정비사에서 사고 잦은 이곳 지점을 미리 대기상태로 근무한다는 말도 들려주었다.

그 때, "엄마 천천히 가지 않고." 하면서, 영아가 갑자기 울먹거렸다. 짙은 눈썹에다 암소처럼 선하고 부리부리한 눈의 영아는 결혼 6년 만에 생긴, 독 씻어 단지 씻어 하나뿐인 나의 외딸이다.

"미안하다 우리 공주, 괜찮아? 엄마가 쪼금 과하게 밟았네! 아휴……."

나는 영아를 와락 끌어안았다 다시 밀어내며, 머리서부터 발끝까지 이리저리 내리 훑었다. 그리곤 아이를 껴안은 채, 별 탈 없는 반가움에 얼굴을 마구 비벼댔다. 울먹거리던 영아가 갑자기 내 가슴을 파고들었다. 우리를 지켜 본 김 과장이 뻐끔뻐끔 피우던 담뱃불을 인도 바닥에 밟아 끄고 있었다.

"오늘 같이 비가 내려 미끄러운 길은 과속하면 큰일 나요! 조심하고, 또 조심하는 것이 최고의 운전 실력이지요!"

김과장의 말을 귓등으로 흘리며, 나는 빈 택시를 잡아 기가 푹 죽어있는 영아를 태워 학교로 보냈다. 나는 영아를 실은 택시가 보이지 않을 무렵, 인도를 걸쳐 삐딱하게 서버린 내 차를 다시 살피기 시작했다.

차는 오른 쪽 문짝이 뒤틀어져 이가 맞지 않았다. 오른 쪽 앞 뒤 타이어와 휠 역시 쥐어 짠 것처럼 쭈글쭈글해졌다. 방향 지시등 덮개마저 건드리면 폭삭 망가질 듯이 잔금으로 덮여 있었다. 죄다 오른 쪽을 못 쓰게 된 반신불수의 내 차가 중풍환자 같다는 느낌이 들었다. 그런 차를 움직여볼까 하고, 어기적거리며 운전석에다 다시 내 몸을 구겨 넣고, 시동을 걸었다. 그러나 차는 아무런 응답이 없다. 분풀이하듯 나는 다시 클러치와 액셀러레이터 페달을 힘껏 쾅쾅 밟아 보았다. 역시 미동도 안한다. 답답하고, 짜증이 나서 길게 한 숨을 뱉어내며, 내 시선을 한길 가로 보냈다. 순간, 저만치 길옆에 빨간 소형차가 벌렁 뒤집혀진 채 하늘을 향해 누워 있는 게 보였다.

김과장이 그 차를 가리키며, 내차 보다 한 발 앞서 사고가 난 차라고 했다. 마침 사고 난 그 차를 관찰하던 중에 쏜살 같이 달려오던 내 차가 내리막지점에서 갑자기 펄쩍펄쩍 뛰더라는 것이었다.

김대수 과장은 내 차를 수리해 놓을 테니 퇴근 무렵에 정비소로 나오라는 거였다. 그의 말을 다 듣기도 전에 나는 한심한 내가 싫어서 길게 한숨을 내쉬었다. 과속도 그렇지만, 자신도 모르게 급브레이크를 밟은 내 운전 실력이 한심해서다.

운전면허 법규가 새로 바뀐다는 뉴스 발표가 있은 다음 다음 날이었다. 자동차 학원에는 운전면허를 따겠다고 많은 사람들이 오뉴월 소낙비구름

떼 같이 뭉게뭉게 모여들었다. 새로 바뀌는 운전법규대로 면허증을 따려면 더 비싼 비용을 출혈해야하는 피해가 계산된 때문이었다. 영악한 그들 인간 숲에서 나도 피교육자로 섞여있었다.

나는 운전면허 교육신청서를 접수하면서, 직원을 붙들고 이것저것 궁금한 것들을 실성한 여자처럼 묻고 있었다.

"운전기술교육은 난생 처음 받는데 그 흔한 자전거조차 한 번도 못 타본 왕초보에요. 애나 어른이나 눈 붙은 사람은 다하는 컴퓨터도 공포심에 치여 어깨부터 먼저 굳어지는 기계치인데 그런 아줌마도 운전면허를 딸 수 있겠어요?"

직원은 짜증 한 마디 없이 찬찬히 설명을 해주는, 천사표 아가씨였다.

"아줌마처럼 걱정하는 이가 정말로 많거든요, 여기는 운전전문기술을 가르치는 교육장입니다. 성심껏 지도하는 학원이니만큼 운전교육에 대해 확실한 믿음부터 가져주세요. 그리고, 되도록 결석은 하지 마세요. 그러시면 틀림없이 운전면허를 딸 수 있답니다. 우리 학원은요, 운전면허취득 때까지 계속 지도하니깐, 용기 팍팍 가져주세요. 파이팅!"

한 쪽 눈을 찡긋하던 그녀가, 주먹까지 불끈 쥐어 보였다.

치자 빛 노을이 까만 어둠을 부려놓은 저녁때였다. 아귀탕의 저녁상을 물린 후, 후식으로 사과를 깎는 중이었다. 나는 어슷어슷 빚은 얇은 사과를 우윳빛 둥근 접시에 빙 돌려 담으며, 내가 운전학원에 등록했다는 얘기를 남편 앞에서 꺼냈다. 남편은 내 말이 떨어지기가 무섭게 화들짝 일어서면서, 기차불통 같은 목소리를 빽 쏟아내는 것이었다.

"뭐? 자, 자, 자동차 우, 우, 운전?"

진즉 예상했던 일이다. 하지만 기습적으로 돌출행동을 한 남편 때문에 긴장한 나는 가슴이 쿵쿵 뛰기 시작했다. 나 역시 남편처럼 말 하는 게 떠듬 거려졌다.

"까, 깜짝이야! 나 귀, 귀, 아, 안 먹었거든! 오, 오늘, 내, 내가 운전학원 에 등록을 했단 말이야!"

"우…… 운전학원, 드 드, 등록을?"

급하거나 비위가 틀리면 남편은 말을 더듬는 버릇이 있었다. 날카로운 그의 고성에 주눅이 든 나는 의도적으로 목소리를 착 깔았다. 무엇보다 목 소리 높이는 쪽이 먼저 지게 될 것 같았으므로.

"여보, 왜 그래? 난 뭐, 운전하면 안 된단 법이라도 있는 거야?"

"다, 당신이, 우 우, 운전? 우, 운전은 뭐, 아, 아무나 하나?"

그의 말끝에 내 목소리가 움칫거린 것은 그의 목소리가 떨린 탓이다.

"그까짓 운전 따위 배우면 되지, 누군 뭐 뱃속에서부터 알고 나와?"

"글쎄, 아, 안 된다면 안 돼! 저 저, 절대 루……."

"근데 어쩌지? 이미 수강비 내고, 등록했는데?"

내 말끝에 남편 목소리가 다시 허공을 찢었다. 나는 그의 말소리가 귀에 거슬려 나도 모르게 손바닥으로 귀를 막은 채, 눈을 치뜨며 그의 눈치를 살 폈다.

"드, 등록이 우, 운전해 주느냔 말이야?"

주눅이 들어 있던 나도 지지 않았다. 운전면허 따는 게 무슨 죄인가. 나는 일부러, 시비하듯이 뚱하게 뱉어냈다.

"그럼! 시작이 반이란 말도 모르셔?"

꼬박꼬박 말대꾸하는 내가 답답해서 혈압이 올랐는지, 그가 오른 손을 뒷머리 쪽으로 가져갔다. 뒤로 젖힌 자세로 자기 뒷목을 툭툭 치던 그의 손이 금방 허공을 내려 칠 듯 주먹을 뭉치는 것이었다. 그러다 옆의 나를 노려보며, 내려칠 자세를 취하는 게 아닌가. 내가 웅크린 자세로 그의 옆을 비켜 나오자 두 주먹을 폈다 오므렸다 반복하던 그의 손이 허공에서 부르르 떠는 것이었다. 눈에서도 이글이글 강렬한 눈빛이 튀고 있었다.

공포심이 나를 향해 밀려왔다. 그의 뭉툭한 주먹이 막대기처럼 비쩍 마른 내 몸에 닿기만 해도 나는 당장 박살나버릴 것 같았다. 속으로는 쌕쌕 심호흡을 하며, 나는 잠시 눈을 꼭 감아버렸다.

신혼 초, 솥 뚜껑만한 그의 손이 내 뺨을 때린 적이 있다. 그 때 난 꼴깍 기절했고, 그 기억 때문에 내 등에선 벌써 식은땀이 번지는 거였다. 당시 저축 수단이던 계가 군데군데서 깨진다는 소문이 돌았다. 위험하다며 극구 말리던 남편 말을 무시한 채, 내가 믿을만한 동네 아줌마들한테 저축 계를 들었던 것이다. 어느 날, 남편은 자기허락도 받지 않고 계를 들었다고, 다짜고짜 내 뺨을 벼락 치듯 세게 때렸다. 눈에선 번쩍하니 불이 났다. 남편 손에 맞은 나는 순간, 아픈 것 보다 수치심으로 몸을 부르르 떨었던 것이다. 그 후, 남편이 앞뒤 없이 뿔뚝 골을 낼 때면 나는 민첩하게 자라목이 되면서 잔머리부터 굴리는 버릇이 생겼다. 무엇보다 남편이 헐크같이 우락부락 화낼 땐 무조건 소낙비처럼 피하고 봐야한다는 꾀가 생긴 것이다. 이윽고 붉게 상기된 남편 얼굴을 힐끔힐끔 살피던 나는, 봄 날 호수가 잔파도를 타듯 가만가만 속살거리기 시작했다.

"자, 잠깐, 여보! 혈압 오를 텐데 화부터 먼저 내지 말고, 내 말 좀 들어봐요 진정하고, 내 말 좀 들어 봐, 응?"

내가 손바닥을 곧게 세우며, 잽싸게 그의 행동을 제지하였다. 그러자 스커드미사일 같이 내 쪽으로 뻗어 오려던 그의 주먹이 덜컥 멈추는 거였다. 목소리는 낮췄지만, 내 마음은 급하게 대응자세로 들어갔다.

"한 마디로 조, 조건이 있어요! 내가 운전 배우면 절대 안 되는 이유를 납득시켜 주면 군말 없이 당신 뜻 따를게!"

"구, 군말 없이?"

나는 눈을 왕방울 만하게 키운 채, 겁먹은 표정으로 고개를 주억거렸다. 순간, 달달 떨던 그의 손이 슬그머니 턱을 쓸어 만지다, 얼마 전 끊었던 담배를 입에 꽂는 것이었다. 나는 기계처럼 라이터를 켰다. 그리고 얼른 담뱃불을 댕겨주었다. 그는 뻑뻑대며 담배연기를 길게 뱉어냈다. 그의 코와 입에서 굴뚝처럼 솔솔 연기가 뿜어져 나왔다. 옆에서 담배연기가 매운 나는 캑캑 기침을 했다. 내가 기침하는 게 안됐던지 그는 담배 불을 비벼 꺼버렸다. 그의 목소리에는 힘이 빠져있었다.

"연숙씨! 내게는 아주 입에 담기조차 싫은 상처가 있어!"

처음 듣는 이야기인지라 나는 호기심 반 두려움 반에 귀를 쫑긋거렸다.

"무슨, 상처?"

길게 한숨을 뿜어낸 그의 말소리가 한결 자분자분 해졌다. 나 역시 안정을 느끼는데, 그가 말하다 멈칫거리더니 다음 기회에 이야기해준다고 했다. 혹 비밀이라도 있나 궁금했던 나는 주걱턱을 당기며, 입을 삐죽거리다 눈까지 흘겼다.

'꼴난 비밀을 키우는 거야, 뭐야?'

이틀 후, 텔레비전에서 저녁 뉴스를 뿜어내고 있었다. 신문을 펴놓고 손톱을 깎던 남편이 엊그제 중단했던 이야기를 다시 들려준다며, 입을 열었다. 호기심 반 긴장 반인 내 오른 쪽 엄지와 검지 손톱이 서로 맞대서 깔짝 깔짝 긁고 있었다. 긴장하면 자신도 모르는 나의 행동이다.

"음, 전에 살던 우리 동네에 나 또래 여자 친구가 있었어! 이름은 경휘(慶輝). 목이 학처럼 길고, 가지런한 치아가 아주 인상적이었지! 목이 길어서인지 키도 컸어. 웃을 때면 오목하니 볼우물도 생기대! 그런데, 코 역시 목처럼 길어서 사람들이 경휘를 보면 말상이라고 했지! 귀를 끌어당기는 경휘의 매력은 목소린데, 가히 국보급이었지! 흡사 투명한 청자 빛 하늘색이었어! 통통 튀면서 기름칠한 것 같이 매끈했거든. 나는 그 목소리 여운에 취해서 돌아서면 금방 경휘가 보고 싶었지! 그랬는데……."

목소리 하나 개성 있다고, 주위 사람들로부터 성우가 됐으면 성공했을 거라며 칭찬을 들어온 나는 속으로 은근히 질투를 느끼고 있었다.

"우린 촌마을 초등학교 일 학년 때부터 한 반에다 짝꿍이 됐어! 그 때, 벌써 나는 경휘의 매력에 흠뻑 빠져있었으니……. 내가 좀 조숙했었나? 암튼 상급학교로 진학하면서부터는 경휘가 아주 내 머릿속에 꽉 들어 차버렸어! 어? 혹시 당신 질투하고 있어? 그런 거야?"

거뭇해진 구레나룻 수염을 만지며 그가 나의 눈치를 살폈다. 나는 정물처럼 미동도 없이 달싹거리는 그의 두툼한 입술언저리만 뚫어지게 쳐다보았다. 그의 입가에선 흘리는 듯 묘한 웃음이 스쳐갔다.

"가, 가만있자, 내가 어디까지 얘기했더라? 음……."

나는 일부러 퉁명스레 주걱턱 입을 삐쭉거리며 까칠한 추임새를 넣었다.

"그럼, 그 여자와 결혼하지 그랬어? 그 여자가 먼저 찼어?"

"급하긴, 하나씩 물어야지. 당신 성미도 나를 닮아서 급해졌나봐?"

나는 피식 웃었다. 여자한테 차인 거냐고 물은 나를 성미가 급하다는 말로 둘러댄 그가 궁해 보였다. 무엇보다 운전 배우려는 나를 못마땅해 한 그의 속셈이 궁금한 나는 눈을 내리깔며 톡 쏘아버렸다.

"그게 내가 배울 자동차 운전하고 무슨 상관인 거야?"

"상관이 있고말고! 나와 결혼할 뻔했던 여자가 자동차 사고 때문에 갑자기 죽었거든……."

그는 말을 잠시 중단하다가, 한숨을 뱉으며 다시 이었다.

"당신, 죽음에 관해서 한 번 생각해 본 적 있어? 세상에 죽음만큼 커다란 벽을 나는 아직 만나지 못했거든! 모든 것은 가능성의 문이 있게 마련인데…… 죽음은 정말이지 야속하게 꽉 닫힌 성문(城門) 같았어! 무섭도록 말이야……."

"강제로 갈라선 쥔가, 죽음이 왜 무서워? 서러우면 몰라도……."

"내가 본 죽음은…… 음, 그 높은 벽을 설명하기엔 사실 내 표현력이 너무 부족하단 말야! 그러니 그 정도로 해 두고."

나는 아무 생각 없이 정물처럼 그 자리에 앉아있었다.

"대학 4학년인가, 기말고사가 막 끝난 여름방학 때였어. 그 해 말경 미국으로 어학연수 떠나려 예정돼 있던 경휘가 여름방학을 맞아 먼저 운전면허를 딴 거야! 면허 딴 얼마 후에 호기 있게 자기 아버지 차를 몰고 혼자서 연습하러 시외로 나갔지. 그런데, 그것이 경휘와 나는 물론, 그녀와 가족을 영원히 갈라놓는 이별이 될 줄 감히 누가 짐작이나 했겠어? 그 때가 칠월 말경, 아마 장마 중이었지! 처음 출발할 땐 날씨가 꾸물거렸지만 운전 연수 중 장맛비가 주룩주룩 쏟아진 게지. 그래, 퍼붓는 비 때문에 시야가 흐려 중앙선을 넘은 덤프트럭한테 경휘 차가 정면충돌했다고 하데! 쇳덩이 보다 무거운 트럭기사 입에서 겨우 듣게 된 말이야! 달래고 협박해가며 정말 애타게 구워삶은 후에 그의 입이 열렸거든! 어휴, 사람이나 차나 그때, 그 험

한 꼴을 입에 담고 싶지도 않다! 납작해진 차 속에 경휘가 끼어버린 모양은…… 정말 한마디로 충격 그 자체였어!"

그가 머리를 절레절레 흔들다 잠시 말을 멈추었다. 그의 눈 가장자리가 촉촉이 젖었다. 나는 분위기를 바꾸는 의미로 얼른 맞장구를 쳤다.

"어머, 딱해라. 그래서?"

"그 일 때문에, 나는 한 동안 세상 등지고 두문불출했지 뭐! 인간 차동수, 정말 사람 꼴 아니었지! 그 뒤론 자동차라면 아예 꼴 보기도 싫고 혐오감이 생겼다! 아픈 세월 정말 길데…… 지나고 보니, 세월이 약이란 말이 정말 맞더라."

"그 얘긴 나한테 한 번도 한 적 없잖아?"

"그런걸 뭐, 벼슬했다고 자랑하겠나? 이 사람아! 대학 졸업하고, 내가 군대만 다녀오면 양 쪽 집에선 우릴 결혼시키려 했거든! 경휘 죽고, 나도 그들 부모 못지않게 많이도 끙끙 앓았어! 사람 사는 게 정말 허무해서 그 땐 꼭 미쳐버릴 것 같더라! 어둑한 집안에 틀어박혀 산송장처럼 지냈는데……. 그런데, 경휘 잃고 내가 진짜 괴로웠던 일은 따로 있어."

"따로, 괴로웠던 일?"

"연년생인 경휘 동생 경옥이 때문이었어! 경휘가 죽은 후론 경옥이 나만 보면 붙잡고 매달려 그냥 펑펑 우는 거야. 형제 일신이라고, 나도 처음에는 언니 잃은 슬픔이려니 싶어서 그녀를 마주 끌어안고 함께 눈물 흘리며 등을 토닥거려 주었어. 그런데 시간이 흐르면서 차츰, 경옥의 행동이 아니다 싶은 거 있지. 언니 약혼자인 나를 자기가 책임지겠다나 뭐, 암튼 그런 말을 퍼뜨리고 다녔지 뭐야!"

"어머, 그 가시내 미쳤나봐?"

"그러잖아도 경휘 죽음으로 엄청 상처를 받았는데, 정색하고 밤낮 우리 집을 찾아오는 경옥이 때문에 나는 심한 스트레스에 시달렸어! 여북 하면 망설이던 끝에 신경정신과에 까지 갔겠어?"

"그 깐 가시내 하나 땜에?"

"사실 나는 경옥이 그리 단순하면서 감상적인 존잰 줄 짐작 못했지 뭐야!"

"……."

"내 얘길 들은 정신과 닥터는 가능하면 하루빨리 환경을 바꿔보라고 하더라! 나는 혼자 매일 머리 싸매며 고민을 했지. 경옥을 피할 수 있는 방법을 찾느라 속으로 오만가지 생각을 다 짜내 보고, 쥐가 나도록 머리를 굴렸지! 그러던 어느 날인가, 날 찾아 온 경옥이더러 이성을 찾으라고 호되게 나무랐다. 그런데도 경옥은 내 말을 우습게 듣는 거야. 실랑이 끝에 답답해서 경옥의 뺨까지 때렸거든. 그런데도 경옥의 증세는 갈수록 점점 더 병적으로 돼가더구먼! 동네 사람들은 경옥이와 나 사이를 두고 쑥덕쑥덕 입방아를 찧고, 나중엔 약혼자와 바람난 동생 년 때문에 언니가 운전 중 트럭으로 뛰어 들었다는 괴상한 소문까지 돌더라……."

"어머, 고런 가시내. 그래서?"

"한 마디로 기가 차던데. 그래서 내가 경옥을 피하려 작정했어. 그랬더니 경옥이 더욱 미친 듯 말썽을 부리는 거야. 내가 안 보이면 우리 집에 와서 부모를 괴롭히질 않나, 죽겠다며 강물에 뛰어든 걸 건져놓으니까 치사량의 수면제를 목구멍이 비좁도록 꾸역꾸역 털어 넣지를 않나, 무엇보다 괴롭고 가슴 답답했던 건 경휘 부모가 나를 찾아와서 이미 죽은 딸년은 죽은 딸년이고, 이젠 살아있는 딸년마저 죽게 됐다며, 작은 딸 경옥을 거두어 달라는 거야. 경휘 잃은 것도 아픔이 벅찬데, 경옥이 때문에 시달리게 되니, 그 집과 내가 무슨 악연일까 싶어, 난 그저 멀리 도망갈 궁리만 하게 됐어."

"어떻게?"

"신경정신과 닥터의 권유도 있고 해서, 난 모든 걸 감수하고서라도 기회를 만들어 동네를 떠나려고 작정을 했지."

그 때부턴 나도 슬슬 그의 이야기 속으로 몰입돼 가고 있었다.

"바보…… 쥐도 새도 모르게 도망치지 그랬어?"

"내가 뭐 죄지었어? 도망치기는…… 그러잖아도 며칠씩이나 어머니한테 울며 매달렸지. 무조건 이사 가자고 졸랐어. 악성 바이러스처럼 동네에 퍼진 나쁜 소문도 있고 해서 어머닌 아무 말 없이 나를 가슴에 품어 주셨다!"

자식의 말이라면 무조건 믿어준, 양파처럼 동그란 시어머니 모습이 떠올랐다.

"역시 어머님은 그러고도 남으실 분이셨어……."

"아무렴, 당신도 이해심 두텁던 손여사 우리 어머니 인정하지? 그래 얼마 후, 우리는 금호강이 저만치 보이던 양지바르고 마당이 광장처럼 넓은 기와집을 급매로 팔아버리고, 외삼촌이 사는 울산으로 훌쩍 옮겨 간 거야!"

"……."

"그 날 이후, 나는 나 자신한테 맹세했어. 호호백발로 늙어 죽을 때까지 자동차라면 눈길 한 번 주지 않기로 말이야. 운전도 배우면 안 될 것 같고 무섭더라! 기계나 차도 그렇지만 편리함에 취하다 보면 그것에 휘둘리다 결국 인간이 희생된다는 생각을 하게 됐거든. 요즘은 대중교통이 얼마나 편리한가 말이야. 당신이 그렇게 배우려는 운전을 내가 왜 말리는지 이제 알겠어? 그러니 연숙씨, 절대 운전배우지 마, 제발! 이렇게 빈다, 응?"

남편이 나를 향해 죄 지은 사람처럼 두 손을 마주 비비는 시늉을 했다. 상처가 깊었다는 그의 이야길 듣고도 나는 무덤덤한 표정을 지었다. 심적 변화가 없었던 탓이다. 그 후, 난 잠시 운전교육을 보류해 놓았다. 자동차라면, 아니 운전이라면 알레르기 반응을 보이는 남편을 서서히 설득할 참이었다.

그런데, 운전면허를 따야겠다는 강렬한 의욕을 갖게 된 일이 기어코 터지고 말았다.

우리가 살고 있는 주거 공간 서른 평의 평범한 빌라 촌을 나는 제법 고급 동네로 생각하고 있다. 서른 평 크기가 넓다거나 시설이 특별히 좋아서가 아니다. 각 세대별 주차장이 존재한다는 오직 그 이유에서다.

어느 날이었다. 남편 출근 후, 영아도 등교를 시켰다. 내가 마실 모닝커피를 태우는 중이었다. 그 때, 갑자기 인터폰이 울리는 거였다. 문 밖에선 뜻밖에 그 여자가 서 있을 줄 몰랐다. 우리 층 세 번째 건너 305호에 사는 그녀가 하늘대는 원피스를 입은 채 배시시 웃음을 날리며 서있었다.

"영아 엄마, 안녕하세요?"

모든 일상생활 용품을 백화점 물건으로만 해결한다는 바로 그 소문의 주인공이었다. 백화점 물건 애용자란 소문을 떠올리자 생글거리는 그녀가 무단히 역겨워지는 것이었다. 저런 웃음은 관리차원의 근육이 움직일 거란 생각까지 들었다. 내 가슴 밑바닥에선 뭉게구름처럼 어떤 질투심들이 뭉게뭉게 피어올랐다. 이웃에게 눈길 한 번 준 적 없이 목을 빳빳이 세우던 여자, 올빼미 눈으로 보일 만큼 빨간 선글라스로 눈두덩을 덮은 채 주변을 오가며 만나는 이웃들에게 휑하니 치마꼬리에 찬바람만 달고 살던 여자가 아니던가. 그런 소문의 주인공이 목적을 품고 갑자기 내 앞에서 겸손을 부리는 것이나, 공손한 모습은 흡사 기름진 음식을 먹을 때처럼 내 속을 느글거리게 만들었다. 그러나 그녀는 내 집 찾은 손님이 아닌가. 최소한의 예의는 갖추고 싶었다.

"어서 오세요, 무슨 일이세요?"

숨기지 못한 내 표정을 읽었는지, 그녀가 망설이다가 입을 열었다.

"영아 엄마! 저, 쪼끔 미안한데요.?"

선입견에 몰입돼서 그녀 말을 귓등으로 흘리던 나는 우리 집을 찾아 온 그녀 목적에 관해서만 쥐가 날만큼 머리 회전을 시키고 있었다. 그러면서도 그녀와 눈을 맞추려 애쓰고 있었다.

"뭐 땜에 미안하죠?"

"저, 영아네는 자기 차가 없나 본데요? 그 주차 공간을 우리가 좀 쓸까 해서요……."

미소를 담은 그녀의 표정이 징그러웠다. 우리의 차가 없다는 사실을 새삼 깨닫게 해 준 것 또한 기분 팍팍 언짢아지는 일이 아닌가. 흠, 흠, 나는 목에 붙은 가래를 몇 번이나 털어 내다 거꾸로 질문을 던졌다.

"그거라면, 삼 백 오호네도 한 공간 있지 않나요?"

"그렇긴 한데요, 사 오일 후면 우리 집에 차가 한 대 더 들어오거든요?"

그녀의 말을 종합해 본 즉, 닷새 후면 그 집에 새 차 한대가 더 들어온다, 이미 소유한 차 때문에 주차 공간이 한 곳 더 필요하다, 그래서 고민하다 차가 없는 우리 주차공간을 자기네가 쓰고 싶어 눈독을 들였다, 그러니 놀고 있는 주차 공간을 내 줄 수 있겠느냐 뭐, 대충 그런 내용이었다. 그런데 이상하게도 나는 은근히 나쁜 기분이 목젖을 눌러오는 것이었다. 부자인 그녀네 차를 위해서 내 몫의 주차 공간을 내놓으라니, 나는 본능적으로 거부감이 생기고 있었다. 그래도 이웃사촌이기에 노는 주차 공간 하나 갖고 괄시할 건 없겠다 여기는데, 마음과 다르게 내 말이 먼저 삐딱하게 튀어나와 버렸다.

"차도 새로 뽑는 마당에, 주차 공간 두 개 있는 곳으로 이사 가면 되겠네요옹?"

내 말에 돋친 가시가 싫었던지, 그녀의 얼굴이 붉어졌다. 목적 달성을 기대했다가 퇴짜 맞은 기분이 영 나쁘다는 표정이었다.

"영아 엄만 노는 주차장 좀 빌려 주는 게 싫은가 봐요?"

서운함이 그녀 목소리에 달라붙은 게 느껴졌다. 나는 잠시 입을 다물어 버렸다. 10년 세월 관절염에 시달리다 년 전에 돌아가신 시어머니 병원 비 때문에 빚진 이자 다달이 넣고, 사대 봉제사 하는 맏며느리인 나는 늘 내핍에 묻혀 살고 있는 여자다. 그래도 독 썻어 단지 썻어 하나뿐인 딸 영아의 미래 교육을 위해서 저축 몇 푼씩 붓느라 장 보는 것조차 자제하는 나와 그녀를 비교하지 않을 수 없었던 것이다. 그러잖아도 기죽은 내 처지에 주차 공간 빌려주는 일이 내켜질 리 있겠는가. 나는 그 여자 앞에서 입이 자꾸만 삐죽거려졌고, 일부러라도 표정관리를 해야만 했다.

"미안한데요, 우리도 곧 차가 들어올 거예요!"

나는 뜻밖에 우리 차가 생긴다는 말까지 가불해서 쏟아버렸다. 그리곤 당분간 미뤄두었던 운전교육을 다시 받으러 다녔다. 물론 남편에게는 비밀인 채였다.

누군가가 내 몸을 마구 흔들어 댔다.

"언니, 언니 이! 눈 좀 떠 봐요! 정신 들어요?"

운전연습 중 차가 벽을 들이받고, 나는 실신을 하고 말았다. 나를 흔들어 깨운 미스박은 운전교육 동기생이다. 내가 눈을 떴을 땐 그녀의 깊은 눈에 물기가 어려 있었다. 내가 연습하던 차의 보닛이 찌그러진 사고였다. 차가 벽돌담에 처박힐 때의 충격으로 내 이마에도 약간의 상처가 생겼다. 손을 대니 따끔거렸다. 내 몸이 으스스 떨린 것은 경칩을 갓 지난 3월의 날씨 탓만이 아니었다. 과속을 했느냐고, 브레이크를 액셀러레이터 페달로 오인했느냐고, 미스박이 애타는 듯 물었다.

"글쎄, 뭔지 잘 모르겠어!"

기억을 짜내 보았다. 주행코스 출발점을 막 벗어나서 정지 신호를 받으려는데, 주행 중이던 앞차가 갑자기 덜컹 서버렸다. 그 때, 뒤를 따르던 내가 잔뜩 긴장했던지, 브레이크를 밟는다는 것이 액셀러레이터 페달을 밟은 기억이 났다. 동시에 덜컥 서버린 앞차를 피하려 핸들을 급하게 옆으로 꺾었다. 그 결과 앞 차 뒤꽁무니를 스친 내 차가 저만치 둘러 처진 담 벽을 쾅 들이받게 된 것이었다.

사고 주위를 사람들이 웅성웅성 모여들었다. 운집한 사람들 사이로 운전 강사가 득달같이 달려왔다. 위 아래로 나를 훑어보며, 그만해서 다행이라고, 하마터면 큰일 날 뻔했다고, 위로를 해 주었다. 그리곤 날더러 얼른 별관 소장실로 가보라 했다.

소장실은 햇볕이 바르고, 창 밖 전망이 탁 트였다. 강을 배경으로 찍은 까만 고급 차 사진이 넓은 벽에 붙어 있다. 앞머리가 민둥산인 소장이 안경을 추스르며 날더러 다친 데는 없느냐고, 물었다. 대답대신 눈을 끔벅거린 난 파마기운이 풀린 머리카락을 만지작거리며, 고개를 숙였다.

"음……. 운전이 원래 어렵습니다! 잘해야 본전 아닙니까! 공부라든가 그 밖에 다른 분야는 우등생이 있지만, 운전은 절대 우등생이 없어요! 평생 큰소리 못 치는 일이 운전 아닙니까. 내가 이런 말한다고 웃지 마세요! 우리들 모두는 앞으로 본전 찾기 게임을 하면서 살아야 한다는 겁니다!"

소장은 사고를 대비해서 운전연습용 차를 보험에 들어 두었다고 안심시켰다. 그렇지만, 사고 낸 피교육자에게 경각심을 주고자 소정의 보험료를 받는다는 것이었다. 그들 사규(社規)에 입각한 벌금이란 걸 낸 나는 운전면허를 꼭 따고 말리라는 오기가 불끈 솟아났다.

운전법규 시험은 문항이 빽빽했다. 백치 같은 내 머리 속은 온통 시커멓게 아무 것도 떠오르지 않았다. 운전을 배우지 말라던 남편의 말을 듣지 않은 게 후회로 밀려왔다. 다행인 건, 맨 꼴찌로 합격자 명단에 내 이름자가 섞여있었던 것이다. 어린애처럼 깡충깡충 뛰면서 나는 속으로 기쁨의 만세를 열 번도 더 불렀다. 국가고시는 처음이고, 합격한 내가 대견했던 것이다. 두 어깨에 힘이 탱탱하니 들어가고, 으쓱거려졌다. 누구에게든 자랑을 하고 싶어 무작정 공중전화 부스로 달려갔다. 나는 앞 뒤 없이 전화번호를 꾹꾹 눌렀다. 전화기에서 익은 목소리가 내 귀를 파고들었다.

"총무부 차동숩(東洬)니다!"

"여보 나 하……."

순간, 나는 기겁을 하고 말았다. 손바닥으로 잽싸게 수화기를 막았다. 나 자신도 모르게 남편 근무처 전화번호를 눌렀던 것이다. 나는 금방 서툰 애교를 목소리에 묻혔다.

"아, 아뇨, 저녁에 일찍 오면, 당신 좋아하는 칼국수 밀어 볼까 하고……."

"뭐? 그것 땜에 바쁜 시간에 전화했어? 싱겁긴."

'나 운전 시험 붙었어! 대견하지? 호호호!'

다문 입에선 금방이라도 신바람이 튀어나올 것만 같았다. 하마터면 운전 면허시험 본 게 남편한테 들통 날 뻔했다. 가슴을 쓸어내리던 내 입에선 한숨이 길게 쏟아져 나왔다.

사고 난 오후, 기다리던 전화벨이 울렸다. 그 시간, 하필 남편이 현관으로 들어서는 거였다. 바이어를 공항에 실어다 준 후, 그 길로 퇴근하는 중이라 했다. 현관을 들어 선 남편이 벨소리를 듣고, 얼른 수화기를 집어 들었다. 그는 놀란 토끼 상이 되었다.

"명성정비사요? 사, 사고 난 차, 차, 찾아가라고요?"

남편 얼굴이 파랗게 질렸다. 말을 더듬더니 머리를 좌우로 흔들어 댔다. 나는 숨을 죽였다. 그의 입에서 무슨 날벼락이라도 떨어질까봐 조심스러웠다. 남편이 손으로 수화기를 막으며, 기차 화통 같은 목소리로 집안을 흔들어 놓았다.

"이럴 줄 내 미리 알았어! 진즉…… 당신, 기어코 사고 쳤지? 그렇지?"

날 향해 던진 남편의 속사포 같은 질문이 귀청을 때렸다. 무엇보다 강렬한 그의 눈빛이 천지를 태워버릴 기세였다. 나는 겁에 질려 전신이 웅크려졌다. 수화기로 불어넣는 남편 목소리가 씩씩거리며 거칠었다.

"라, 라이트? 타이 어어? 문짝까지…… 방향 지시 등도? 음, 아주 개, 개판을 냈구먼. 차를 새로 만, 만들었다고요? 아, 예! 예, 알겠소!"

그가 철거덕 전화를 끊었다. 그리곤 길게 숨을 뿜으며 턱에다 바른 손을 고인 채 어정어정 거실을 왔다 갔다 서성거렸다.

숨을 죽인 난 거실에서 잽싸게 주방으로 들어가버렸다. 그리곤 싱크대에서 쌀바가지에다 물을 받았다. 내 옆을 향해 다가오는 남편 발소리가 쿵쿵 들려왔다. 옴츠려진 내 전신근육에서는 당장 쥐가 날 것 같았다.

성큼성큼 내 곁으로 다가온 남편이 컵으로 정수기에서 물을 받았다. 형식적으로 물을 마신 그가 나를 향해 소곤대듯 말했다. 갑자기 내 머리카락이 하나하나 곤두서는 것 같았다. 뜻밖의 남편 행동 때문이다.

"보소, 연숙씨! 자동차 고쳐났다고 찾아가래! 비용이 칠십 팔만 사천원 나왔대⋯⋯. 그런데, 후들후들 떨리는 내 이 살 좀 봐!"

나는 가슴을 쓸어 내렸다. 고성체질인 그가 조용해서 오히려 긴장했던 것이다. 거실로 나간 그는 헛기침을 뱉어내며 거친 숨을 쉬고 있었다.

"긴 말 하기 싫고⋯⋯ 내일, 당장 차 끌고 가서 판매상에 내 놔! 알았어?"

나의 자동차 사고에 남편은 나빠진 기분을 억지로 다스리는 모양이었다. 다음 날, 중고자동차를 샀던 매장으로 차를 운전해 간 나는 지체 없이 매도 주문을 접수하였다. 사고 난 걸 숨긴 채.

달포가 지났을까, 영아의 생일날이다. 가족끼리 외식하러 밖으로 나갔다. 영아가 원하던 안동닭찜을 먹기로 했다. 그걸 기다리는 동안 앞에 있던 남편이 내게 눈을 감아보라고 주문을 해 왔다. 무슨 일일까, 궁금하고 설레는 맘으로 나는 두 눈을 꼭 감았다.

남편이 내 손바닥에 쥐어 준 것은 자동차 열쇠였다. 모든 옵션이 갖춰진 고급 차를 새로 뽑았다는 것이다. 아주 뜻밖의 일을 만난 나는 기쁨보다도 놀라서 두 눈이 튀어나올 것만 같았다. 역시 차동수란 남자는 통이 크다 싶어 입을 헤벌린 채 호호호 웃었다.

"해가 서쪽에서 뜨겠네? 당신은 차라면 경기부터 일으키는 사람이잖아? 근데, 이 키는 웬 거야?"

아주 낯선 것 같은 남편 얼굴을 빤히 쳐다 보는 내 눈에서 물방울이 톡 떨어졌다. 처음 면허 딴 후, 중고품이라도 차를 구입하고 싶었을 땐 한 마디로 삶은 호박에 이도 들어가지 않았다. 그러다 고등학생인 외딸 영아의 대학 입시를 도우려면 차가 있어야 된다는 그 한 마디로 갓 딴 내 면허증 온기가 식기도 전에 낡은 차가 우리 집으로 들어왔던 것이다. 그 차가 곧 비 오는 날 아침에 영아를 등교시키다 사고를 냈고, 그 일로 나는 얼마나 기가 죽어 지냈던가.

손바닥에 놓인 자동차 열쇠를 녹여 없앨 듯 바라보던 내 눈에서는 꾹꾹 참아도 자꾸만 눈물이 그렁그렁 솟아났다. 손수건으로 눈언저리를 지그시 눌렀는데, 낯선 것 같은 남편 목소리가 윙윙거리며 들려왔다.

"내가 전에 말했지? 그 왜, 경휘 동생 경옥이 말이야! 옛 남자를 못 잊는다고 이혼을 당했다 하데! 경옥이 몇 달 전부터 자동차 판매상사에 취업했다 길래 체면상 한 대 팔아준 거야! 괜찮지, 여보?"

그 때, 찜 닭집 하룻강아지의 깽깽 짖는 소리가 남편 말을 휘덮었다. ⬡

늦둥이 사내 팽달구

　소문으로 나돌던 회사의 위기 소식이 점점 더 진실 쪽으로 다가서고 있다고 여기던 어느 날, 아침이었다. 조회시간을 통해 잡소리로 찌든 케이블 선을 타고 전 직원들을 향하여 회사 사정이 여의치 못하다는 걸 홍보부에서 설명을 한 것이었다. 뒤 이어, 그렇듯 숨이 넘어 갈 것처럼 급박한 회사의 재정 상태를 개선하기 위해 인원감축을 시행한다며, 조기 명퇴자 신청을 접수할 양식이 각 부서로 하달되었다. 그나마 불행 중 다행이랄까, 엄청 미흡하고 새 발의 피만큼 위로받을 수 있는 게 있었다. 그것은 양식 말미에 붙은 명예퇴직금에 관한 조건이었다. 현 시점을 계기로 명퇴를 신청하는 직원에겐 일 년치 급료에 상당하는 위로금을 얹어준다는 게 그거였다.

　팽달구씨는 며칠 동안 뼈를 깎는 갈등에 시달렸다. 한다고는 했지만 사사건건 까탈스러운 상사 비위 맞추기도 이젠 지치고, 신물이 난 처지였다.

게다가 박할대로 박해진 쥐꼬리 월급명세표를 볼 때마다 어디 가면 지금처럼 매사에서 식은 밥덩이 취급하는 싸구려 대우야 받지 못할까 싶은 불만이 시시때때로 머리꼭지를 향해 쳐들곤 했다. 그나마 매일 아침 집을 나설 이유가 있다는 걸 장점으로 꼽긴 했지만, 최근에는 하루에도 몇 번씩 직장 다니는 걸 집어치우고 싶다는 갈망에 몸서리치는 순간이 더욱 잦아졌다. 그러나 아무리 그렇다고는 하지만 목줄이 걸린 일자리를 단칼로 무 자르듯 어느 날 갑자기 일터를 박차버리는 데는 선뜻 용기가 나지 않았던 것이다.

그러구러 회사 형편이 금방 부도의 위기에 처해 간당간당하던 며칠이 지났다. 사정이야 어찌됐든 늦었지만 과감하다 싶은 명퇴를 하려던 팽달구씨의 실천이 찰나적인 행동으로 옮겨지고 있었다. 말하자면 겨우내 물에 차있던 독이 꽃샘바람에 한 순간 얼어 터지듯 어찌어찌 부풀려 본 용기가 흔들리기 전에 명예퇴직을 하기로 작정한 것을 행동에 옮기려 한 것이다. 그리하여 사나이 일생일대의 화끈한 영웅심을 발휘한다고 생각한 그는 깜깜한 미래를 예측조차 못한 채, 쉬우면서도 어렵던 명퇴를 선택하고 만 셈이었다.

사실이지 그의 가정엔 팽달구씨를 빼면 누구 한사람 경제활동을 하는 가족이 없었다. 그런데도 막상 아니, 돈 가뭄 시대 그 한복판에서 입에 단내가 나게 살면서도, 일 년 치 상당의 위로금은 무시할 수 없는 액수라는 생각이 들었다. 그리하여, 명예퇴직을 망설였던 그가 용기백배해서 선택할 수밖에 없었던 사항이었다. 거기다 또 한 가지 빈약하다싶은, 명퇴를 해야만 할 확실한 이유가 존재한 것은 그거였다. 하늘과 땅은 물론, 아는 이는 죄 다 아는, 부장이란 인물이 그가 명퇴를 앞당기게 간접도움을 보탠 것도 숨길 수 없는 사실인 것이다. 부장이야 말로 시간과 장소를 불문한 채 알게 모르게 낙하산 인물인 걸 능력처럼 내세우며, 떵떵하고 거대한 어깨더미를 으스대던 저돌적 인물이 아니던가. 너무 과도하게 힘 넣고 설쳐대던 부장의 개기름 번질거리는 카리스마 표정을 더 이상 보지 않아도 된다는 그 사실만으로 친다면 솔직히 명예퇴직 신청을 넣고만 그의 기분은 상상 이상의 쾌감을 맛보게도 하였다.

그런데 모든 일에는 양면성의 이치가 존재하는 법이었다. 막상 평생 한 직장에 종사하지 못한 채 떠나야하는 현실이 팽달구씨의 가슴을 그다지 편하게만 해준 처지도 아니었기 때문이다. 어찌 보면 삼년 묵은 체증이 내려간 듯 후련한 면도 없진 않지만, 다른 쪽으론 이런 저런 일 등등의 이유로 하여 직장생활을 도중하차하게 된 것이 못 견디게 섭섭하면서도 아쉬운 마음이 드는 건, 아이러니한 일이었다.

그렇지만 준비된 것 없는 상태에서 퇴직을 하고난 그에게도 약간의 후유증이 생겼다. 그래도 그나마 위안을 삼을 수 있었던 거라면 외환위기 후로 평생일자리 개념마저 변한 사회적 통념을 탄 분위기라 할 수 있다. 겉보기엔 좀 덜떨어졌다 해도 그 역시 산 입에 거미줄 치겠나 싶은 똥배짱이 슬그머니 생겼던 것이다.

*　　　　*

"뭐, 뭐라 꼬? 당신이 나보고 지, 지끔 물 쩰쩰 새는 연탄 보일라 고쳐라 캤나?"

불만 섞인 팽달구씨가 그의 특징이랄 수 있는 코맹맹이 소리로 따져 물었다.

"하모 예, 맞심더! 부엌 옆구리 머시매 방 보일러가 물이 쩰쩰 새더이만 인자는 아주 냉골이 돼 뺏네, 냉골 예! 손바닥맨한 방구석이 흡사 얼음장맨치로 사람 엉딩 짝 득볼라 카는데예……"

집안일은 물론, 모든 면에서 팽달구씨 보다 한 수 위라 자부하면서 살아가는 그의 아내 옥란이 억양 없는 긴 설명을 쏟아낸 것이었다.

요즘 같이 힘든 세상에 그 흔한 명예퇴직을 한 사실이 한 남자의 온 힘을 풍선에서 바람이 빠지듯 맥 빠지게 한 걸까. 벌써 달포째 방바닥을 쓸어 닦듯이 뒹굴뒹굴하던 팽달구씨다. 명퇴 한 게 죄는 아니더라도 무슨 벼슬 한 것도 아니련만 나날이 손끝 하나 움직이지 않은 채 빈둥거리는 남자 아니, 남편이라면 아내의 입장에선 절대로 좋게 봐 넘길 일이 못되었다. 그것은 죽은 듯 엎어져 밤낮 자리를 보전하는 통에 청소도 제대로 못해서 갑갑해 하던 아내를 무시한 채, 그저 숨 쉬는 일에만 열중했던 팽달구씨 탓이다. 그러나 그의 입장에선 부엌 옆에 겨우 한 칸 덧붙여 만든 아들 방 연탄보일러가 고장이 난 걸 고쳐달라는 아내의 주문을 따르기가 동지 섣달 얼음 구덩이에 알 몸 담그는 것만큼이나 싫고 귀찮은 일이었다.

사실이지 옥란은 일말의 양심을 지키는 중이라고, 속으로 스스로를 변호하고 있었다. 입사 생활 십 칠팔년 동안 갠 날이나 흐린 날에도 지각 한 번 없이 우직하게 직분에 충실했던 남편의 공로를 무시할 수 없었던 게 솔직한 이유이다. 어쩌다 운 나쁘게 회사 형편이 기울어 명퇴하고 돌아 온 남편의 삐쩍 마른 어깨가 축 처진 게 가여우면서 안 됐다 싶기도 했다. 그래서 이렇다 할 잔소리마저 삼간 채 달이 차도록 빈둥거리는 남편을 두고 별 말 없이 관찰만 해온 처지이다.

그러나 무슨 일이든 시작이 있으면 끝도 있게 마련이다. 옥란은 남편이 그동안 흠씬 쉬었으리라 짐작하고, 할 일도 생긴 김에 몸 풀라는 뜻으로 아들 방 연탄보일러 고장이 난 걸 남편이 들어라 싶어 입에 담아 본 것이었다.

팽달구씨는 옥란의 말을 듣고도 무슨 몹쓸 악담이라도 들은 것처럼 영

못마땅한 눈치였다. 그만큼 옥란의 눈치 앞에 형광등인 팽달구씨가 아내의 아쉬운 마음을 짐작할 리 만무했던 것이다. 더구나 문제의 보일러 이야기를 꺼낸 옥란의 말이 미운 나머지 흰자위 많은 메추리알 같은 눈동자를 부라리듯 휘휘 굴려댄 것이었다. 그런 중 옥란이 남편의 긴장 풀어진 눈빛을 맞추려하자 못 볼 거라도 본 듯 그의 얼굴이 단번에 실룩거리다 일그러지는 것이었다.

"썰 데 없이…… 나, 나는 그 깐 연탄 보일러 못 고친대이! 나, 나가 누고? 패, 패, 팽달구 앙이가? 지끔, 이 팽달구 속이 팍팍 썩어삔 곤쟁이젓 맨치로 흐물흐물 삭아 문드러졌는데, 그 까잇 거 보일러나 쭈물쭈물 고치게 생겼노? 그 말인기라……."

"그라모 당신이, 방 꾸석에서 축 늘어져 죽은 시체맨치로 개 폼 잡지 말고, 퍼떡 털고 일어나서 떡 하니 취직이라도 하던지……."

"너, 너, 바, 바, 방금 뭐라꼬 캤노? 하, 하늘같은 냄편한테 죽은 시체에다 개 포옴? 이런, 죽으믄 죽은 거지, 시체 개폼은 또 뭐꼬? 동네방네 사람들, 범 물어 가 삘 저 문디여핀네 좀 보소! 내가 언제 취직하기 싫다고 캤나?"

"……."

"내 입때 꺼정 눈비바람 펑펑 맞아가며, 불알에 요령소리 나도록 직장 댕겨서 식솔들 밥 처멕여 놨더니만, 그 깐 직장 쉰 지 매칠이나 됐다고, 죽은 시체에다 개 폼 우짜고 저짜고, 벌써러 바가지 빡빡 긁어쌌노, 바가지를?"

"뭐어? 팽달구씨! 지끔 내가 그딴 바, 바가지나 긁는 여팬네 맨치로 보이능교?"

"하모, 명퇴해 갖고 속 쓰리게 아픈 남팬 맘 위로는 몬 해준다 케도, 썩어삔 보일러나 고치라꼬, 나불대는 잔소리가 바가지 아니믄, 뭣꼬? 입술에 착 달라붙는 칭찬이가? 개뿔!"

옥란은 정색하고 철없이 구는 남편이 슬슬 미워지는 것이었다. 직장 떠나온 지 달포나 쉬었으면 엔간히 피로도 풀렸겠다 싶어 탈 나버린 보일라 이야길 꺼냈다. 그런데, 그것도 바가지라고 반기를 든 남편이 철없어 보이고 못마땅해서 치밀어도 꾹꾹 눌러가며 참아왔던 말들을 앞 뒤 없이 좋알좋알 배설하기에 이르렀다.

"참 어이가 없대이…… 보일러가 물 샌다 카는데, 바, 바가지 긁는다꼬? 그라모, 당신은 다 죽어 가는 중환자 맨치로 팽생(平生) 딩굴딩굴 먼지 낀 방이나 밀어 딱는 방 걸레가 되겠다 뭐, 그 말인교? 천 날 만 날을?"

"어매야 당신, 참말로 무섭대이, 칼 들고 덤비는 먼 남들 보다 훨씬 더……."

명퇴의 여독 탓이라고 보아 넘기기에는 일 손 놓은 남편의 게으름이 도가 지나치다 싶은 그녀는 눈살 찌푸려지고 속 터지는 일이 한 둘이 아니었다.

그런 중, 참으로 이상하고 알 수 없는 일이 생겼다. 그것은 뼈가 으스러지도록 돈 벌어 먹여 살린 가족들이 아주 먼 남들 같다고 방방 뛰던 그가 그 다음 다음날 부터 출근하듯 여덟 시 반이면 기계처럼 집을 나서는 것이었다. 좀 특별한 거라면 단벌인 양복을 간깐하게 다려서 챙겨 입고, 파리가 미끄러질 만큼 구두를 반짝거리게 닦아서 신고 나간다는 점이었다.

그러구러 달 포가 지났다. 알 수 없는 것은 한 달이 다 되도록 그의 행동이 하루 같이 똑 같았던 것이다. 지금껏 무거워 뵈던 몸을 가볍게 발딱 일으켜 새벽 일찍 기상하는 것이었다. 그런 다음엔 어제와 똑 같이 세수하는 행위며 잘 길들여진 모범 학생 같았다. 아내가 쓰는 로션을 훔쳐 바르고, 연한 냄새를 피운 것에서부터 아침 숟갈 놓기가 바쁘게 부지런히 집을 나선 것이었다. 무엇보다 다음 날도 또 그 다음 날도 거꾸로 되돌린 비디오처럼 반복행동을 하였다.

그런 남편도 그렇지만, 우선 입성에 무신경하던 사람이 평생 처음 다리미란 물체를 손에 쥔다는 자체가 옥란은 궁금해서 못 견딜 판이었다. 옥란은 종일 고개를 갸웃거렸다. 그러다, 다음날은 어디 취직이라도 됐느냐 고, 넌지시 물어봤다. 그래도 그는 눈동자를 내리 깐 채, 속에 쟁여둔 비밀이 들통 날까 겁내는 듯, 쉽게 대답을 하지 않았다. 전과는 좀 다른 남편의 행동에서 뭔가 낌새를 감지한 옥란은 물증이 없어 궁금증만 키우고 있었다. 물론, 해질 무렵이면 모범 직장인이 퇴근하듯 남편이 비슷한 시간에 귀가하는 것도 옥란의 깊은 속을 더욱 궁금증으로 채우기에 충분하였다.

그런데, 팽달구씨가 직장 다닐 때와는 다르게 반질반질하게 구는 다른 행동이 또 하나 더 있었다. 전 같으면 외출했다 저녁에 귀가할 땐 꼭 뭔가 하나라도 먹을 걸 사들고 들어왔다. 본인이 아껴 마시는 소주나 막내가 좋아하는 붕어빵이나 아님, 허풍선이 접시과자라도 한 개씩 사들고 들어오곤 했다. 그런 주전부리거리로나마 남편은 아이들과의 유대관계가 한 층 더 깊어진다고 믿었던 사람이었다.

*　　　　　*

옥란도 활동거지를 집밖으로 나서야겠다고 말했던 걸 실천에 옮길 일이 생겼다. 짬을 내서 반찬값이나 구해볼까 하던 처지였다. 봄부터 막내까지 학교에 들어가서 시간적 여유가 생긴 참에 큰 길 사거리 옆 골목에 위치한 보쌈식당에 취업을 했던 것이다. 출입문 옆 벽에 주방일 할 아줌마를 구한다는 광고가 나붙은 지 이틀 만이었다. 면접을 보러갔는데, 가정살림만 하던 옥란의 솜씨를 테스트 받는 절차도 없이 일자리를 얻게 된 것이었다. 그 것은 한편, 일손이 아쉬운 식당의 조건 때문이기도 했다.

옥란이 첫 출근하는 날 아침이다. 그녀는 평소보다 일찍 일어났다. 둥둥 거리는 마음으로 아침상 준비에 들어갔다. 살코기 참치통조림을 따 넣고 파와 다진 마늘 등 양념을 버무려 뭉근하게 끓인 김치찌개 냄비와 빈 공기 들이 포개진 밥상을 차려 놓았다. 그래야 집을 비워도 애들이며 남편에 대 한 걱정이 덜했으리라. 명예퇴직을 계기로 자꾸만 게을러진다 싶은 남편도 남편이지만 한창 먹성이 치열하게 커 가는 남매들을 위한 밥상을 나 몰라 라 할 수 없는 보통의 엄마였으니까. 그래도 뭔가 자꾸만 빠뜨린 것 같아 뒤 가 돌아 보인 옥란은 물손을 닦기가 바쁘게 손으로 로션 몇 방울을 짜냈다. 그걸 손등에 싹싹 문질러 바르며, 립스틱을 칠하느라 입술을 마주 쩝쩝 비 벼대었다. 두근대는 맘이 반, 긴장감이 반반씩, 첫 출근길에 오른 옥란의 발 걸음을 가볍게 유도하는 것이었다.

옥란은 첫 직장 출근이 은근히 긴장되었다. 식당에서 그녀가 종사할 일 은 진종일 기름기 둥둥 뜨는 개수통에서 물비누로 목욕한 그릇들을 끝없이 건져 올리는 설거지였다. 사장은 옥란의 행동이 조금 굼뜨다 여겨져도 첫 날이라고 좋게 봐 주는 눈치였다. 목소리는 좀 거칠었다손 처도, 바탕은 괜 찮은 사람이길 바랐다.

"첫술 밥에 배 부르겠능교? 천리 길도 한걸음부터라 카는데. 하다보면 차츰 전문가가 되겠지, 예."

사장의 말투에선 최소한의 예의가 묻어있었다.

그러나 이틀 째 되는 날부터는 사장의 자세가 확 달라졌다. 옥란의 낯선 눈에도 엄청나게 딴 사람 같이 보였다. 깡말라서 치켜져 올라간 눈 꼬리를 내리깔며, 슬슬 옥란을 가쁜 긴장 속으로 몰아넣고 있었던 것이다.

식당이 최고조로 붐빈 점심때였다. 음식 담아 낼 그릇 챙기랴, 가지 수는 몇 안 되지만 각각 다른 반찬 담으랴, 제육볶음 하는 일은 사장담당이지만, 쌈 채소 헹구랴 아직도 낯선 식당 분위기에 적응하랴, 급한 마음에 동당 거리다보니 옥란은 정말 정신이 없었다. 팔자에 없는 돈이 생기면 사람의 말 끝에서부터 거만이 묻어나온다는데, 만만한 부엌일 조력자를 얻게 된 사장은 목청부터가 억세어져 거북살스러웠다. 그것은 부엌에서 부릴 옥란을 심적으로 먼저 제압하려 든 자세처럼 그랬다. 처음 면접 볼 때와는 사뭇 다르게 급한 상황을 이용해 신경질을 팍팍 부렸던 것이다. 젓가락나물처럼 맺힌데 없이 잘 뻗은 옥란의 늘씬한 키마저 흠이 되었다.

"어이, 멀대아지매 보소! 일손이 그코롬 굼뜨모, 우짜능교? 집에서 살림할 때 맨치로 꾸물대모, 우째 돈 받아감서 남의 입에 밥 한 술 묵게 해 주겠능교? 사흘 동안 핏 죽 한 그릇도 몬 묵은 사람 맨치로 비실거리믄 최곤(最高)교? 손님 앉히놓고 물컵이라도 잽싸게 내 놓고, 빈 그릇 좀 후닥닥 씻어 건져와 보소! 죽으믄 썩을 몸땡이 대강 아끼고, 빨랑빨랑 움직이소, 쫌! 입 때 꺼정 밥 짓는 부엌데기로 살았으믄서 그 까잇 거, 눈 딱 감고도 훤하이 손에 척척 익었을 낀데 쯧쯧……늘보맨치로 꾸물럭 거리믄 언제 밥장사해서 돈버노, 그 말임더? 아줌마, 당신 꾸물거리는 모양새가 사채 땡겨 간판단 홀아비 막차사업 후루룩 말아 묵는 꼬라지 볼라 카능교?"

"……."

"엄마야이, 부엌 바닥이 한강 맨치로 질펀해졌대이? 비싼 물 좀 대강 퍼 쏟아내소! 이 담에 저승 가믄 퍼 쏟아삔 그 구정물 전부 자기가 다 마셔야 된다 카던데, 물 쪼매 아끼쓰믄, 멀대아지매 손등에 종기라도 돋는교?"

사장의 톤이 높고, 걸쭉한 잔소리가 귓속을 윙윙거리며 채워져 왔다. 그럴 때면 설거지에 몰두한 옥란의 뇌리에는 미래를 알 수 없는 불안한 남편의 모습이 개수통 구정물에서 어른거렸다. 거기다 잠시라도 틈만 나면 시시 때때로 볶아대는 사장의 걸걸한 다그침 때문에 손짓만 급히 휘젓게 되었다. 그것 때문에 개수통 구정물이 바깥으로 질질 흘러넘치는 것도 눈에 들어오지 않았던 것이다.

팽달구씨 부부에겐 아들 만득이가 있다. 그 만득이 친구인 이웃 집 봉석이네가 이사를 가면서 자꾸만 살이 빠져 헐렁거려 못 입겠다고, 봉석 아버지의 갈색 콤비를 팽달구씨에게 물려주었다. 그런데, 최근 팽달구씨가 즐겨 입던 그 갈색 콤비를 제쳐 둔 채, 겨우 단 벌뿐인 감색양복이 빤질거리게 닳도록 입고, 매일 출근하듯 외출하는 것이었다. 가방끈이 짧은 그가 쉽사리 재취업을 했을 리는 없어보였다. 그렇다고 경제적 여유가 빤 한지라 회원권을 끊어 클럽에 운동을 다닐 일은 더더욱 없었다. 눈치가 코치인 그가 명예퇴직금으로 받은 그 얄팍한 돈을 한 번 키워서 두둑하게 불려 보겠다고, 욕심내서 하우스 노름방을 찾고 있었던 것이다. 그것도 팽달구씨의 얄팍한 욕구대로 명퇴를 선택했고, 직장을 떠나온 뒤 노름방 하우스 출입을 한 것은 순전히 재수가 옴 붙은 팔자 탓인지 몰랐다.

어느 날, 오주임이란 남자가 그를 찾아왔다. 업무 차 거래처를 왕래하다 면식 정도만 남게 된 사람이었다. 그러니 변두리 단지에 소재한 중소기업 직원이던 오주임이 팽달구씨에게 뜻밖의 전화를 걸어 온 것은 눈썹에 뜨는 듯싶은 일이었다. 거래처를 찾아다니며 영업할 땐 데면데면하여 별로 통하지 않았다. 그러나 그래도 전 직장에서 외주 일을 할 때 얼굴 도장 찍은 사람이 퇴직해서 노는 자신한테 전화연락을 취해오자, 그의 입에선 오우 하는 감탄사까지 절로 흘러나왔다. 불러 주는 이가 없다보니, 시간이 넘쳐서 감당 못하던 팽달구씨는 속으로 까닭 없이 반가운 나머지 감동을 받았던 것이다.

오주임은 상대방 의사도 묻기 전에 전화로 팽달구씨와 만나고 싶다는 말부터 먼저 꺼냈다. 그리곤 뜸들일 것 없이 일방적으로 만남의 장소를 말해 주고, 약속을 받아냈다. 전화를 끊은 팽달구씨 마음은 궁금하고 약간 설레기까지 하였다.

미팅을 약속한 날이다. 팽달구씨는 시간이 늦을 새라 로터리 서편 육교 아래 비둘기 복통만한 커피숍으로 바쁜 것 없이 허둥지둥 달려갔다. 그를 만난 오주임은 사무적이나마 근엄한 목소리로 몇 마디 수인사를 친절하게 나누었다.

"식기 전에 차드세요, 요즘 지내는 재미는 어떻습니까, 넘어진 김에 쉬어 간다고, 명퇴로 푹 쉬는 건 내일을 위한 준비기간으로 여기면 견딜만하겠네요."

잠시 후, 성미 급한 오주임이 테이블 중앙에 놓인 자기 찻잔을 옆으로 밀쳐내는 거였다. 그리곤 손가락을 구부려 까딱까딱 움직이며, 마주 앉은 사람을 가까이 불러들였다. 그는 상대의 귓결에 바짝 들이댄 채, 걸쭉한 침을 튀기며, 영양가 없는 말을 쏘곤대기 시작했다.

"참으로 세상이 좁은 건지 발 없는 말이 천리 간다고, 팽달구씨의 명퇴 소식 내 진즉 들었소! 안됐지만, 요즘은 평생직장 개념이 없어졌으니 쉬는 것도 그렇겠거니 해야지요."

"그러잖아도 느긋하게 살아가는 중입니다……."

"그렇군요. 갑갑하게도 됐네요. 그렇지만 어쩝니까? 이쯤해서 각설하고,

내가 단도직입적으로 말할 테니 잘 들어보슈! 팽형! 혹시, 그 며, 며, 명예 퇴직금 아직 안 썼어요? 그렇다면 한 번 팡팡 키워 볼 생각이 없는 가해서 말이오?"

목젖이 답답하도록 꽉 조여 맨, 낡아서 빛이 바랜 오주임의 황토 색 넥타이가 전에 없이 단정해 보인다고, 팽달구씨는 생각하고 있었다. 동시에 가슴 속 한 편으론 상대방의 은근한 몸짓과 쏘곤대는 목소리에 더욱 관심이 모아지는 것이었다.

"그 뭐, 그렇십더! 퇴직금이라고 내 놓을라 카믄, 쪼까 낯 따가분 일이지만, 쪼맨해서 말캉거린 그 돈 어디 가서 떵떵하이 대박나구로 튀길만한 데라도 있겠능교? 오주임!"

"옳거니, 이심전심 금방 말이 통하네……. 돈 놓고 돈 먹는 거니깐 적고 많은 건 상관없고, 너무 큰 욕심만 내지 말고 투, 투자 개념으루 다 시작한다믄, 솔솔한 재미가 붙을 거예요……."

"투, 투, 투자라고 예? 우와! 가, 간밤에 꾸, 꿈이 좋았는가 베…… 그, 그라고, 쏠쏠한 재미까정 본다 카니까네, 내사 마, 관심이 확 당겨서 어찌할 바를 모르겠고, 우쨌거나 오주임 만난 거, 진심으로 운좋게 생각함더!"

그리하여 오주임이 작업 쳐 놓은 악연의 그물코에 생각이 짧은 팽달구씨가 걸려들게 된 것이었다. 순전히 영양가 없는 오주임과의 악연 덕분에 팽달구씨가 옆 동네의 구부러진 골목 끝 으슥하도록 처박힌 하우스 노름방 출입을 하리라곤 그 누구는 물론, 귀신도 모르는 일이었다.

짧게, 간단한 한마디씩을 팽달구씨와 겉치레로 인사를 나눈 하우스 노름방 꾼들은 처음 만난 손님 앞에서 예의를 차리느라 첫판부터 져주는 것이었다. 한두 번도 아니고, 설렁설렁 내리 넷째 판까지 돈을 따고 보니, 팽달구씨는 행운의 여신이 자기를 보살펴 주는 것 같아 기쁘기 이를 데 없었다. 처음 맞게 된 행운의 약발이 점점 그를 들뜨게 한 거였다. 옆에 사람만 없으면 춤이라도 덩실덩실 추고 싶을 만큼 가슴이 방방 뛰는 것이었다. 돈 놓고 돈 먹는다던 노름판에서 돈다발을 처음 만지는 순간, 팽달구씨의 기분이야 말로 쫙 찢어졌다. 하늘을 훨훨 날 것처럼 황홀함에 취했다. 구부정한 본인의 등판을 닮은 팔자가 쫙 펴질 것만 같은 느낌에 괜히 목줄에 힘이 꽉꽉 들면서 으쓱거려지기까지 했다. 사람 평생에 세 번 기회가 온다더니, 그 기회가 소리 없이 홀쩍 찾아왔구나 싶어 그는 숨을 쉬는 것조차 신바람이 났다.

'돈이 돈을 번 다는데, 오늘처럼 요렇게만 꽉꽉 부풀고 커준다면…….'

그는 희망도 모르고 재미도 없는, 우중충한 흑사리 쭉정이 같은 자신의 인생도 드디어 다림질하듯 쫙 펴질 날이 올 것만 같아 설레었다. 억센 외부 사람들을 힘들게 만나서 한 달 내내 실적 올리려 목이 쉬도록 구차하게 침 튀기며, 판촉 해 봤자 수당 몇 푼 벌기도 얼마나 숨이 찼던가. 거기다, 가진 놈이 한 술 더 뜬다고, 갑(甲)을 쳐다보는 서러운 을(乙)의 입장에서 외판원 수당을 깎아 내리면서 판촉을 하다 보면 자존감은 아예 없었다. 그렇듯 빼고 줄이며 겨우 성사된 흥정을 다시 원점으로 돌려버려 치사할 때는 또 좀 많았던가.

그렇듯 세상살이가 찬물 마시듯 그렇게 쉽고, 만만할까. 그것도 순수하고 밑바닥까지 훤한 얇은 돈을 키운다는 게 얼마나 깐깐하고, 위험하고 안달 나는 일인가 말이다. 그런데도 셈에 무디고 유혹에 약한 자신의 눈높이로 세상을 읽을 뿐인 팽달구씨는 허공에 붕 뜬 기운을 어찌하지 못해 정신이 반쯤 나가버린 상태였다. 그것도 얄팍한 명예퇴직금을 팔자에 없이 왕창 크게 대박 나게 키워보겠다고, 설익은 꿈에 잔뜩 부풀어있던 참이니 그로썬 여간 했겠는가.

팽달구씨는 앞 뒤 잰다거나, 머뭇거릴 여유도 없이 오주임이 가르쳐 준 노름방 하우스로 매일매일 메밀 섬에 새앙 쥐 드나들 듯 들락거리는 즐거움에 취해버렸다. 그런데, 초면에 돈다발 몇 개를 따게 된 팽달구씨 운명은 노름꾼들의 계획대로 슬슬 말려들어 가고 있었다.

계획을 깔아뭉개는 일은 언제나 실패란 놈의 횡포다. 본심과는 달리 한에 차지 않은 퇴직금을 크게 한 번 불려보려던 팽달구씨는 손가락 새로 물이 흘려버리듯 그 돈을 야금야금 잃어갔다. 그러나 눈치가 바닥인 그는 여전히 입맛만 애타게 다실 뿐이었다.

그러구러 며칠 후엔 슬슬 본전 생각이 난 팽달구씨다. 그래서 본전만 찾으면 뒤돌아보지 않고, 미련 없이 싹 물러나고 싶었다. 그렇지만, 풋내 나는 그의 깡다구 집념이 어리석음에 얽매었던 까닭에 더욱 더 발길을 돌리지 못한 것이었다.

새 달, 초하루하고도 한 낮이었다. 팽달구씨는 예금통장 끝을 지키던 잔액을 마지막으로 찾았다. 그나마 흘지게 받아 쥔, 얌전한 퇴직금 통장을 만지고 들여다보던 그 행복을 가슴속에 남긴 채 말이다. 아침에 빛이 바랜 헌 양말을 뚫고, 삐죽이 불거져 나온 아내의 때 낀 발가락이 마음에 걸렸다. 하지만, 잃어버린 돈만 찾으면 그까짓 양말 백 켤레라도 뭉텅이로 사다 줄 요량이었다.

그런데, 없는 눈치 짜내며 모가 닳게 주무르던 노름패를 마지막으로 힘들게 내민 순간, 그의 꿈은 바람 센 하늘의 뜬구름이 되어 휙 날아가고 말았다. 그때서야 팽달구씨는 사기꾼의 꼼 수에 속절없이 휘말렸다는 걸 뒤늦게나마 어렴풋하게 깨달았다. 그러나 물은 엎질러졌고, 주사위는 이미 손 끝에서 멀리멀리 던져져 있었다. 박력 있게 출렁거리던 희망에 찬 눈앞의 강물은 저만치 흘러가버린 뒤였다.

손의 것을 몽땅 잃은 패자는 본분 이전에 감정부터 앞서는 법이었다. 팽달구씨는 화려한 그림들이 쫙 깔린 화투판을 확 뒤집어 엎어버렸다. 그것이 그의 남몰래 타들어간 화의 불씨를 좁쌀만치라도 발산할 수 있는 방법이었다. 그러나 노름하다 당한 걸 노름꾼들 앞에 하소연하기엔 멍청한 자신을 한 꺼풀 더 벗기는 일밖에 아무 것도 얻는 게 없었다.

그는 자신의 헛된 체험을 뒤늦게 뼈가 저리게 후회하였다. 아무리 가슴을 치며 통곡한들 후회는 앞서는 법이 없었다. 그러나 어찌할 것인가. 바들바들 떨며 쥔, 손바닥을 땀 젖게 사랑한 그의 유동자산은 이미 타인의 주머니 속으로 훌쩍하니 옮겨 가 앉아버린 것을.

팽달구씨의 속은 쓰라리다 못해 터질 것 같이 아팠다. 그는 하우스 노름방을 나서며, 다시 전처럼 구부정한 등판에 짓눌려 휘청휘청 무작정 걷고 있었다. 새 신 신고 똥을 밟은 것 같은 자신의 행동이 구린내를 강하게 풍기는 착각에 젖었다. 생각할수록 자신이 밉고, 미쳐버릴 것 같은 기분이었다. 발걸음을 내딛어 옮길 때마다 정신이 아뜩하고, 눈앞이 아물거렸다. 금 쪽 같은 돈을 다 날린 허탈감에 치여 점심조차 잊은 배가 허기져서 그런 것만도 아니었다.

해가 서쪽으로 기울자 거리의 파수꾼 가로등이 하나 둘 빛을 뿜어냈다. 중심 없이 흔들리는 그는 휘청거리는 하체를 겨우 지탱하며, 갈지자걸음으로 무작정 거리를 누비기 시작했다. 정신없이 한 참을 걷다 빨간 청사초롱이 시선을 당기는, 시장 통 삼대 술집 앞에서 멈췄다. 전에 오다가다 가끔

컬컬한 목을 적시곤 하던, 안주 인심이 넉넉한 집이었다.

그 집은 오래 전부터 욕쟁이 할머니가 주막을 했다. 그러다 욕쟁이 할머니가 밉다고, 이같며 미워하던 며느리가 다시 동동주를 팔았다. 지금은 삼대 째 내려오며 욕쟁이 할머니의 아들 발가락만큼도 닮지 않은 손녀가 운영하는 술집이다. 한 때 사귀던 남자한테 돈 떼이고 자살까지 시도한 적도 있는, 대대로 사연을 품은 술집인 셈이다.

팽달구씨의 후들거리던 걸음이 휘청휘청 빨려 들 듯 삼대 술집 안으로 들어섰다. 술잔을 연거푸 들이키며, 뱃속으로 정신없이 술을 부어넣던 그는 이따금 창자가 뒤틀리듯 고통스러움을 느꼈다. 주제넘게 하우스 노름방 출입으로 하여, 빈손이 돼버린 자신을 생각하니 속이 상해 문드러질 판이었다. 그렇듯, 날려버리고 없어도 재물은 아까운 정을 남겼던 것이다. 전에 직장 다닐 때, 회사 사주 주식을 몇 번이나 살 기회를 줬을 때도 돈 날려버릴까봐 꾹꾹 눌러 참고, 남겨 두었다 받은 명예퇴직금이다. 뭉 돈이라곤 난생 처음 만져 본, 정말이지 세게 쥐면 바수어 질라, 얇게 잡으면 날아갈 새라 조심조심 받은, 목숨과도 같은 재물이 아닌가. 그렇듯 귀한 것을 오주임이란 악연을 만난 죄로 귀신에 홀린 듯 깡그리 날려버렸으니, 가슴은 진즉 피멍이 들었다. 이젠, 땅을 쳐도 소용이 없고 하늘을 찔러대도 누구 한사람 동정해 줄 이조차 없다. 아니, 그런 멍청한 사연을 듣는다면 강아지도 미친 놈이라고 욕하며, 물어뜯을 일이 아닌가.

팽달구씨는 그저 술, 술, 술맛만 당겼다. 어영부영 후딱 날려버린 퇴직금 때문에 속상한 자괴감을 주체할 수 없던 그는 성형수술 자국이 퍼렇게 가라앉은 마담의 푸릇한 콧대를 안주 삼아 쳐다보며, 소주병을 몇이나 깡그리 비워냈다. 그것은 오로지 마담의 말솜씨 덕분이었다. 빈 잔을 찰랑찰랑 채워주며, 인생연배라고 졸깃하니 맞장구쳐 준 것이었다. 그러다 삼대 술집 마담이 사귀던, 죽도록 사랑한 남자한테 돈을 떼였다는 이야길 듣는 대목에선 쓰디쓴 소주가 목줄을 타자 더욱 속이 뒤집어졌다. 동병상련(同病相憐)이라고, 돈 잃은 마담이 자신의 처지가 돼서 꾸역꾸역 치밀어 올라왔던 것이다. 술이 몇 병째 목구멍을 넘자, 그의 눈에서는 진한 회한의 눈물이 흘러내렸다. 그래도 한 가닥 양심이 남은 걸까, 그는 눈물을 훔치면서도 아내의 얼굴이 어른어른 떠올랐다. 금쪽같던 명예퇴직금을 구름에 달 보내듯 홀홀 날려버린 팽달구씨는 아내 옥란한테 무슨 말로 변명할 것인지에 대해 못 견디게 부담이 되고 있었다.

옥란은 짠 냄새 풍기는 알뜰한 여자요, 살림이라면 귀재였다. 한 때, 매고 빌고 찰떡같이 맹세한 애인을 군대에 보내놓고, 제대하면 결혼하려 목 빠지게 기다리던 스물 한 살 꽃띠 여성으로 빠진 몸매며 뽀얀 살빛이 총각들의 시선을 끌었다.

그런 옥란을 속에 품던 팽달구씨가 엉큼스럽게 침범한 것은 어느 봄비 내리던 날, 깊은 밤이다. 수염에 가지가 치도록 장가들지 못한, 욕심 없고 용기라곤 싹조차 틔운 적 없는 늦둥이 아들을 안타깝게 생각한 그의 모친의 훈수로 실행된, 귀신도 모르는 일이었다. 하늘이 알고 땅이 알던 그 사건으로 하여, 옥란이 타락을 하다 자살한다고, 설쳐댔다. 그 때, 팽달구씨가 지극정성을 다하며, 힘들게 인생의 반려자로 만든 사연을 안고 있다. 무엇보다 핵심적인 건, 결혼을 해서 한 눈 팔지 않고, 거짓말하지 않겠다는 약속을 입이 닳도록 맹세한 다음에야 옥란의 허락을 겨우 받아낸 처지였다. 그런 아내한테 팽달구씨가 퇴직금 날린 걸 무슨 소리로 해명한단 말인가. 결혼 할 때, 손가락 걸고 맹세한 약속을 두고 뭐라 변명한다는 말인가.

술을 마실수록 팽달구씨의 머릿속은 뜨거워졌다. 아니, 혼란으로 뒤엉켜 종잡을 수가 없었다. 세차게 머리를 흔들던 그는 갑자기 어떤 생각 하나를 떠올렸다. 자신이 저지른 잘못을 거꾸로 아내한테 뒤집어씌우면 문제 해결이 쉬울 것 같았다. 서울서 뺨 맞고 한강서 분 푼다고, 팽달구씨가 생각해낸 것은 사실 너무도 뻔뻔하면서 한 편, 불쌍한 꼼수였다.

비틀비틀 취한 걸음으로 겨우 집에 들어간 팽달구씨는 아내 앞에서 완전히 딴 사람이 돼 있었다. 예의 그는 계획한 각본을 착착 써먹고 있었다.

"한 지붕 아래서 한 이불을 덮고 사는 여자가 무슨 눈치가 그리도 빵점이냐? 눈치란 게 좁쌀만치라도 있다면 하우스 노름방 출입한 남편을 두고 진작 눈치를 챘을 것 아니냐, 아니, 노름에 빠진 남편을 왜 진즉 뜯어말리지 않았느냐, 그러고도 감히 세상밖에 나가서 정옥란이 사랑을 뜨겁게 받는 팽달구 아내라고, 큰소리로 말할 수 있느냐?'

남몰래 혼자서 따지고 또 따지는 뻔뻔한 팽달구씨의 배짱은 가히 세계적 챔피언 급이었다.

사실 그는 누가 시킨 일도 아닌데, 하우스 노름방에서 날린 돈 생각만 하면 자신도 모르게 속에서 끝없는 불길이 저절로 훨훨 타올랐다. 그래서 만만한 게 자기 발 핥아주는 강아지라고, 아내인 옥란한테 갖은 욕지거리를 퍼부으면서 분을 푸는 것이었다.

옥란은 남편한테 시달리기가 무척 괴로우면서도 답답했다. 피 같이 귀한 돈을 한 번 써 본 경험도 없이 홀라당 날려버렸다는 남편을 두고 뭐라 응대를 했으면 좋을지 엄두조차 나지가 않았다. 그저 부드득부드득 이가 갈릴 뿐이었다. 옥란은 이따금 스스로 울화증에 치여 소리 죽인 채 훌쩍훌쩍 울었다. 밥솥이 타는 것도 모른 채 펑펑 울던 날은 새카맣게 탄 것 때문에 내다 버렸다. 전 같으면 아깝다고 손에 물집이 잡히게 닦아서 사용했겠지만, 차돌에 바람이 들면 썩은 돌 보다 못한 이치였다.

팽달구씨는 그런 아내가 보기 싫었다. 아니, 미안해서 죽을 지경이었다. 무릎을 꿇고 앉아서 두 손이 발이 되도록 싹싹 빌고 싶었다. 그렇지만 그는 오히려 자신을 속인 채, 까닭 없이 치받는 욕설꾸러미로 아내를 더욱 강타하는 악순환이 거듭되었다.

다음 날이었다. 남편으로부터 며칠을 죄 없이 당하던 옥란의 입에서는 짐승의 그것처럼 애간장을 끓이는 원망의 괴성이 소낙비처럼 쏟아졌다.

"보이소, 팽달구씨! 죽은 년 맨치로 가만히 있으니 까네 내가 무신 가마니 떼긴 줄 아능교? 암만 건망징 심한 짐승이 사람이라 케도, 또 개구리가 올챙이 적 생각 몬한다 케도 그렇지, 당신이 우째 나한테 그럴 수 있단 말인교?"

"……."

"어디 망해뿐 당신한테 입이 붙어 있어모 말 좀 해 보이소! 변명이라도 좋고, 씬물 나는 욕이라도 상관 안할테니까네 어디 한 번 속내를 활활 털어 내 보라카이! 내가 오늘, 뭣 따문에 당신 앞에서 가마니 맨치로 당해야 하는지, 나는 정말로 몰라 예!"

"……."

"하늘이 무너져도 한 눈 팔지 않겠다, 억울하게 당한 정옥란을 하늘맨치로 떠받들어 사랑해주고 절대로 거짓말 안 하겠다고, 새끼손가락 걸어 백 번도 더 맹세한 때가 언젠교? 그 새, 약속했던 거 벌써러 다 까 묵었다 말인교? 사흘 동안 모과 한 덩이를 못 센다 케도, 남자는 남자라꼬, 당신 참말로 웃기는 못난 사내네 예……."

"……."

"그라고, 팽달구씨 당신이 언제 시퍼런 배추이파리 줌치에 찔러 넣고 노름방에 퍼 날리러 간다꼬, 나한테 보고한 적 있었던교? 멀쩡한 내 눈앞에 퇴직금이랍시고 반 쪼가리 한 장이라도 보여 준 일 있었던교? 붕어맨치로 부어 터져삔 그 잘난 입술 한 번이라도 돈이 어쩐다꼬 딸싹거리기를 했나, 그 걸 묻는다 아닌교! 어디 그 자알 난 팽달구씨, 입 있으모 목젖 들이다 비게 한 번 술술 틀어 놔 보라카이! 구구절절 내사 마 다 빠짐없이 듣고 싶으니까네……"

옥란의 입가엔 분을 삭이지 못한 서러움과 남편에 대한 오기가 한데 뭉쳐 거품만 복작거렸다. 이어, 옥란의 검은 속눈썹을 적시는 뜨거운 액체가 두 볼을 타고 오뉴월 소낙비처럼 주르르 흘러내렸다.

그 날 이후, 뭐니 뭐니 해도 커다란 변화는 옥란의 일상이 확 달라져버린 점이었다. 파마 비용 아낀다고 말 갈퀴처럼 질끈 묶은 머리가 싹뚝 잘린 것은 물론, 라면머리로 빠글빠글 볶아졌다. 이슬 같이 짧은 인생, 살아가는데 돈이 전부가 아니라는 것도 깨달았다. 무엇보다 몸이 한갓지면 잡념이 사람을 괴롭히고, 돈도 한가한 사람한테선 몸살이 나서 손아귀를 벗어난다는 것도 알게 되었다.

옥란은 며칠을 고민한 끝에 술장사를 해볼까 하는 생각이었다. 그러다 제발 술장사만은 말린다던 결혼 초 남편의 말이 기억나서 속으로 잠재웠다. 그러다 시간을 요긴하게 보낼뿐더러, 노동의 대가도 얻게 될 식당의 일자리를 구하게 된 것이다. 특이한 건 다음 주부터 출근해 달라는 사장의 말에 군이 부득부득 하루 빨리 출근하겠다고 우긴 것이었다. 그것은 순전히 명예 퇴직한 남편의 빈둥대는 꼴이 보기 싫은 탓도 한 몫을 했다. 무엇보다, 교양 궁한 남편의 입에서 독기를 뿜어대며, 무차별적으로 쏟아내는 구린내

풍기는 그 욕설이 듣기 싫었던 것이다.

옥란은 식당 일을 끝내고, 뒤늦게 귀가했다. 그런데, 구정물에 찌든 그녀의 치마폭 속에 찰랑찰랑 반쯤 담긴 술병이 담겨있었다. 손님들이 마시다 남긴 거였다. 써보지도 못한 채 날려버린 퇴직금이 아까워 골병 든 남편 속을 풀어주려고, 식당 주인 몰래 품속에 끼고 온 거였다.

옥란이 잔이랑 안주를 챙겨왔다. 볶은 머리카락만 보아도 타는 냄새가 느껴지는 그녀의 목소리가 전에 없이 간드러진 것은 남편을 향해 또 다른 어떤 결심이 선 모양이었다.

"팽달구씨! 정옥란이 딸 군 술 한 잔 받아 보이소! 입에는 쓰다 케도, 몸에 독을 준다꼬 케도, 이 술 꼴딱 한 모금 넘기믄, 활활 타는 속이 스르르 풀릴 낍니더! 그라고 우리, 오늘 부로 마음 정리 깨끗이 청소해뿔고, 말짱 잊어 뿝시다! 당신이 날리삔, 아깝고 눈물 나는 금 쪼가리 같은 퇴직금에 관해서는 고마……."

환자처럼 길게 드러누웠던 팽달구씨가 아내의 말에 못이기는 척 꾸물대며 일어나 앉았다. 그리곤 다 죽어 가는 소리로 맹맹하게 말했다.

"다, 당신이, 뒤집어져 삔 내 속 자꼬만 따갑구로 소금질 칠라 카나?"

"아픈 당신 속에 소금 치는 거 아닙더! 당신이 날리삔 그 퇴직금 돈 생각만 하모, 내사 마 아깝고 뼈간지가 녹아서 혀 깨물고 죽고 싶다카이! 하지만도, 아깝고 눈물 나는 그 돈, 우리 집에서 떠나 가뿐 그 돈, 인자는 전부다 싹 잊어야지 밸 수 있능교? 암만케사도, 그 돈은 우리 몫이 아닌 김니더! 만약 그 돈이 문출네 복맨치로 복 없는 우리 돈이다카믄, 드렁 칡 보다 질기고, 바늘 찔러도 피 한 빵울 안 날 지독한 구두쇠 당신이 우째 그 도박에 손을 댔겠능교? 안 그렁교? 내 말 뚤꽂이 박사 맨치로 딱 맞지, 예?'

"와~ 당신, 정말 무서운 여자대이! 지끔, 남펜보고 칵 미쳐삐라고, 활활 불타는 집에 일렁일렁 부채질 해대는 기가, 시방?"

"보소! 내사 마, 불난 집구석에 부채질 하고 싶어서는 절대 아님더, 공기 나쁜 노름방에서 퇴직금 날려 삐고, 밤낮 중환자 맨치로 끙끙 앓는 남펜 보기가 안 되고 딱해서 도와줄라꼬, 속없이 미친 척 하는 거라 예."

옥란은 말하다 보니 목이 콱 메었다. 그걸 아는지 모르는지, 남편이 말뚝 같이 툭 뱉어냈다.

"그기, 우쨌는데?"

"우짜기는…… 술 한 잔 탁 털어 넣고, 오늘부터 새 사람이 되어 보자 뭐, 그런 뜻이제……."

"……."

"잘은 모르지만도 군대 속담에 늦었다고 생각될 때가 가장 빠르다 카던데, 오늘부터라도 우리 다시 한 번 힘내서 잘해 봅시다! 전처럼 왕소금이 돼서 아끼고, 황소 맨치로 끙끙 일 하고, 고물거리는 이뿐 새끼들 살갑게 보살피믄서, 알콩 달콩 살아 보자, 그 말이제!"

아래로 향한 팽달구씨의 두 눈도 끔벅거렸다. 몇 날 며칠 째 물 한 모금 제대로 넘기지 못해 실룩거린 입술이 말라 타들었다. 그는 황소 눈알처럼 마디마디 툭 불거진 손으로 아내의 손을 억세게 끌어 잡았다. 그리곤 피부가 다 닳을 만큼 자꾸만 손등을 더듬더듬 쓰다듬었다.

"그, 그라믄 다, 다, 당신이 날, 요, 용서해 준다, 그 말이가?"

아내의 너그러움에 감동을 먹었는지, 팽달구씨의 째진 눈에선 닭 똥 같은 눈물이 방울방울 솟았다. 평소 잔재미가 없던 그들 부부는 밤이 새도록 서로 길이가 맞지 않는 새끼손가락을 걸며 맹세를 하고, 또 복사까지 하였다.

팽달구씨의 마음은 몇 갈래로 찢겨질 수밖에 없었다. 노름으로 피 같은 돈을 날려버린 죄 탓이었다. 노름꾼들 꼼수에 당한 걸 느낀 그는 고민과 불안감에 시달렸다.

'강물에 풍덩 빠져 죽을까, 깊은 산골에서 숨어 지낼까, 노숙자가 돼서 구걸하며 살까, 손발이 닳도록 뉘우치면 아내한테서 순순히 용서를 받을까.' 그런 중 뜻밖에도 지지리 못난 남편의 잘못을 어질게 덮어 주려한 아내로부터의 면죄부야말로 광명이요, 축복이었던 것이다.

퇴직금을 탕진해버린 팽달구씨의 죄 값 상처가 희미하게 치유되고 있었다. 그가 다시 새로운 직업을 선택한 것은 고물을 수집하는 일이었다. 노적가리 불 질러 놓고, 튀밥 주워 먹는 격인 그가 이 곳 저 곳 기웃거리다 재활용 물건이나 폐지에 관심을 가진 거였다.

처음엔 그도 이래저래 망설였다. 그러다, 달동네 꼭대기에 사는 권영감의 이야기를 듣고, 자신이 처한 삶의 방식을 받아들인 것이다. 권영감은 한때, 뼈있는 가문 안동 권씨 후손이라고, 양반 운운하며 폼을 잡던 이웃이다. 무엇보다, 오다가다 얻어들은 문자 조각들을 적재적소에 써먹으며 제법 동네에서 생긴 갈등을 해결해 준 경험으로 권 판사란 별명을 얻게 된 사람이다. 권영감의 말을 듣고 있노라면 시답잖아 보이다가도 땀 먼지 절은 생활 속에서 캐낸 어떤 격을 볼 수 있었다.

"팽씨! 그 깐 인생 뭐, 별 것 있니껴? 직업에 귀천을 따져서야 어느 세월에 남의 돈 한 푼 만져 보겠니껴? 돈 벌 모퉁이 죽을 모퉁이라고, 이래 뵈도 고물장사라고 무시하믄 절대로 안돼요. 고물 줍는 일이 곧 보물 찾는 일 아니니껴! 풍요 속 빈곤이라, 암만 남의 줌치에 돈이 가득 넘치게 들어차있으면 뭘 하니껴? 내 줌치서 만져지는 한 닢 보다 못한 걸. 모든 게 넘치는 풍요의 시대를 살믄서 사람들이 멀쩡한 것도 마구 버리는 오염된 고물쪼가리나 줍는 인생이라 케도, 우리 늙은 두 내외 끼니 굶지 않고, 갈증 날 때 막걸리 사발이라도 마실 수 있으믄, 고걸로 된 거 아니니껴?"

바로 그거였다. 다음날부터 팽달구씨 손에는 중고로 구입한 녹슨 리어카가 쥐어졌다. 시간에 구애 없이 이 골목 저 거리를 보물찾기하는 고물수집자가 된 것이다. 늙은 두 내외 끼니 굶지 않는다는 권영감의 그 한마디에 감동을 먹은 팽달구씨는 다시 한 번 속으로 아내를 떠올리고 있었다. 그리하여, 몇 푼 만져 보겠다고 매일매일 식당으로 설거지하러 다니는 아내의 애틋한 정을 가슴 깊이 새기고 있었다.

기름 때 묻은 옷을 갈아입은 그 날은 아침부터 팽달구씨 기분이 상쾌하였다. 무엇보다 간밤에 걸려온, 아버지 같은 맏형님의 칠순 잔치를 다음 주에 갖는다는 형수님 말이 그를 들뜨게 했던 것이다.

맏형님의 칠순잔치에 모일 그리운 형제들 얼굴을 하나하나 떠올린 팽달구씨는 아침 먹은 후 첫 수집 차 윗동네의 최 교장 댁에서 고물 한 리어카를 얻었다. 정년퇴임한 지 십오 년 만에 서울 아들네로 이사 떠나면서 무더기로 내놓은 것들이었다. 헌책이며 낡은 철제 선반 무게만 해도 더블 캡 한 트럭은 너끈히 됨 직했다.

그가 조금 과하다 싶게 잔뜩 짐 실은 리어카를 밀고 꾸물대며 큰길로 나온 것은 정오 무렵인가. 하늘 높이 솟아오른 고물더미를 흐뭇한 마음으로 쳐다보다가 끙끙 끌며, 횡단보도를 막 들어서는 순간이었다. 와장창 귀청을 날려버릴 굉음의, 천지를 박살내는 듯싶은 물체에 부딪히고 말았다. 신호를 무시하고 핑핑 내달린 어떤 화물차와 팽달구씨의 고물 실은 리어카가 크게 충돌한 것이다.

짐 실은 팽달구씨의 리어카는 형체도 몰라보게 풍비박산 나버렸다. 리어카를 몰던 그의 의식도 숨이 멎은 듯 잠잠하였다. 땅위에 널브러진 팽달구씨의 뒤통수에선 혈관이 터졌는지 피 철갑이 돼있었다. 그로 해서 번잡함 속에서도 질서가 흘렀던 큰 길 횡단보도 일대가 갑자기 아수라장으로 변해버렸다. 사고 낸 차량과 흩어져 널린 고물들이 한데 섞인 결과였다. 사이렌 소리가 앵앵 울렸고, 막힌 차들이 땅에 달라붙은 듯 끝없는 멈춤으로 꼬리를 물었다. 사고현장을 구경하러 꼬여 든, 구름 떼같이 많은 행인들이 안됐다며, 한 마디씩 툭툭 뱉어내다, 나중엔 쯧쯧, 혀를 찼다.

팽달구씨의 아홉 형제들이 하나 둘 집합한 곳은 종합병원 중환자실 로비였다. 가난해도 아이를 많이 낳아야 인생의 울타리가 든든하다던 팽달구씨 할머니의 끈끈한 인간 욕심대로 그의 모친이 순풍 순풍 뽑아낸 자녀가 무려 아들 아홉에다 딸 하나인 열 남매였다. 각자 나름대로 삶에 충실한 그의 형제들이 사고 난 팽달구씨 소식을 긴급히 연락 받고, 환자가 입원한 병동으로 문병 차 모여든 것이다.

이마가 바다같이 넓으면서 믿음직하게 생긴 맨 맏형 달일씨를 비롯해 둘째 달차씨는 키가 좀 작고 땅딸했다. 넉살 좋고 달변인 셋째 달삼은 혼자 고학으로 공무원이 된 입지전적인 인물이다. 넷째 달평은 처가댁으로 들어가 사는 체격 좋은 대릴 사위로, 처가댁에서 아주 사랑받고 있다. 달오는 이름만 듣고도 다섯째란 걸 금방 알 수 있다. 그는 이름자에 맞게 오종종하면서 가무잡잡한 대로, 맛있는 횟집을 운영하는 사장이다. 여섯째인 달육, 일곱

째 달칠 형제는 둘이서 힘을 합쳐 비닐하우스 농사를 짓는, 성실한 현대판 농부다. 배추를 잘 가꿔서 매년 형제들 김장배추를 도맡고 있다.

달팔은 여덟째다. 한사코 영화배우가 되겠다고 전국 방방곡곡을 누비며, 싱글인데 아직도 떠돌이 인생이라 풋내가 난다. 열 남매 중 끝인 막내면서 홍일점(紅一點) 여동생 달옥은, 세쌍둥이를 낳아서 알콩 달콩 고소한 삶을 꾸리고 있다. 모두들 하나같이 팽달구씨의 일신과도 같은 형이요 오빠며, 동생들이다. 그렇게 많은 열 명의 자녀들을 키우면서 한 사람도 실패 없이 성장한 것은 아주 대단한 행운이라고, 큰 복이라고, 주위 사람들마다 팽달구씨의 모친을 향해 감동의 혀를 내둘렀다.

팽달구씨의 모친은 허기가 져도 물 한 바가지 퍼 마시고 허리띠를 졸라 맨 전형적인 한국판 어머니다. 가난에 치이면서도 열 남매를 먹이고 입히 며 가르치기 위해 허리가 휘도록 고생되는 일도 참아냈던 뜨거운 모성의 소유자다. 남편과 눈빛만 마주쳐도 임신이 된다고, 말했던 모친은 죄 많은 소나무 솔방울만 많이 맺는다고, 남편 앞에서 자신의 처지를 한탄한 적도 있다. 그 중에, 여덟번째 아들 달팔이를 낳은 후, 9년 동안 태기가 없다가 늦둥이로 얻은 아들이 바로 팽달구씨다.

그들 열 명의 남매들은 의식이 없을 만큼 모질게 다친 늦둥이 팽달구씨 를 향해 어서 빨리 깨어나라고, 쾌차를 비는 기도소리로 뜨거웠다.

두 달 후, 똘똘 뭉친 그들의 간절한 기도가 통했던지, 중환자실에서 726호 입원실로 옮겨가는 환자가 있었다. 아홉 형제들의 절절 끓는 염원을 받으 며, 하루 또 하루 회복 중인 늦둥이 사내 팽달구씨다. ✍

윤석순 창작집 아일랜드 맹세에 부쳐

김병총 : 소설가

윤석순의 소설은 부담 없이 시선을 끌고 있다.

첫째는 그의 필력이 천성적으로 과감하다는 점이다. 바로 그것이 작가의 개성이 되어 개성적인 문체로 표출되게 한다.

둘째로 윤석순 작가는 천성의 스토리 텔러다. 아무 사건이든, 혹은 평범하고 작은 얘깃거리라도 그녀의 손에 잡히기만 하면 멋진 소설로 둔갑한다. 이런 장점은 앞으로 그녀가 작가생활을 할 때에도 놓쳐서는 안될 장기임을 명심해 두어야 할 일이다.

셋째가 작가의 시점 얘긴데, 포인트를 잡아 집요하게 물고 늘어지는 투지가 있어야 하는데 바로 윤작가의 특징이 그렇다는 것이다. 작가의 시점을 극명하게 통찰하기 위해서는 이런 자세야 말로 좋은 태도이다.

넷째가 현실인식에 대한 깊이다. 윤작가는 스토리의 공간 안에서 방황하는 불찰이 없기 때문에 또한 작가로서의 그녀 태도는 장점으로 빛나게 되는 것이다.

다섯째가 인간에 대한 관찰이다. 작가의 눈이 따스하면 대상도 따스하게 비친다. 이 점은 작가의 참여 주체와도 연관이 되게 마련이어서 작품을 작가의 실존적 세계 확대로까지 미치게 한다. 윤작가의 관찰 태도가 바람직하다는 뜻이다.

중편 '아일랜드 맹세' 는 주정꾼 남편의 금주 맹세가 주제다. 호주로 '이민' 이라는 이름으로 도망을 침으로써 기발한 반전을 보여준다. 윤석순 특유의 재치다.

이후로는 모두 단편들이다.

'단죄의 시간은 끝나지 않았다' 는 30억 재산을 도박으로 날린 남자의 얘기다. 주인공은 자살 대신 '골라골라' 를 열심히 외치는 사내가 된다. 여기서 윤작가의 재능이 다시 한 번 발휘되는데, 불우이웃돕기 성금을 만드는 사내로 뜻밖의 변신을 함으로써 독자를 다시 미소짓게 만든다.

'뜨거운 습관' 은 한심한 사고방식의 모친 때문에 결혼식도 올리지 못한 채 동거로 아내가 아이를 셋이나 낳게 된다. 어쨌건 돈을 벌기 위해서는 '간과 쓸개를 버려야 한다' 는 생활철학을 습득하는 방법으로 '인식의 변화' 체득이 이 소설의 반전이다.

'세월의 뒤편' 은 윤작가가 스토리 텔러로서의 장기를 보여준 소설이다. 첫 남편이 어느날 업둥이 종만을 데리고 들어온다. 그런데 교통사고로 첫 남편이 죽는다. 시어머니 권유로 할 수 없이 술주정꾼과 재혼한다. 그러나 시어머니가 왜 자신을 재혼시켰는지 이해가 안된다. '그 어느 여름밤에 그녀 방 옆을 지나치던 검은 그림자가 시아버지였다는 사실을 그녀는 모르고 있다'로 소설은 종결된다.

'폭탄 돌리는 가족'은 역시 불행한 인생을 사는 한 여자의 얘기다. 말썽꾸러기 아들의 뒤치다꺼리로 암에 걸린다. 수술 후에는 시어머니가 치매에 걸린다. 그런 사실을 알려주는 시누이에게 전화기 속으로 싸늘하게 갚아준다. '우리 사이에 아직 끝나지 않는 계산이 남았나요?'

'마흔 아홉 생일풍경'은 고생 끝에 낙이 오는 만화와도 같은 해피엔딩 소설이다. 이게 그녀 마흔 아홉 번째 생일날 풍경을 대하는 자화상인가 싶은 줄거리이다.

'본전 찾기 게임 중'은 아내는 운전면허를 딸 때부터 남편으로부터 구박을 받는다. 그리고 결국은 사고를 내면서 엄청난 수리비 때문에 다시는 승용차 소리를 못내게 되었다. 그런데 남편이 아내에게 새 차를 선물한다. 옛 애인의 여동생이 자동차 판매회사에 취직해 살려고 바둥대는 게 불쌍해 억지로 구입했다는 남편의 주장.

'늦둥이 사내 팽달구'는 악질 도박꾼들의 꾐에 빠져 패가망신한다. 퇴직금을 몽땅 날려버린 것이다. 달구는 9남1녀 중 막내가 여동생이었기 때문에 형제 중에서는 막내다. 그런 그가 아내를 위해 새사람 되려고 리어카를 끌다가 교통사고를 당한다. 그 사고로 인해 형제들이 모여 화목이 예견된다는 스토리다.

윤작가의 제2작품집이 기대된다. ✍

윤석순 약력

경북 경주에서 태어나 울산대 사회교육원 문예창작학과와
울산 폴리텍 제Ⅶ대학에서 문예창작을 공부했다.
1993년 수필과 비평에서 신인상을 수상했고,
2006년 신문예에 소설이 당선되고, 황진이 문학상을 수상했다.
작품으로는 수필집 「뒤를 돌아보는 여자」가 있으며,
현재 울산문인협회, 울산수필가협회, 울산소설가협회,
펜문학 회원으로 활동하고 있다.

아일랜드 맹세

2011년 3월 14일 발행
2011년 3월 21일 1쇄

지 은 이 / 윤 석 순
펴 낸 이 / 윤 현 호
펴 낸 곳 / 뿌리출판사
홈페이지 / www.rootgo.com
E- mail / rootgo@dreamwiz.com / bp1115@naver.com
주   소 / 서울시 성동구 성수 2가 3동 317-10 우편번호 / 133-835
전   화 / (代)2247-1115, 466-4516, 팩 스 / 466-4517
출판등록 / 서울시 등록(카) 제 1-551호 1987.11.23.

ⓒ 2011. 윤석순
값 / 10,000원
ISBN 978-89-85622-76-9-03810

*잘못된 책은 바꾸어 드립니다.
*인지는 저자와의 협의에 의하여 생략합니다.